Michaela Holzinger

Funkensommer

W0228864

www.beltz.de
© 2015 für diese Lizenzausgabe Beltz & Gelberg
in der Verlagsgruppe Beltz · Weinheim Basel
Alle Rechte für diese Ausgabe vorbehalten
© 2012 Verlag Freies Geistesleben & Urachhaus GmbH, Stuttgart
Neue Rechtschreibung
Einbandgestaltung: Cornelia Niere, München, unter Verwendung
eines Motivs von mauritius images / Novarc
Gesamtherstellung: Beltz Bad Langensalza GmbH, Bad Langensalza
Printed in Germany
ISBN 978-3-407-74533-0
1 2 3 4 5   19 18 17 16 15

Michaela Holzinger

FUNKENSOMMER

Roman

GULLIVER
von BELTZ & Gelberg

Inhalt

PROLOG

»Weißt du«, flüstert meine Freundin neben mir und sieht mich durchdringend an, »manchmal träume ich auch von der Moorhexe.«

»Wirklich?«, frage ich überrascht.

Jelly nickt. »Dabei habe ich ein ganz bestimmtes Bild vor mir. Den Felsen am See. Darauf ein paar Klamotten. Schuhe. Hose. Eine Jacke … Ich weiß aber nicht, was es zu bedeuten hat. Warum dieses Bild immer wieder in meinem Kopf auftaucht …«

Da kriecht eine noch viel eisigere Kälte in mir hoch, als ich anfange zu verstehen. Alles zu verstehen.

»Ob ich verrückt werde?«, will sie schließlich von mir wissen.

»Nein«, flüstere ich. »Das Gegenteil ist der Fall.«

HERZBRENNEN

Anfangs ist es immer nur ein Windhauch. So zart, dass er kaum etwas zu ändern vermag. Er kitzelt mich an den Haaren oder streift verheißungsvoll über meine Wangen. Damit ich nicht umkehre. Damit ich weitermache. Nach vorne presche.

Und bald darauf wird er stärker. Er löst ein, was er versprochen hat. Aus dem Windhauch formt sich ein Luftzug. Aus dem Luftzug eine Brise. Eine Brise, die an Kraft gewinnt. An Tempo.

Dadurch verändert sie alles. Denn sie ist wild und unberechenbar. Sie klatscht mir ins Gesicht. Und presst meine Nasenflügel zusammen, bis ich nach Luft schnappen muss. Mein Herz beginnt zu pochen. Ebenfalls im wilden und unberechenbaren Rhythmus. Bis meine Gedanken zu fliegen beginnen. Und schließlich verschwinden.

Dann werde ich ruhig. Ich werde ruhig inmitten der tosenden Bewegung, die an meinen Kleidern rüttelt. Und mir die Haare ins Gesicht peitscht.

Ich schmecke ihren Duft. Sie schmeckt nach Freiheit.

Ich lausche ihrem Klang. Sie klingt nach Aufbruch.

Während die kraftvollen Bewegungen unter mir weit ausholen. Und mich weiterbringen.

Das ist auch der Grund, warum ich mich immer wieder in den Sattel schwinge. Weil es ein unglaubliches Gefühl ist. Weil die Luft da oben anders ist. Freier.

Ich habe nämlich ein Pferd. Ein eigenes. Nur für mich allein. Das ist einer der wenigen Vorteile, wenn man auf einem Bauernhof lebt. Lanzelot, so heißt mein Pferd. Er ist ein brauner Wallach mit weißer Blesse. Seitdem ich in der Stadt zur Schule gehe, habe ich kaum noch Zeit für ihn. Ich will nämlich Matura machen. Auch wenn Papa meint, dass ich als Bäuerin keine Matura brauche. Ich schon. Ich weiß noch nicht, was ich später einmal werden will, aber die Matura will ich haben. Dann könnte ich vielleicht Tierärztin werden. Eine Tierärztin mit einem eigenen Bauernhof. Das wäre doch gut, oder? Oder doch nicht.

Ich muss mich ja mit sechzehn noch nicht entscheiden müssen. Viel ist passiert in der letzten Zeit. Nicht nur wegen der Schule. Auch sonst irgendwie.

Ein paar Schwalben ziehen über meinen Kopf hinweg und jagen den Mücken nach. Irgendwo brummt ein Mähdrescher. Der heiße Juniwind klebt an mir. An meinem Rücken, an meinen Händen, auf meiner Stirn. Und auch auf Lanzelot. Unruhig scharrt er mit den Hufen. Das Klappern von Papas alter Schubkarre macht ihn nervös. Und dann fangen auch noch die Schweine wie verrückt zu grunzen an, als die Schubkarre mit dem Futter in Richtung Freilaufstall angeschoben kommt. Von Papa. In Gummistiefeln und Latzhose. Die Schweine brüllen vor Begeisterung. Hunger, schreien sie. Oder: Futter. So genau kann man das nicht sagen. Auf alle Fälle machen hungrige Schweine einen Höllenlärm. Bis hinauf in den Himmel. Bis der Lärm explodiert. Und Lanzelot auch.

Rasch stiefelt Papa zu mir und versucht, Lanzelot zu beruhigen, damit ich den Sattelgurt festziehen kann. Die Schweine protestieren.

»Vergiss nicht, Hannah, dass du nachher die Stallarbeit für uns fertig machen musst. Du weißt schon, wegen dem Fest!«, schreit Papa. Das Schweinegebrüll ist ohrenbetäubend.

Ich nicke. Lanzelot sabbert. Und wie. Weißer Schaum tropft aus seinem Maul und hinterlässt auf dem dunklen Asphalt eine bizarre Schaumwölkchenlandschaft.

»Aha! Den sticht der Hafer«, sagt Papa und lacht mich dabei komisch an. »Ja, so ist das – der Wind an Sonnenwend macht alle verrückt. Stand das nicht auch heute im Bauernkalender?« Er überlegt. »Wie war das noch gleich: *Bläst der Wind an Sonnenwend, das junge Herz vor Liebe brennt?!*«

In meinem Kopf fängt es zu rumoren an. Weiß Papa etwa Bescheid? Ich werde rot wie eine Tomate, oder vielleicht sogar wie zwei. Oder sogar wie Tomatensuppe.

»Wir müssen jetzt los …«, stammle ich und bin froh, als Papa den Blick von meinem verräterischen Tomatensuppengesicht ab- und sich wieder den brüllenden Schweinen zuwendet, um mir nicht mit seinen dämlichen Bauernkalendersprüchen auf den Geist zu gehen.

Dann biegen wir in den Waldweg ein. Das ist meine Lieblingsreitstrecke. Kilometerweit ist hier nichts zu sehen. Da kann ich Lanzelot laufen lassen. Ich verlagere mein Gewicht nach vorne. Lanzelot ist kaum noch zu bremsen. Papa hatte wohl recht. Mit dem Hafer, meine ich. Mit donnernden Hufen prescht er über den Boden.

Da-damm, Da-damm, Da-damm ... Schon klatscht mir die Brise ins Gesicht. Sie presst sich auf meine Nase und lässt mich nach Luft schnappen, so wie sie es versprochen hat. Pferdegeruch und der Duft des Waldes vermischen sich und beruhigen meine heißen Wangen. Wie der Blitz brettern wir über den Waldweg. Nichts wird uns in diesem Moment aufhalten können, denke ich mir, und da riecht die Luft auf einmal wirklich anders.

Als wir an dem kleinen Wasserfall vorbeireiten, zügle ich Lanzelot. Ich bin vollkommen aus der Puste. Bis zur großen Eiche ist es nicht mehr weit. *Mist. Ich sehe zum Kotzen aus.* Es gibt nur eine Eiche, die gemeint sein kann. Und ich bin überrascht, dass Finn den alten Baum kennt.

Morgen bei der alten Eiche. 16 Uhr. F., hat auf dem Zettel gestanden. Mehr nicht. Ich hab das Briefchen in meiner Jackentasche gefunden. Gestern nach der Schule. Er muss es mir in der Pause zugesteckt haben. Wenn ich daran denke, schlägt mein Herz wie verrückt. Zum Glück gibt Lanzelot jetzt Ruhe. Das Laufen hat ihm gutgetan. Mir auch.

Da liegt auf einmal ein Knacksen in der Luft. Der Sommerwendwind hat es zu mir hergetragen. Hinter der uralten Eiche bewegt sich etwas. Ein blonder Haarschopf kommt zum Vorschein, dann der Rest. Blaue Augen, langer Körper. Vielleicht ein bisschen dürr, mir gefällt das aber.

»Hey«, sagt Finn, und seine blauen Augen blinzeln neckisch. Er lächelt schief, die Hände baumeln in den Hosentaschen. »Ich war mir nicht sicher, ob du kommen würdest.«

»Doch«, murmle ich und wickle die Zügel um einen Ast. Wir stehen uns gegenüber. Weil ich so schwitze, lasse ich meine Reitkappe lieber auf dem Kopf.

»Kommst du heute zum Fest?«, fragt er.

»Ja, aber erst später.« Dass ich davor die Stallarbeit für meine Eltern erledigen muss, sage ich nicht. Warum, weiß ich nicht. Vielleicht, weil seine Eltern keinen Bauernhof haben?

»Gut, dann warte ich auf dich«, flüstert er. Sein Gesicht kommt meinem ganz nah. Anscheinend will er mir einen Kuss geben. Aber das blöde Schild der Reitkappe ist im Weg und Finn kracht mit seiner Stirn dagegen. Wie peinlich! Am liebsten würde ich im Erdboden versinken. Zum Glück fängt in diesem Moment Finns Handy zu läuten an.

»Ich muss ohnehin los«, stammle ich und schwinge mich, so elegant es nur geht, in den Sattel. »Bis später«, rufe ich ihm noch zu, dann treibe ich Lanzelot an. Finns Lächeln begleitet mich nach Hause.

Mist. Mist. Mist. Nicht jetzt. Bitte.

Mama und Papa sind zum Feuerwehrfest gefahren. Mein doofer Bruder auch. Ich habe die Schweine versorgt und die Ställe sauber gemacht. Wie besprochen. Und jetzt das. Das war nicht abgemacht. Warum muss dieses blöde Schwein ausgerechnet jetzt Junge bekommen? Es scheint tatsächlich Wehen zu haben. Im Abferkelstall hört man die lang gezogenen Atemgeräusche ziemlich deutlich. Es hat auch das Futter nicht aufgefressen. Der Trog ist noch halb voll. Zum Glück finde ich in der Futterkammer den Geburtenplan. Gleich neben dem Computer. Den nennen wir *Papas Stallknecht*, weil er dafür sorgt, dass jeden Tag die Schweine vollautomatisch gefüttert werden. Also suche ich neben Papas Stallknecht auf der Tabelle nach der Ohren-Marken-Nummer. *Noch mal Mist.* Da steht es. Das Kürzel, das Mama neben dem voraussichtlichen Geburtstermin hingekritzelt hat, haut mich um. JS, steht da. Das steht für Jungsau und bedeutet, dass dieses Schwein zum ersten Mal Junge bekommt. Jetzt kann ich das Fest garantiert vergessen.

Denn: Jungsau + Geburt = Risiko.

Papa würde ziemlich sauer sein, wenn ich mich jetzt aus dem Staub mache.

Mir ist zum Heulen. Hässliche Bilder ziehen an mir vorüber. Finn, umringt von meinen Freundinnen, die sich für diesen Abend total aufgedonnert haben. Jelly in ihrem knallengen Jeansminirock und Lena mit ihren weizenblonden Löckchen. Die ist ja schon immer auf ihn scharf gewesen. Und das nur, weil seine Eltern das neue Elektrocenter besitzen. *Pah!*

Mir kriecht die Wut in den Bauch, wenn ich daran denke. Alle meine Freundinnen sind auf dem Feuerwehrfest. Alle. Ich hätte mit Finn einen total romantischen Abend verbringen können. Wir hätten uns heimliche Blicke zugeworfen und hinter dem Klowagen geknutscht. Na ja, das vielleicht nicht gerade, aber schön wäre es trotzdem gewesen. Weil wir uns auch noch nie so richtig geküsst haben. Und wer noch nie miteinander so richtig geküsst hat, ist auch nicht fest zusammen, sagt Jelly immer. Und die muss es schließlich wissen. Immerhin hat sie schon Jungs geküsst.

Panisch fische ich mein Handy aus dem Overall. Drei Anrufe in Abwesenheit. *Finn.* Ich kann ihn unmöglich zurückrufen. Was soll ich ihm sagen – dass ich Schweine hüten muss? Wie blöd ist das?! Ich meine, wer interessiert sich schon für so etwas?

Dafür wähle ich Papas Handynummer und lasse läuten. Ewig. Nichts! *Verdammter Mist.* Tränen schießen mir in die Augen. Ich komme mir wie Aschenputtel vor und wische mir wütend übers Gesicht. Als ich zurück zur Stallbox komme, hat das Mutterschwein inzwischen drei Babys bekommen. Das dritte gerade eben. Mit Stroh rubble ich das Ferkel sauber, bis die Haut schön rosig ist. Dann lege ich es unter die Wärmelampe ins Ferkelnest.

Wieder probiere ich es bei Papa auf dem Handy. Nichts. Eine halbe Stunde vergeht. Bei der Muttersau tut sich nichts. Sie presst und presst, aber es kommt kein Ferkel raus. Ein ungutes Gefühl macht sich in mir breit. Irgendetwas stimmt da nicht. Ein Ferkel scheint sich im Mutterbauch verkeilt zu haben. Wenn ich jetzt nicht reagiere, stirbt nicht nur das Junge, sondern auch die Mutter. Schnell laufe ich ins Haus und hole einen Eimer mit warmem Wasser, Seife, Öl und ein Handtuch. Mir bleibt nichts anderes übrig, als das Ferkel mit der Hand herauszuziehen. Das habe ich schon öfters gemacht, weil ich die kleinste Hand von uns allen habe und so ein Geburtskanal ziemlich eng ist. Aber – noch nie alleine! Bis jetzt war Mama immer dabei und hat mir gesagt, was ich tun soll …

Da macht mein Herz auf einmal einen Paukenschlag!

»Hallo«, höre ich Finns Stimme hinter mir. »Was ist los? Warum bist du nicht zum Fest gekommen?« Er schaut zuerst auf den Eimer, dann mir ins Gesicht. Am liebsten würde ich ihm um den Hals fallen. Keine Jelly, Lena oder sonst eine Tussi. Sondern nur ich. Aber … was wird Finn denken? Er wird danach nie wieder mit mir Händchen halten wollen. Stattdessen wird er sagen: »Bitte, bloß nicht die Schweinehand!«

Verständlich. Ist ja auch nicht so toll. Aber was sein muss, muss sein. Deshalb sage ich: »Schwere Geburt. Ein Schwein braucht Hilfe.«

»Okay«, sagt Finn nur und schon marschiert er in Richtung Stallgebäude. Wow, denke ich.

Als ich die Tür zum Abferkelstall öffne, merke ich sofort, dass es höchste Zeit ist, einzugreifen. Oder eben hineinzugreifen. Finn setzt sich neben das Ferkelnest ins Stroh und beobachtet mich.

»Was hast du vor?«, fragt er, als ich meine Hand einzuseifen beginne.

»Ein Ferkel steckt fest. Ich muss es holen«, sage ich und seife wie eine Verrückte. Dann träufle ich mir Öl auf die Hand und den Arm, damit es schön flutscht. Ich kann Finn gar nicht in die Augen schauen, so peinlich ist mir das. Aber mittlerweile habe ich Mitleid mit der Schweinemama und bin ihr gar nicht mehr böse. Finn ist ja hier und das ist wunderschön. Trotz Schweinegestank und Mistfliegen. Deshalb mache ich meine Hand ganz schmal und beginne vorsichtig den Geburtskanal abzutasten. Das Mutterschwein grunzt. Aber es hilft nichts. Das muss jetzt sein. Zum Glück ist die Sau in einem Abferkelgitter eingeschlossen. Da gibt sie Ruhe.

Furchtbar eng ist es da drinnen. Und schleimig. Und warm. Und weich zugleich. Bis zum Ellenbogen stecke ich mit meiner Hand mittlerweile im Geburtskanal. Igitt!

Aber da – jetzt spüre ich etwas. Vorsichtig schiebe ich meine Finger um den Hals des Ferkels. Ich ziehe. Nichts. Noch einmal. Wieder nichts. Das Mutterschwein grunzt vor Schmerzen. Das Ferkel scheint festzustecken. Panik kommt in mir auf.

Da spüre ich Finns Hand auf meiner Schulter. Sie ist stark und warm. »Wir könnten es gemeinsam versuchen«, sagt er und greift nach meinem Oberarm. Dann ziehen wir wie die Verrückten. Ziehen. Und ziehen. Und spüren kurz darauf endlich einen Ruck und das Ferkel wird mit der nächsten Wehe herausgepresst. Es lebt sogar noch. *Wahnsinn!*

»Wahnsinn«, sagt auch Finn neben mir. »Wir haben gerade ein Schweinebaby zur Welt gebracht.« Er grinst über beide Ohren. »Und noch dazu einen ziemlich dicken Brummer. Kein Wunder, dass sich die Schweinemutter so abgemüht hat.«

Ich bin fertig. Fix und fertig. Und trotzdem fühle ich mich so gut wie noch nie. Gemeinsam rubbeln wir unseren *Brummer* trocken und legen ihn an die Zitzen der Mutter. Seine Geschwister saugen schon daran. Danach kommen die Ferkel im Rekordtempo. Eines nach dem anderen flutscht heraus. Elf an der Zahl. Dann ist Schluss. Die Nachgeburt kommt und ich bin unglaublich stolz auf mich. Oder noch besser: auf uns.

Als wir aus dem Stall treten, ist die Luft draußen kühl und angenehm. Eine Million Sterne funkeln am Himmel. Wir stinken wie die Schweine, aber das ist uns schnurzpiepegal. Wir legen uns ins feuchte Gras mitten in den Obstgarten. Zwischen Apfel- und Birnbäumen. Und dann … küssen wir uns. Zuerst nur ein bisschen. Ganz sanft. So zum Probieren. Aber dann immer mehr. Und mein Herz pocht. Mein Kopf dröhnt. Und meine Wangen glühen. Es fühlt sich total berauschend an, sogar in meinen Ohren rauscht es. Vor Glück, wahrscheinlich. Oder?

Oder, doch nicht … das Rauschen kommt nämlich von ganz woanders her. Es kommt von einem Auto, das die Zufahrtsstraße zum Hof entlangfährt. *Meine Eltern*, fährt es mir durch den Kopf. *Sie kommen. Vom Fest. Schon.*

»Schnell«, zische ich Finn ins Ohr und befreie mich aus seiner Umarmung. »Du musst gehen!«

Finn sieht mich fragend an. Doch mir bleibt keine Zeit, die Situation zu erklären. Denn schon kommen die Lichtkegel des Autos näher.

»Bitte!«

Finn nickt. Ausdruckslos.

»Ich rufe dich morgen an«, flüstere ich ihm nach. »Versprochen!«

Dann verschluckt ihn die Dunkelheit.

JUNIWIND

»Dass du die Geburt so gut hingekriegt hast«, meint Papa am nächsten Morgen und strubbelt mir im Vorbeigehen durchs Haar. Dann lässt er sich auf die Küchenbank plumpsen und schneidet eine dicke Scheibe Brioche ab. »Wird ja doch noch eine Bäuerin aus dir!« Zufrieden tunkt er das Hefegebäck in den Milchkaffee ein, beißt ab und deutet mit vollem Mund auf den vergilbten Bauernkalender, der schon seit Ewigkeiten dort an der Wand hängt. Gleich neben dem Herrgottswinkel. *»Menschensinn und Juniwind ändern sich oft sehr geschwind!«*, nuschelt er grinsend.

»Mhm«, sage ich nur und nehme ein paar Zuckerwürfel aus der Dose, Stück für Stück. Sechs oder sieben. Und lasse sie langsam im Kaffee untergehen. Dabei klimpere ich mit dem Löffel, eine Spur zu laut. Denn als sich Mama zum Tisch setzt, schaut sie mich vorwurfsvoll an. Automatisch greift ihre Hand nach der Zuckerdose. »Hannah, glaubst du nicht, dass du schon genug hast?«, fragt sie streng und stellt die Dose aufs Fensterbrett.

Genug. Habe ich genug? Nein, brüllt es in mir. Ich habe nicht genug! Und mein Menschensinn hat sich wegen der beschissenen Bauernregel auch nicht geändert! Aber alles, was ich zustande bringe, ist ein mickriger Giftblick, der überhaupt keine Wirkung zeigt, weil die Morgensonne gnadenlos zum Fenster hereinscheint und ich blinzeln muss. Ich finde Mamas Verhalten zum Kotzen. Seit Raphael diesen Anfall hatte und Diät halten muss, ist sie total anders geworden. Besonders zu mir. Dabei finde ich, dass mein Bruder mit der Heustauballergie gar nicht so schlecht dran ist. Jedenfalls muss er seitdem nicht mehr die Schweine füttern. Und überhaupt braucht er am Hof nicht mehr mitzuhelfen. Ich dafür umso mehr. Vielleicht stellt Mama deshalb jeden Tag die Zuckerdose aufs Fensterbrett. Damit ich weiterhin die Stallarbeit erledigen kann. Na super …

Wütend nippe ich an meinem Kaffee, der scheußlich schmeckt. Viel zu süß. Und trotzdem werde ich beim nächsten Mal aus Protest noch mehr Zucker hineingeben.

Als sich ein paar Sonnenstrahlen auf die Tischdecke verirren, fällt mir ein, dass ich Finn anrufen sollte. Vielleicht können wir ja zum See gehen. Während ich noch darüber nachdenke, sagt Papa plötzlich: »Und ohne Hilfe«, und sieht mich schon wieder so komisch an. »Bei dem fetten Kerl hast du sicher ganz schön ziehen müssen. So alleine …«

»Brummer«, antworte ich leise. Und als mich Mama und Papa nur verständnislos anschauen, erkläre ich: »Der fette Kerl heißt Brummer und ist gar nicht fett! Nur groß!« Dann schießt mir wieder diese blöde Tomatensuppenfarbe ins Gesicht. Daher beschließe ich, für heute genug gefrühstückt zu haben. Als ich die Küchentür aufstemme, steht Raphael vor mir. Mit verstrubbelten Haaren und geröteten Augen. Und einer Alkoholfahne, die mich beinahe umhaut.

»Auch schon wach!«, gifte ich ihn an. Schnell dränge ich mich an meinem Bruder vorbei.

Raphael grinst nur: »Für so junge Hühner wie dich heißt es eben früh ins Bett gehen!« Er lässt sich wie Papa auf die Küchenbank fallen und schnappt sich die Zuckerdose. Das reicht! Mit einem Knall schlage ich die Tür hinter mir zu und verschwinde zu Lanzelot.

Doch die Pferdebox ist leer. Sicherlich hat Papa Lanzelot frühmorgens auf die Weide gelassen. Weil um diese Uhrzeit die Fliegen nicht so lästig sind. Also schnappe ich mir den Führstrick und marschiere in Richtung Koppel. Auf dem Weg dorthin summt es in meinem Jeansrock. *Jelly is calling.*

»Wo warst du denn gestern?«, flötet meine Freundin. »Es war so geil, sag ich dir! Tobias war da. Und sogar diese Motorradtypen vom Nachbardorf.«

Ich stelle auf Lautsprecher, so kann ich mich mühelos über den Zaun schwingen. Schon kommt Lanzelot angaloppiert. Schnuppernd durchsucht er meine Taschen nach Leckereien.

»Hannah … bist du noch da?«, tönt es aus dem Handy.

»Ja«, sage ich und muss kichern, weil Lanzelots Barthaare so kitzeln. »Wir reden später weiter, okay? Ich muss grad was erledigen. Ich melde mich dann bei dir«, versuche ich Jelly abzuwimmeln. Ich will unbedingt vorher mit Finn sprechen. Vielleicht klappt es ja mit dem See.

In der Leitung knistert es. »Ja, gut«, meint sie nach einer Weile. »Aber beeil dich. Wir treffen uns später nämlich mit den Jungs am See.«

In meinem Kopf schlägt die Alarmsirene an. »Welche Jungs?«, frage ich vorsichtig.

Jelly schnaubt. »Tobias natürlich. Und dein Lover soll auch kommen – hab ich jedenfalls gehört. Er war ja gestern auf einmal wie vom Erdboden verschluckt ...«

»Er ist nicht mein Lover. Das weißt du ganz genau!«

Jelly fängt zu lachen an. »Hannah, für wie blöd hältst du mich?!«

Als ich nicht antworte, sagt sie: »Das mit Finn ... das ist ja wohl klar. Immerhin hat er gestern auf der Party ungefähr hundertsiebzig Mal nach dir gefragt. Und jetzt pack deinen Bikini ein und schwing deinen Arsch schnellstens her. Klaro?«

Darauf weiß ich keine Antwort. Außer dass Jelly das mit mir und Finn nun doch gewittert hat ... und mich fröstelt, obwohl es schon über dreißig Grad draußen hat.

Ich liege unter der großen Birke im Schatten. Ich mag diesen Platz. Er hat etwas Besonderes, etwas Mystisches. Auch wenn man sich am Seeufer durchs Unterholz schlagen muss, um hierherzukommen. Und das bei dieser Hitze. Das macht nicht jeder. Aber die Mühe lohnt sich. Denn hier sind kaum Leute. Das liegt nicht nur am beschwerlichen Weg, sondern auch daran, dass das Ufer auf dieser Seite des Sees steil ab-fällt und das Wasser noch dunkler ist. Wenn man also hineinwill, muss man entweder durchs hohe Schilf waten oder von dem Felsen springen, der ein Stück weit vom Ufer ins Wasser ragt. Das ist gar nicht so einfach. Nur die wenigsten trauen sich das. Doch wenn man sich traut, dann wird man jedes Mal aufs Neue belohnt. Denn das Wasser ist so dunkel, dass ich immer das Gefühl habe, in ein schwarzes Loch zu springen. Ohne zu wissen, ob es mich verschlingen wird oder nicht. Und wenn ich springe, in das tiefe schwarze Loch, dann fühle ich mich danach so lebendig wie sonst nie. Ich weiß nicht, warum das so ist. Aber das Gefühl, wenn man wieder auftaucht, ist überwältigend. Befreiend.

Ich drehe mich auf den Rücken und lasse meinen Blick über den See schweifen. Alles ist so wie immer. Der dunkle Moorsee, umsäumt von weißen Birken. Das Wasser, das leise und unaufhörlich gegen die Felsen schwappt. Das Schilf, das im Wind raschelt. Und Jelly, die mit ihrem rosa Bikini neben mir in der Sonne liegt. Keine zwei Meter entfernt.

Wie immer.

Ich, im Schatten.

Sie, in der Sonne.

Und trotzdem ist etwas anders. Heimlich schiele ich auf das Display meines Handys. 11:47 steht drauf. Sonst nichts. Keine Anrufe in Abwesenheit. Keine neuen SMS. Schon gar nicht von Finn. Ich habe mindestens drei Mal bei ihm angerufen. Aber er hat nie abgehoben. Warum?

Ist es doch wegen der Schweinehand? Oder war es der Kuss? Der Kuss mit Schweinegestank? Oder was?

Mein Magen zieht sich düsterlich zusammen. Die winzigen Sonnenstrahlen, die durch das lichte Blätterdach der Birke fallen, können die Kälte in mir nicht vertreiben.

Jelly scheint meine Unruhe zu spüren. Sie schaut über den Rand ihrer Sonnenbrille und fragt mit Kennermiene: »Magst du mir nicht endlich erzählen, was gestern los war?«

Reflexartig verstecke ich mein Handy unter dem Badetuch und winke ab. »Da gibt es nichts zu erzählen. Ich hatte Stalldienst und konnte nicht weg. Wegen der Geburt. Du weißt schon …«

Meine Freundin stöhnt. »Mensch, Hannah. Setz dich endlich bei deinen Eltern durch! Das kann doch nicht ewig so weitergehen. Willst du zu Hause versauern, oder was?« Mit einer lässigen Handbewegung rückt sie ihre Sonnenbrille zurecht und kramt ein Sonnenspray aus der Tasche. Sorgfältig beginnt sie ihre Beine damit einzusprühen. Danach sind Bauch, Arme und Gesicht dran. Ein Hauch Kokos weht zu mir herüber, gefolgt von: »Kannst du mal?« Jelly dreht mir ihren Rücken zu. »Eigentlich dachte ich, dass Tobias das übernehmen würde. Aber selbst schuld, wenn diese Affen zu spät kommen! Wo bleiben die eigentlich?«

Ja, wo bleiben sie? Noch einmal lasse ich meinen Blick über den See streifen. An der Südseite beginnt sich langsam die Liegewiese zu füllen. Familien mit Kindern und aufblasbaren Rennautos, Ponys und Delfinen. Pärchen, die in der Nähe des Schilfgürtels ein Versteck suchen. Pensionisten mit Akkuradios, die leise dudeln und ab und zu Fetzen von Blasmusik über den See schweben lassen. Aber von Finns bestem Freund Tobias und vor allem von Finn – keine Spur. Ein leises Seufzen kommt mir über die Lippen.

»Na gut, dann spraye ich mich halt selber ein«, sagt Jelly neben mir schnippisch.

Ich gucke sie irritiert an, dann begreife ich, dass sie mein Seufzen auf das Einsprühen bezogen hat. »Klar sprühe ich dich ein«, sage ich schnell. »Gib schon her dein Kokosnuss-wunderbräunungszeugs.« Ich schnappe mir die Flasche und spraye ihren Rücken damit ein. Um sie versöhnlich zu stimmen, sage ich: »Erzähl, wie war es gestern sonst noch so?«

Jelly kichert. »Ach, es interessiert dich also doch? Und ich dachte schon, du bist krank oder so.« Und dann fängt Jelly zu erzählen an. Von der coolen Band, die in dem kleinen Zelt neben dem großen gespielt hat, und von der Motorradgang, die aus dem Nachbardorf angerollt ist. Von Goldlöckchen alias Lena, die zur amtierenden Maisprinzessin gewählt wurde (auch kein Wunder, immerhin ist ihr Vater der Bürgermeister). Vom riesigen Sonnwendfeuer, das gebrannt hat wie Zunder. Von Raphael und seinen Freunden Sebi und Manuel, die gesoffen haben wie die Stiere, weil sie ihre bestandene Führerscheinprüfung gefeiert haben. Und natürlich von Tobias. Und Finn.

Als ich fertig mit Einsprühen bin, nimmt sie mich ins Visier. »Also, Hannah«, fragt sie. »Was ist denn nun wirklich zwischen euch?« Ihre linke Augenbraue beginnt in Richtung Haaransatz zu wandern. Das tut sie immer, wenn Jelly auf eine heiße Spur gestoßen ist. Dafür scheint sie eine Begabung zu haben. Und obwohl ich meine Freundin schon lange kenne, kann ich ihr einfach nicht sagen, was da läuft. Ich mag Jellena. Wirklich! Sie ist schon immer meine Freundin gewesen. Seit dem Kindergarten. Obwohl sie so anders ist als ich. Aber ich glaube, das ist auch der Grund, warum wir uns so super verstehen.

Ihre Mutter hat den Friseursalon im Dorf. Jellys Vater lebt schon lange nicht mehr hier. Der ist irgendwann abgehauen, als Jelly noch klein war. Nachdem der Krieg zu Ende war, ist er wieder zurück nach Bosnien, ohne die beiden mitgenommen zu haben. Das war schon ziemlich gemein von ihm! Aber Jellena kommt eigentlich super damit zurecht. Das hat sie schon früh gelernt oder einfach in die Wiege gelegt bekommen. Das *Alleine-klarkommen-Gen*.

Und ich ...? Meine Eltern haben den Bauernhof. Da gibt es immer Arbeit. Meist schmutzige. Dementsprechend läuft man den ganzen Tag dreckig herum. Und zum Fragen hat man nie viel Zeit. Man macht einfach. Man muss einfach. Das habe ich auch schon früh gelernt. Oder es ist mir auch in die Wiege gelegt worden. Das *Man-muss-einfach-machen-Gen*.

Aber obwohl ich Jellena schon ewig kenne, kann ich ihr einfach nicht sagen, was mit Finn läuft. Ich weiß es doch selbst nicht. Und wer weiß, was los ist, wenn es jeder hier im Dorf erfährt. Jeder. Auch meine Eltern. Und vor allem Raphael! Daran will ich gar nicht denken. Wenn der rauskriegt, dass ich mit dem Sohn seines Chefs ...! Der macht mich fertig. Er ist ja auch so kaum noch auszuhalten, seitdem er letztes Jahr diesen Anfall hatte.

Deshalb springe ich auf und sage: »Ich weiß nicht, was du meinst!«, und düse in Richtung Wasser ab. »Kommst du mit?«

Jelly sieht mir empört nach. »Dann eben nicht.« Schlendernd folgt sie mir in Richtung See. »Nur damit du es weißt«, schnaubt sie, als sie neben mir zum Stehen kommt, »ich springe nicht von diesem Selbstmörderplatz. Verstanden?« Ihr Kopf nickt in Richtung Felsen.

Ein Spiegelbild beginnt sich vor unseren Füßen auf dem Wasser auszubreiten.

Jelly und ich. Beide gleich groß. Die eine schlank, die andere dürr.

Die eine braun, die andere blass. Die eine hat einen rosa Bikini an. Die andere einen braunen. Die eine hat lange blonde Haare. Die andere hat ihre mausbraunen zu einem kleinen Pferdeschwanz zusammengebunden. Der Pony hängt ihr tief ins Gesicht. So stehen wir. Und das schwarze Wasser schlägt über uns Wellen. Schaukelt uns hin und her. Und hin und her. Und dennoch sind wir da. Seite an Seite. So, wie wir es immer gewesen sind. Und wahrscheinlich immer sein werden. Da bekomme ich ein schlechtes Gewissen, weil ich meiner besten Freundin kein Vertrauen schenken kann. Ich drehe mich zu ihr hin und flüstere: »Ich weiß einfach nicht, was da ist. Verstehst du?« Und ich muss kämpfen, damit ich nicht anfange zu weinen.

Jelly lächelt mich an. Wissend. »Erwischt, hm?« Dann nimmt sie mich in ihre Arme und flüstert: »Du weißt ja, wo du mich findest, wenn du jemanden zum Reden brauchst!«

Ich nicke. Stumm. Und klettere auf den Felsen, den wir Jungfrauenfelsen nennen. Meine Zehen krallen sich in den Spalten fest. Ich richte mich auf und blicke ins Wasser. Vor mir tut sich das tiefe schwarze Loch auf. Ich hole Luft. Tief Luft. Und dann springe ich …

… rauschendes Wasser, kitzelnder Morast, wogende Haare, alles stürzt auf mich ein. Ich lasse mich sinken, es zieht mich hinunter, tiefer und noch tiefer. Um mich herum wird es still. Ich koste den Augenblick aus. Eine Sekunde. Zwei Sekunden. Drei Sekunden. In meinen Lungen fängt es zu kribbeln an. Jetzt ist es Zeit. Mit einer kraftvollen Bewegung drücke ich mich in Richtung Licht. Wieder rauschendes Wasser, kitzelnder Morast und wogende Haare. Als ich auftauche, hat mich die Welt wieder. Ich ringe nach Luft, öffne die Augen und …

… blicke direkt in das Gesicht von Finn.

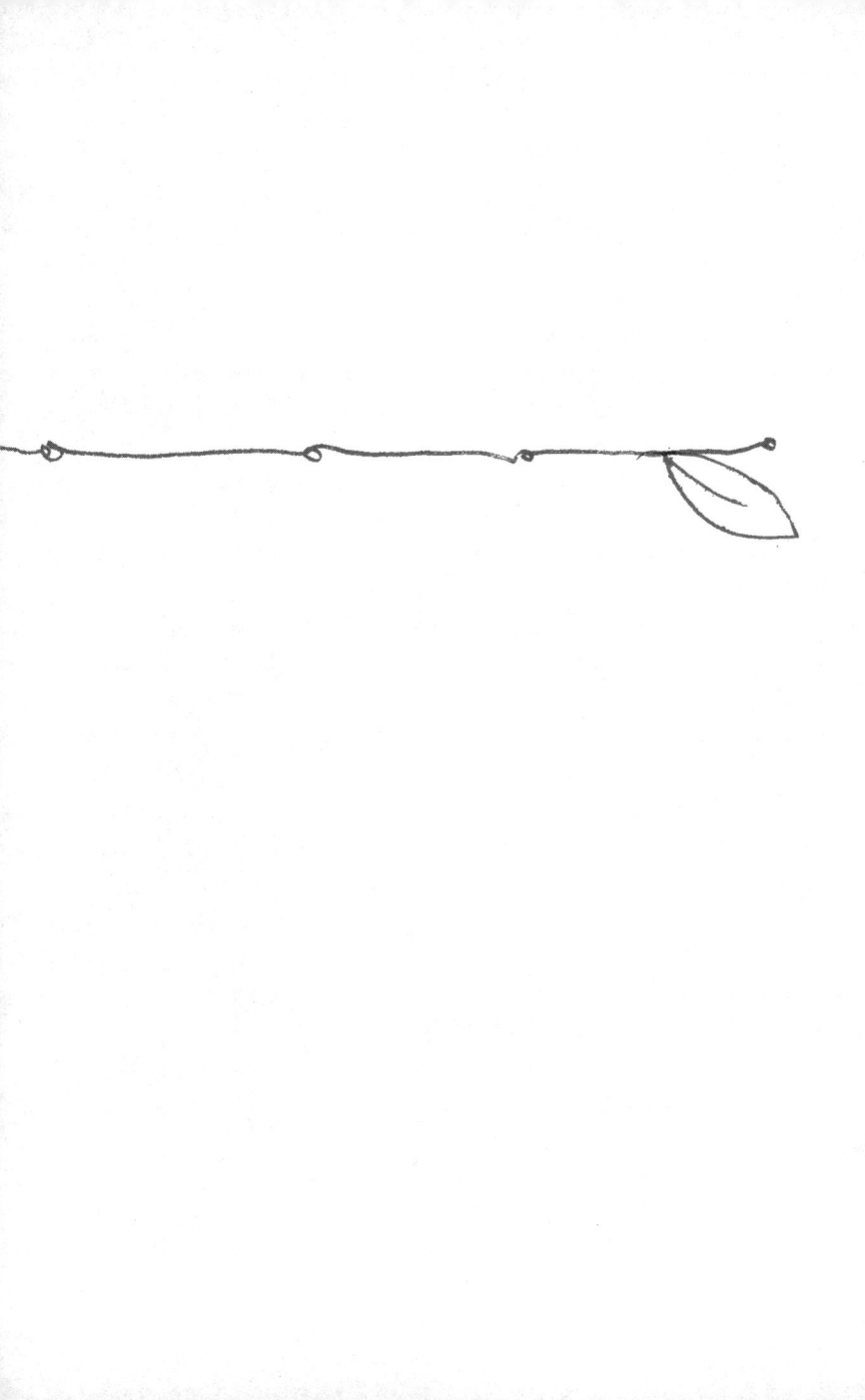

JOHANNIHIMMEL

Finn liegt neben mir unter der Birke. Seine Augen sind geschlossen. Schläft er? Sein Atem geht gleichmäßig und riecht nach Alkohol. Ich beuge mich über ihn und betrachte sein Gesicht. Sein Mund ist leicht geöffnet. Die nassen Haare kleben an der Stirn. Dazwischen spiegeln sich kleine Wassertropfen im Sonnenlicht.

»Lass ihn schlafen!«, ruft Tobias, als er mit Jelly aus dem Wasser kommt. Händchen haltend. Jelly lächelt versonnen.

»Der hat gestern noch ziemlich viel gebechert«, sagt Tobias und schüttelt sich das Wasser aus den schwarzen Haaren.

Jelly wirft Tobias einen fragenden Blick zu. »Aber Finn ist doch vom Fest so früh verschwunden ...«

»Ja, eben«, meint Tobias. »Zuerst lässt der Kerl uns einfach stehen. Und dann taucht er Stunden später wieder auf und knallt sich ein Whiskey-Red Bull nach dem anderen rein. Ohne ein Wort zu sagen.« Tobias zuckt mit den Schultern. »Keine Ahnung, was gestern mit ihm los war.«

Also ist Finn zum Fest zurück, überlege ich still. Und weil er dort so viel getrunken hat, ist er nun völlig erledigt. Deshalb habe ich ihn auf dem Handy nicht erreichen können ...

Und schon ist sie wieder da, die quälende Frage, die sich langsam in meinem Hirn ausbreitet und es erlahmen lässt. Diese eine Frage: *War es wegen der Schweinehand?*

Gedanklich spule ich zum Anfang zurück, während Finn neben mir seinen Rausch ausschläft. Von Weitem höre ich Jellys helles Lachen. Tobias scheint ziemlich verrückt nach ihr zu sein. Und sie nach ihm. Wie die beiden da so auf der Decke liegen und herumknutschen … als ob sie sich seit einer Ewigkeit kennen würden. Dabei kennen sie einander erst seit ein paar Tagen. Durch Finn. Und mich. Und jetzt haben sie den größten Spaß miteinander und alles an ihnen sieht leicht und unbeschwert aus. Typisch Jelly! Sie ist wie eine von diesen geleeartigen Bohnen, die es in allerlei Farben und Geschmacksrichtungen gibt. Die sind außen süß und innen auch. Und immer für eine Überraschung gut. Und so ist auch Jellena. Wie eine Jelly-Bean.

Bei mir hingegen ist alles anders. Viel schwieriger.

Dass Finn mich vor ein paar Wochen an der Bushaltestelle angesprochen hat, wundert mich immer noch. Zuerst dachte ich, er wolle sich nach Lena erkundigen. Wie es ansonsten der Fall ist, wenn mich Jungs von der Schule ansprechen. Weil sie durch mich an Lena herankommen wollen. Oder an Jelly. Manchmal holt Jelly mich nämlich von der Schule ab, wenn wir in die Stadt ins Kino wollen oder shoppen gehen. Da können sich die Jungs das Gaffen auch nicht verkneifen, wenn Jelly mich abholt.

Bei Finn aber war das anders. Ich kannte ihn nur flüchtig. Ich wusste, dass er zwei Schulklassen über mir ist und in die 7e geht. Mehr nicht. Man kann nicht alle kennen. Ist ja eine Riesenschule. Über tausend Schüler mindestens. Und trotzdem ist er mir aufgefallen. Mit seiner ruhigen Art. Und dem klaren Blick. Dass ich ihm aber auch aufgefallen bin …?

Jedenfalls stand ich an dem Tag an der Haltestelle und wartete auf den letzten Bus des Tages, der die große Runde um den See drehen und im Dorf halten würde. Die meisten Schüler waren längst zu Hause. Fast alle wohnen in der Stadt. Oder ihre Busverbindung ist günstiger als die nach Tieglitz. Irgendwann hörte ich, wie das schwere Schultor ins Schloss fiel. Und als ich mich fragte, wer um diese Zeit in der Schule noch herumgeistern würde, stand er plötzlich vor mir: Finn. Und lächelte mich an. Wir quatschten eine Weile. Ganz locker. Einfach so. Dies und das. Über die Schule. Und über die Lehrer. Welche cool und welche uncool sind. Dann kam der Bus. *Tieglitzer Moorsee – Große Runde* stand in roten Lettern auf dem Anzeigenblatt.

»Das ist meiner«, sagte ich und schulterte meine Tasche. Finns Antwort darauf überraschte mich. »Meiner auch«, sagte er und ließ mir den Vortritt, als er mit mir in den Bus einstieg.

Erst einige Zeit später begriff ich, wer Finn überhaupt war. Nämlich der Sohn von Raphaels Chef. Also der Sohn vom neuen Elektrocenterbesitzer, dessen Familie erst kürzlich hierhergezogen ist. Ab da fing die Sache an, kompliziert zu werden.

Wieder höre ich, wie Jelly lacht. Ganz dicht neben mir. »He, wo bist du denn mit deinen Gedanken«, flötet sie und stupst mich an. »Wir gehen zum Imbissstand und holen uns was zu trinken. Kommst du mit?«

Ich schüttle den Kopf. Da beginnt sich neben mir etwas zu regen. Es ist Finn, der zum Leben erwacht. »Habt Erbarmen und bringt dem halb Verdursteten eine Cola mit, ja?«, krächzt er mit belegter Stimme. »Oder, noch besser, zwei!« Er kramt einen Fünfeuroschein aus der Hosentasche und drückt ihn Tobias in die Hand.

»Geht klar, Alter«, grinst Tobias und macht sich mit Jellena in Richtung Imbissbude davon. Händchen haltend.

Als die beiden im Unterholz verschwinden, dreht sich Finn auf meine Seite. Dabei streift seine Hand mein Knie. Ein Schauer rieselt mir über den Rücken.

»Wie geht's?«

»Gut«, sage ich.

»Und Brummer?«

Oh! Er hat es nicht vergessen! Tomatensuppenfarbe schießt mir ins Gesicht. »Auch gut. Glaube ich zumindest. Ich war heute noch nicht im Stall!«

Finn sieht mich mit gespielt entgeisterter Miene an. »Was?«, raunt er heiser. »Du kannst unseren Brummer doch nicht so vernachlässigen. Wofür haben wir ihm schließlich das Leben gerettet?«

»Wegen zukünftiger Schnitzel?«, rutscht es mir einfach so heraus. Finn aber lacht mich an und drückt mir einen sanften Kuss auf die Lippen. Mein Herz schlägt einen Purzelbaum und alle Zweifel sind mit einem Mal wie weggeblasen.

Als ich wieder die Augen aufschlage, fragt er: »Kommst du mit? Ich brauche Abkühlung.« Er greift nach meiner Hand und zieht mich in Richtung Seeufer. Als wir auf den Felsen klettern, halten wir uns immer noch an den Händen. So springen wir auch. Gemeinsam. Händchen haltend ins tiefe schwarze Loch.

Als wir auftauchen, lacht Finn: »Außer dir kenne ich kein einziges Mädchen, das sich traut, von diesem Felsen zu springen!« Er zieht mich zu sich rüber und schaut mir dabei ruhig in die Augen. »Ganz schön cool, finde ich!«

»Hab ich bei meinem Bruder gelernt. Mehr oder weniger freiwillig.« Ich muss ebenfalls lachen. »Irgendwann bin ich dann von selbst gesprungen. Ab da fand ich es auch gut. Vorher nicht so …«

Finn legt seinen Arm um mich. Dann küssen wir uns noch einmal. Und noch einmal. Und erst als wir ganz schrumpelige Fingerspitzen haben, beschließen wir, aus dem Wasser zu gehen.

Inzwischen sind Tobias und Jelly mit zwei eiskalten Colas zurückgekommen. Finn drückt mir eine davon in die Hand. Dabei sieht mich Jelly triumphierend an. »Also doch«, flüstert sie mir ins Ohr.

Ich runzle die Stirn und weiß nicht, was ich sagen soll. Der Nachmittag ist einfach zu schön! Zu schön, um kaputt gemacht zu werden. Nur damit ich die Fassade aufrechterhalten kann. Meine Fassade. Und während wir am Seeufer sitzen, Jelly mit Tobias und ich mit Finn, verschwende ich nur flüchtig einen Gedanken daran, was wäre, wenn jeder wüsste, dass ich in Finn verliebt bin. Denn ich, Hannah Seibner, bin in Finn Delorn verliebt. Das ist so klar wie Papas Birnenmost. So klar wie eine seiner beschissenen Bauernregeln, die besagt: *Ist der Johannihimmel hell und klar, wird es wohl ein heißes Jahr.* Und ist der Himmel über unseren Köpfen nicht gerade hell und klar und vor allem blau? Ja, blau ist er. So blau wie selten.

Auch nach zwei Wochen will die Hitzewelle nicht nachlassen. Die Getreidefelder sind mittlerweile zu goldgelben Teppichen herangereift. Daneben strotzen grüne Maisäcker. Wie ein buntes Mosaik sieht das aus. Besonders, wenn der Bus an ihnen vorüberzieht. Gelb, Grün, Gelb, Grün … und hie und da ein Sprenkel Rot von den Mohnblumen, die am Straßenrand wachsen.

Die Hitze im Bus ist unerträglich. Auch Lena neben mir schwitzt. Ihre Locken kleben an der Stirn und lassen Lena irgendwie hässlich aussehen. Ein ungewohntes Bild. Lena ist ansonsten immer schön. Immer perfekt.

Als ob sie meine Gedanken erraten hätte, wischt sie sich über die Stirn und versucht, Ordnung in ihre Frisur zu bringen. »Wie gut, dass wir nur noch ein paar Tage Schule haben«, stöhnt sie und fängt an, am Fenster herumzunesteln.

Vergeblich versucht sie es einen Spaltbreit zu öffnen. »In einer Woche sitze ich schon auf Ibiza und trinke Cocktails am Strand.« Sie lacht kurz auf. Als sie aber merkt, dass sich das Fenster nicht öffnen lässt, verstummt sie. Griesgrämig wendet sie sich ab und zu mir hin. »Und was wirst du so in den Ferien machen?«, will sie wissen.

»Was schon«, murmle ich. »Bei der Ernte helfen und so. Was halt im Sommer auf einem Hof so anfällt. Da ist nix mit Urlaub.«

Lena verzieht ihren himbeerroten Glitzermund zu einem versöhnlichen Lächeln. »Ach ja, stimmt. Sorry, habe ich ganz vergessen.« Eilig hängt sie dran: »Dann schreibe ich dir eine Karte. Eine ganz schöne. Mit dem Meer darauf. Versprochen!«

»Super«, antworte ich. Zum Glück biegt der Bus jetzt in die Dorfstraße ein. Schon tauchen die ersten Häuser auf. Als ich meine Tasche packe, sagt Lena noch: »Und Finn, dem schreibe ich auch eine.« Sie lächelt wieder. Dieses Mal richtig. »Ich hätte ihn noch so gerne vor den Ferien gesehen. Wie blöd, dass die Siebtklässler ausgerechnet in der letzten Schulwoche auf Klassenfahrt sind.«

Endlich öffnet sich die Tür. Ich kann die Hitze im Bus kaum noch ertragen. Mit einem Satz springe ich ins Freie. Meine Sandalen klappern auf dem Pflaster. Schon ist Lena hinter mir. »Vielleicht«, sagt sie, »lernt Finn in der Zwischenzeit jemand anders kennen – während der Ferien. Da sollte ich vorsorgen ...«

Nervös fummele ich an meinem Fahrradschloss herum. »Du bist doch gar nicht mit ihm zusammen«, sage ich leise und atme auf, als das Schloss nachgibt.

Lena dreht sich zu mir um. »Das ist nur eine Frage der

Zeit«, sagt sie und wirft gekonnt ihre goldene Lockenmähne in den Nacken. »Also dann. Bis morgen!«

»Ja, bis morgen«, flüstere ich, trete kräftig in die Pedale und bin froh, als Lena hinter mir am Horizont kleiner und kleiner wird.

Wie von selbst lenkt sich mein Fahrrad dann am Dorfbrunnen vorbei, die schmale Kirchengasse hinunter, in der es angenehm kühl ist, bis hin zum Friseurladen.

Fast täglich nehme ich diesen Weg, obwohl er für mich ein Umweg ist. Aber das macht mir nichts. Denn bei Jelly und Karolina ist es einfach viel gemütlicher als bei uns zu Hause. Überhaupt in letzter Zeit. Schon kommt das kleine Häuschen näher und ich bremse ab. *Karos Frisierstube* steht über der Tür. Darunter ein kleines Schild: *Mittags geschlossen.*

Vorsichtig bugsiere ich das Rad an den Mülltonnen vorbei, stelle es im Hinterhof ab und hänge den Rucksack über die Lenkstange. Als ich die Tür öffne, höre ich laute Musik und schallendes Gelächter.

»Hallo?«, rufe ich nach oben.

Jelly beugt ihre blonde Mähne über das Treppengeländer. »Hallo, du! Hast du Hunger? Mama macht Spaghetti!«

Ich schüttle den Kopf. »Ich wollte nur kurz vorbeischauen«, antworte ich, streife die Sandalen ab und laufe barfuß die Holztreppe hoch. In der Küche steht Karolina, Jellys Mutter, am Herd und singt den aktuellen Sommerhit mit, der aus dem Radio dröhnt. Ich nicke ihr kurz zu, worauf sie sich vom Kochtopf abwendet und auf mich zukommt. Sanft zupft sie an meinen Haaren. »Dein Pony nach-geschnitten gehört«, meint sie und drückt mir ein Küsschen auf die Wange. Noch immer hört man ihr an, dass sie nicht von hier stammt.

Bei Jelly ist das anders. Sie hatte nur anfangs im Kinder-garten Schwierigkeiten mit unserer Sprache gehabt. Nach einiger Zeit aber quatschte sie genauso wie wir anderen Kinder aus dem Dorf. Bei Karolina aber hört man es. Auch nach so langer Zeit noch. »Komm doch vorbei mal. Am bes-ten ist abends. Dann machen wir Mädelsabend!«, sagt sie.

Ich lächle ihr zu und atme den Duft ein, der Jellys Mutter umgibt. Karolina riecht nach Haarfärbemittel und Kräuter-shampoo. Und auch ein bisschen nach Knoblauch. Immer. Diesen Duft mag ich so gerne. Er ist anders als der Duft von zu Hause. Nicht besser oder schlechter. Einfach anders. Und trotzdem vertraut.

»Gerne«, sage ich, »aber nicht heute.«

Daraufhin fängt Karolina laut zu lachen an. »Das war klar! Dich mit List muss man herkriegen, um an dir herumwer-keln zu dürfen. Du bist und bleibst eben Naturschönheit.« Dann wendet sie sich wieder den Nudeln zu.

Ich lasse mich neben Jelly auf die Couch fallen und flüstere: »Kann ich dir was sagen?«

Jelly nickt. »Ich muss sowieso die Tomaten auf dem Balkon gießen. Diese Woche bin ich dran …« Sie verzieht das Ge-sicht zu einer Grimasse. Als wir auf dem Balkon sind, greift sie nach der Kanne und fängt an, die Pflänzchen zu wässern. »Und? Was gibt's?«, fragt sie neugierig.

»Ich weiß auch nicht«, seufze ich und lasse mich auf die Liege plumpsen. Ein Sonnenschirm spendet mir Schatten. Richtig gemütlich ist das. »Da kann mir Ibiza gestohlen bleiben«, denke ich laut.

Jelly taucht die Gießkanne ins Regenfass und sieht mich verwundert an. »Hä? Was meinst du?«

»Ach, es ist wegen Lena«, rücke ich schließlich heraus und erzähle, was vorhin im Bus vorgefallen ist.

Jelly grinst. Wie auf Kommando wandert ihre linke Augenbraue hoch. »Du bist eifersüchtig.«

»Blödsinn! Auf was soll ich eifersüchtig sein …«

Sie stellt die Gießkanne zur Seite und quetscht sich zu mir auf die Liege. »Ich frage mich die ganze Zeit, warum du mir nichts davon erzählen willst. Von dir und Finn, meine ich. Nach dem Nachmittag am See kannst du mir nichts mehr vormachen. Ich hab genau gesehen, wie ihr euch angeschaut habt!«

»Wie denn?«

»Na, so«, sagt Jelly und beugt sich über mich. Dabei blickt sie mir tief in die Augen und lächelt mich dümmlich an.

»Du bist blöd«, sage ich und muss lachen. »So habe ich bestimmt nicht ausgeschaut!«

»Aber Finn.« Sie nickt. »Und wie. Der ist so was von vernarrt in dich!«

»Und warum meldet er sich dann nicht?«, rutscht es mir heraus.

Jellys Grinsen wird noch breiter. »Hat er nicht? Seit Sonntag nicht?«

»Doch«, gebe ich brummend zu. »Sonntagabend. Aber nur kurz. Wollte Tschüss sagen, weil sie ja diese Woche auf Klassenfahrt sind.«

»Und warum«, fragt sie, »machst du dann so ein Gesicht? Das ist doch gut!«

Ich seufze. Schon wieder. »Ich weiß auch nicht. Lenas Bemerkung vorhin war einfach scheußlich. Ob sie wirklich in ihn verknallt ist? So richtig, meine ich?«

Jellena fängt an, mit ihren Haaren zu spielen. »Glaub ich nicht«, sagt sie schließlich. »Du weißt ja, wie Goldlöckchen ist. Sie ist Papas Liebling. Und wenn der sich eingebildet hat, dass der Sohn vom neuen Elektrocenterbesitzer eine gute Partie ist, dann findet sie es auch. So ist das wahrscheinlich, wenn man einen Bürgermeister zum Vater hat …« Sie dreht ihren Kopf zur Seite und sieht mich an. »Und? Bist du in ihn verknallt? So richtig, meine ich?«

Ich sehe meiner Freundin in ihre blauen Augen. Kleine Sonnenpunkte spiegeln sich darin. So gerne würde ich ihr sagen, wie es in mir aussieht, aber …

»… ich kann nicht«, bringe ich schwach hervor.

»Wieso nicht?«, fragt sie genervt. »Ist es wegen deinen Eltern? Glaubst du, dass sie durchdrehen, wenn du einen Freund hast? Du bist sechzehn. Wenn du mich fragst, bist du ohnehin schon überfällig!«

Ich schüttle den Kopf. »Nein, es ist nicht wegen Mama und Papa.«

Jellys Augen fangen plötzlich zu blitzen an. »Aber doch nicht wegen Raphael, oder?«, ruft sie ungläubig. »Was hat dein Bruder mit der Sache zu tun? Dem kann es doch egal sein, welchen Freund du hast!!!«

»Pst!«, zische ich. »Geht das nicht ein bisschen leiser? Oder willst du, dass es jeder hier im Dorf mitkriegt?«

Jelly sieht mich seltsam ausdruckslos an und sagt: »Das ist es also. Du willst mir nichts davon erzählen, weil du glaubst, ich könnte es weitertratschen!« Langsam steht sie von der Liege auf und dreht mir den Rücken zu. »Und ich dachte, du vertraust mir …«

»Jelly …«, flüstere ich.

Eine sprachlose Wand scheint sich inmitten der Julihitze zwischen uns aufzubauen, doch zum Glück kommt Karolina dazwischen.

»Hannah, deine Mama angerufen hat. Du hast wohl dein Handy unten in Rucksack gelassen. Sie sagt, heute kommt noch Mähdrescher und du musst helfen …«

Hastig stehe ich von meiner Liege auf. »Ja, danke«, rufe ich Karolina zu, die daraufhin wieder vom Balkon verschwindet.

Mein Blick wandert rüber zu Jelly. »Versteh doch …«

Meine Freundin reagiert nicht.

»Jelly-Bean«, bettle ich. »Sei nicht sauer!«

Immer noch keine Reaktion.

»Ich muss los«, sage ich schließlich und verabschiede mich.

Als ich in die Pedale trete, ist es mittlerweile so heiß geworden, dass ich befürchte, der Asphalt könnte an den Rädern kleben bleiben. Mühsam kämpfe ich mich voran.

Keine einzige Ähre bewegt sich auf den Getreidefeldern. Die Luft flirrt im Sonnenlicht. Und meine Tränen verdunsten, ehe sie die Nasenspitze erreicht haben.

DIE SICHEL

Der Traktor steht auf dem abgedroschenen Feld. Ringsherum ist es heiß und staubig. Und gelb. Alles scheint heute gelb zu sein. Lenas Löckchen. Die Sonne. Unsere Felder. Der Mähdrescher. Die Wintergerste, die vom Inneren der Erntemaschine ausgespuckt und in den Kipper gefüllt wird. Sogar die Kappe von Hans, dem Mähdrescherfahrer, ist gelb. Als er zu mir herüberwinkt, sehe ich, wie mich die Kappe im Sonnenlicht angrinst. Nur Hans grinst nicht. Mürrisch fuchtelt er mit der Hand. *Voll* soll das bedeuten. Damit meint er den Kipper.

Ich nicke ihm zu. Der Mähdrescher heult auf und macht sich als überdimensionale Ameise an der nächsten Getreidereihe zu schaffen.

Ich weiß, was jetzt zu tun ist, und muss unwillkürlich an Papas heutige Bauernregel denken: *Der Juli bringt die Sichel für Hans und für den Michel.* Also für mich. Widerwillig atme ich die staubige Luft ein, die sich in der Traktorkabine gefangen hat, greife nach dem Zündschlüssel und drehe ihn um. Sogleich fängt der Motor zu ruckeln an. Ich lasse die Kupplung kommen und das Gefährt setzt sich langsam in

Bewegung. Hintenan der sieben Tonnen schwere Kipper. Ob das gut geht?

»Bloß aufpassen«, sage ich mir, als er zu schwanken beginnt. Der unebene Feldboden macht mir zu schaffen. Zum Glück ist die Straße schon in Sicht. Dort wird der Kipper nicht ganz so schlimm wackeln.

»Nur nicht zu viel einschlagen. Nur nicht zu viel Gas geben«, pocht es in meinem Hirn, als sich die Feldausfahrt nähert. Meine Fingerknöchel sind schon ganz weiß vom krampfhaften Halten des Lenkrads. Im Kriechgang lenke ich das tonnenschwere Gefährt um die Kurve. Als die Traktorschnauze in Richtung Straße zeigt, atme ich auf. Nur noch ein kleines Stück, nur noch ein paar Meter. Geschafft. Ruhig rollt der Traktor auf dem Asphalt dahin. Jetzt kann nichts mehr passieren. Ich will schon einen Jubelschrei loslassen, da kommt Raphael in seinem Audi daher. Mit Lichthupe. Quietschend bleibt er neben mir stehen und kurbelt das Fenster einen Spaltbreit hinunter. Mehr traut er sich nicht, wegen des Staubs in der Luft.

»Wo bleibst du denn?«, brüllt er aus dem Fensterschlitz. »Mama und Papa warten schon seit einer Ewigkeit auf dich. Du hältst die ganze Arbeit auf!«

Ich versuche Raphael zu ignorieren und ruckele langsam weiter.

»Jetzt leg halt endlich den zweiten Gang ein«, schreit mein Bruder. Dabei muss er sich den Hals verrenken, um aus dem Fensterspalt plärren zu können.

»Ich fahr ja schon«, gebe ich zurück, ohne die Straße aus

den Augen zu lassen. »Was willst du überhaupt? Weiß Mama Bescheid, dass du hier bist? Auf dem Feld, meine ich?«

Raphael wirft mir einen gefährlichen Blick zu. »Halt bloß den Mund und fahr endlich«, knurrt er. Dann kurbelt er die Fensterscheibe hoch und rast im Affentempo davon. Erst als er außer Sichtweite ist, schalte ich einen Gang höher. Keine Ahnung, was mit meinem Bruder schon wieder los ist. Auf alle Fälle hat er einen Vollknall. Dabei ist Raphael nicht immer so gewesen. Er wurde erst nach dem Anfall so. Das passierte ungefähr vor einem Jahr. Da war es auch heiß. Die Sommerferien standen unmittelbar bevor. Es war die Zeit der Getreideernte. So wie heute. Nur dass Raphael damals auf dem Traktor saß und die Gerstenfuhren nach Hause brachte. Und nicht ich.

Doch dann lag er auf einmal auf dem Stoppelfeld. Zwischen all dem Stroh. Sein Mund begann sich ganz komisch aufzureißen und er verdrehte dabei die Augen. Speichel lief aus seinem Mund. Der Körper zuckte wie verrückt. Und mein Bruder, der noch vor wenigen Augenblicken neben dem Traktor gestanden und mit Hans herumgealbert hatte, verwandelte sich mit einem Schlag in einen Fremden.

Ich glaube, nicht nur ich spürte das. Auch Hans, den Mähdrescherfahrer, überkam dieses Gefühl der Ohnmacht, da niemand in dem Augenblick wusste, was zu tun war. Nicht einmal Mama oder Papa. Erst als sich Raphaels Körper entkrampfte und er ganz weiß im Gesicht wurde, brach Hektik aus. Während das Heulen der Sirenen die Ohnmacht zerriss.

Einige Zeit später, im Krankenhaus, erfuhren wir, dass

Raphael einen epileptischen Anfall gehabt hatte. *Grand mal* nennt man so etwas. Mit den richtigen Antiepileptika könne man das gut behandeln, sagten die Ärzte.

Das stimmte auch. Raphael kriegte danach keine Anfälle mehr. Aber etwas anderes machte sich in seinem Leben breit. Und somit auch in unserem. Er bekam nämlich, wahrscheinlich ausgelöst von den Epi-Blockern, eine schwere Allergie gegen sämtlichen Heu- und Tierstaub. Die Ärzte waren ratlos. Meine Eltern auch. Was folgte, waren unzählige Behandlungen, Tests und Diäten. Allesamt mehr oder weniger erfolglos. Übrig blieb die Erkenntnis, dass Raphael in der Landwirtschaft plötzlich nicht mehr mithelfen konnte. Dass er wohl nie den Bauernhof würde übernehmen können. Dass ich an seiner Stelle diese Rolle zugeschoben bekam. Und niemand hatte mich jemals gefragt, ob ich das überhaupt wollte.

Und so begann sich das Leben zu verändern. Raphael wurde zum unberechenbaren Arschloch. Mama duldete es. Und Papa tat so, als ob nie etwas passiert wäre. Außer dass er seine ganze Aufmerksamkeit, die er vorher Raphael entgegengebracht hatte, nun auf mich übertrug …

Vielleicht, frage ich mich, als ich mit dem Traktor am Hof ankomme, hat Jelly recht, und ich sollte mir wirklich nicht mehr so viel gefallen lassen. In Gedanken versunken schiebe ich den Kipper zum Getreidesilo. Dort wird die Gerste übers Jahr gelagert. Aber wie soll ich das anstellen? Das mit dem Nicht-gefallen-Lassen, meine ich.

Da reißt Papa plötzlich die Traktortür auf und schreit:

»Sag mal, wo bleibst du denn? Bist du unterm Fahren eingeschlafen, oder was?« Er kocht vor Wut. »Hast du überhaupt
eine Ahnung, was Hans pro Stunde fürs Mähdreschen ver-
langt?« Er greift nach meiner Hand und zieht mich vom
Traktorsitz.

»Was willst du?«, rufe ich verärgert. »Ich bin das erste Mal
mit dem Riesenkipper gefahren. Wäre es dir lieber gewesen,
ich hätte ihn umgeschmissen?«

Papas Kopf wird rot vor Zorn. Aber auch vor Anstren-
gung. Und Stress. »Das hätte uns gerade noch gefehlt. Und
jetzt schau endlich, dass du vom Traktor runterkommst.
Der Hans wartet schon auf den nächsten Kipper. Oder soll
er die Gerste am Feld abladen? Mach schon!«

Ich springe vom Traktor und schaue mich Hilfe suchend
um. Aber Mama steht nur da, mit der Schaufel in der Hand,
und wirft mir einen vorwurfsvollen Blick zu.

Da platzt mir der Kragen. »Wisst ihr was«, schreie ich meine Eltern an. »Macht doch euren Scheiß selber!« Eine zornige
Welle überrollt mich. Ich drehe mich um und verschwinde
ins Haus. Was für ein total beschissener Tag! Zuerst meint
Lena, Finn anbaggern zu müssen. Dann ist Jelly sauer auf
mich. Mein Bruder rastet wieder einmal ohne Grund aus
und meine Eltern … die sind ohnehin zum Kotzen. Glauben die wirklich, dass ich das hier aus Spaß mache?

Ich knalle die Hoftür hinter mir zu und schleudere meine
Arbeitsschuhe in die Ecke, da kommt Mama herein.

»Hannah, so geht das nicht«, sagt sie in strengem Ton. »Du
weißt doch, wie eilig wir es zu den Erntezeiten haben. Da

muss jeder mit anpacken ... so ist das nun mal auf einem Bauernhof ...« Sie kommt einen Schritt auf mich zu und legt die Hand auf meine Schulter. »Du kannst jetzt nicht einfach gehen. Papa muss mit dem Kipper fahren und ich muss beim Getreidesilo bleiben ... das wird bis zum Abend dauern. Da können wir nicht auch noch die Stallarbeit machen ...«

»Ach, so ist das«, lächle ich säuerlich.

Mamas Hand rutscht von meiner Schulter. Einen kurzen Augenblick glaube ich, dass sie mich verstehen kann. Wenigstens ein kleines bisschen. Doch dann kehrt die altgewohnte Strenge in ihr Gesicht zurück, und sie sagt: »Sei froh, dass es dir nicht so ergeht wie deinem Bruder!« Und als sie die Tür aufschwingt, hängt sie dran: »Ausmisten brauchst du nicht mehr. Nur füttern. Das geht eh schnell!« Dann dampft sie ab.

Es ist nach sieben, als ich mich aufs Rad schwinge. Mama und Papa sind noch am Ernten. Ich kann Hans' Mähdrescher auf dem Feld brummen hören. Leise mache ich mich aus dem Staub. Ich will endlich meine Ruhe haben. Verschwinden.

Die Schweine sind gefüttert. Lanzelot auch. Und Brummer – der ist kugelrund, wie am Tag seiner Geburt.

Also, alles in Ordnung. Zumindest für meine Eltern.

Um nicht entdeckt zu werden, nehme ich die Straße durch den Wald. Ich habe mir nur ein Badetuch eingepackt. Den Bikini habe ich vorhin schon übergestreift. Die Sehnsucht nach dem tiefen schwarzen Loch treibt mich voran. Nach wenigen Kilometern bin ich da. Obwohl die Sonne schon die Baumwipfel streift, schwitze ich. Wie immer schlage ich mich durchs Unterholz und werfe meine Sachen unter die Birke. Hastig klettere ich auf den Felsen und springe …

Danach geht es mir besser. Die Stille tut gut. Auch das kalte Wasser, das auf der Haut prickelt. Endlich kommt mein Kopf zur Ruhe. Müde schlurfe ich aus dem Wasser und wickle mich in das Handtuch ein. So bleibe ich auf dem Felsen hocken und starre in den Sonnenuntergang, der sich auf der Wasseroberfläche zu spiegeln beginnt. Abends mag ich den See besonders gern. Abends, oder wenn es regnet. Da gehört er nur mir allein. Mit all den Geräuschen. Dem Schwappen. Dem Rascheln. Dem Gurgeln. Dann spüre ich die Kraft, die von diesem Ort ausgeht. Eine traurige Geschichte verbirgt sich hinter seinem Namen. Wahrscheinlich kommen deshalb kaum Leute hierher. Weil es ein verfluchter Ort ist. Und verfluchte Orte meidet man besser.

Ich meide ihn nicht. Hier habe ich wenigstens meine Ruhe …

»Ich wusste, dass du hier bist«, schnauft es prompt hinter mir. Es ist Jelly. »Wenn man dich so sitzen sieht, könnte man Angst kriegen, weißt du das?«

»Hast du mich erschreckt«, stöhne ich, nachdem ich mich einigermaßen vom Schock erholt habe. Ich glaube, mein Herz hat für den Bruchteil einer Sekunde zu schlagen aufgehört. Deshalb sage ich: »Wenn jemand Angst kriegen muss, dann bin ich es. Wie kannst du dich auch nur so an mich heranschleichen? Gib es zu, das hast du mit Absicht gemacht. Zur Strafe.« Ich suche Jellys Blick.

Sie grinst.

»Tut mir übrigens leid. Wegen heute«, hänge ich dran.

Jelly grinst noch mehr. »Das soll es auch«, sagt sie, und dann macht sie etwas, das sie bisher noch nie gemacht hat. Denn eigentlich hat Karolina es ihr verboten. Jellys Mama verbietet fast nie etwas, aber wenn es um den Jungfrauenfelsen geht, ist sie beinhart. Weil sie ziemlich abergläubisch ist.

Deshalb fällt mir auch fast die Kinnlade runter, als Jelly auf den Jungfrauenfelsen klettert und sich vorsichtig neben mich setzt. »Boah, ist das unheimlich«, grummelt sie, als sie die Nase über die Felskante streckt. »Meine Mama hat schon recht, wenn sie sagt, dass man nicht auf den Felsen klettern soll! Dass du da freiwillig hineinspringst!? Ehrlich, du hast einen Vogel!«

»Ja, wahrscheinlich«, sage ich und lege den Kopf auf ihre Schulter. »Es stimmt übrigens«, füge ich leise und verlegen hinzu.

»Was? Dass du einen Vogel hast? Oder dass der Ort gruselig ist?«

»Nein, wegen meinen Eltern«, antworte ich. »Und … vor allem wegen Raphael. Und …« Ich gerate ins Stocken.

Jelly dreht den Kopf zu mir. »Und Finn?«

»Jaaa«, gebe ich schließlich zu. »Und Finn. Aber du musst mir versprechen, dass du kein Sterbenswörtchen darüber verlieren wirst. Zu niemandem!«

Jelly sieht mich beleidigt an. »Na, hör mal, als ob ich so eine Tratschtante wäre …«

»Versprich es mir!«

»Ich sage nix. Du kannst dich auf mich verlassen. Ehrlich! Aber warum machst du so ein Drama daraus? Finn ist doch süß, oder nicht?«

»Und wie«, seufze ich, woraufhin wir laut zu gackern anfangen, während die Sonne hinter dem Wald verschwindet und den See in dämmriges Licht hüllt.

»Dann verstehe ich dein Problem nicht«, meint Jelly nach einer Weile. Ich hole tief Luft und fange mühsam zu erzählen an. Und weil Jelly halt doch meine allerbeste Freundin ist und ich sie nicht verärgern will, lasse ich auch nichts aus.

So erzähle ich ihr, wie mich Finn an der Bushaltestelle angesprochen hat. Wie wir uns bei der alten Eiche getroffen haben und was tatsächlich am Abend des Sonnenwendfestes passiert ist. Von unseren ersten Küssen im Obstgarten. Von Brummer. Und von meiner Angst, Raphael könnte ausrasten, wenn er erfahren würde, dass ich mich mit Finn treffe. Immerhin ist der Vater von Finn auch Raphaels Chef.

Um uns herum ist es mittlerweile so finster geworden, dass ich Jellys Gesicht kaum noch sehen kann. Trotzdem merke ich, wie sie es verzieht. »Glaubst du nicht, dass du ein bisschen überreagierst?«

Ich schüttle den Kopf. »Weißt du, Raphael hat sich seit dem letzten Jahr sehr verändert. Du würdest ihn nicht wiedererkennen«, sage ich vorsichtig.

Jelly murrt. »Woher soll ich denn wissen, wie dein Bruder gerade drauf ist, wenn er mir seit dem Anfall ständig aus dem Weg geht? Dabei hab ich ihm nichts getan. Wenn ich daran denke, wie oft wir früher zusammen gespielt haben. Du und ich und dein Bruder auf dem Heuboden …« Jelly wird auf einmal still. »Das ist lange her«, murmelt sie, greift nach ihrem Pulli und steht auf. »Brrr, ist mir kalt! Lass uns abhauen. Wenn es finster wird, ist es noch unheimlicher hier.«

»Ja, gut«, antworte ich. Nur mühsam finde ich Hose und T-Shirt in der Dunkelheit.

Als wir unsere Räder Richtung Landstraße schieben, sagt Jelly: »Ich finde, du solltest dich nicht drum kümmern, was Raphael sagt. Was mit ihm passiert ist, ist blöd. Aber das mit Finn geht ihn nichts an.«

Ich seufze. »Ach, Jelly, warum muss alles so kompliziert sein?«

»Weil du alles kompliziert machst«, antwortet sie altklug. »Setz dich endlich durch und zeige, dass du kein Kind mehr bist! Du brauchst dir nicht alles gefallen zu lassen!«

»Mhm«, brumme ich. »Und wie soll ich das anstellen?«

Jellys Stimme gurrt in der Dunkelheit: »Ach, da fällt mir bestimmt was ein …«

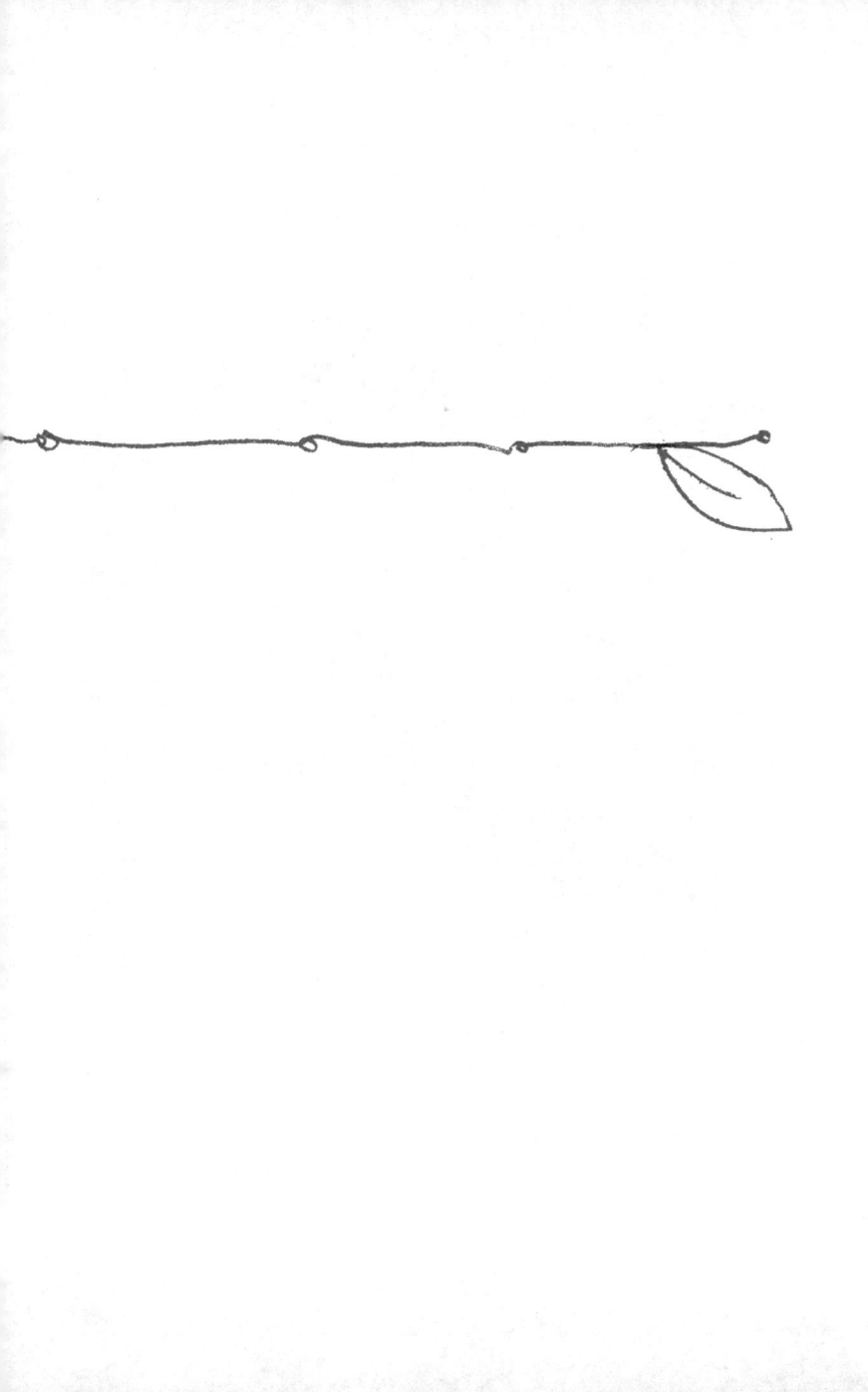

NEBELFRAU

Ich liege auf dem Bett, neben mir das Zeugnis. Lauter Einser, bis auf Mathe und Chemie. In diesen Fächern bin ich miserabel. Einen Dreier und einen Vierer habe ich gekriegt. Scheiß drauf. Man kann nicht überall sehr gut sein. Außerdem fangen heute die Ferien an. Was grüble ich da noch länger über Mathe nach? Lieber starre ich auf mein Handy. Vielleicht ist Finn schon daheim, obwohl – vorhin beim Schulabschlussgottesdienst habe ich ihn nicht gesehen. Da klingelt es. Mein Handy. Aufgeschreckt drücke ich auf Grün: »Hallo?«

»Jetzt weiß ich, was wir machen«, jubelt Jelly.

»Ach, du bist es«, maule ich.

»Na, wer denn sonst? Finn etwa?«

»Jaaa«, gebe ich zu und komme mir selber blöd vor. »Er kommt doch heute von der Klassenfahrt nach Hause, und da dachte ich …«

Jelly lässt mich gar nicht ausreden. »Jetzt vergiss mal die Jungs. Wir haben nämlich schon was vor!«

»Ach ja? Was denn?«

»Wir gehen shoppen. Zu Ikea. Mama fährt uns. Sie braucht

eine neue Kommode fürs Geschäft. Und wenn wir beim Zusammenschrauben helfen, dann dürfen wir alles kaufen, was wir für unsere Mission benötigen. Also für dich …«

»Für mich?«, frage ich überrascht. »Ich brauch doch nix!«

»Und ob«, korrigiert sie mich. »Du brauchst sogar eine Menge. Wenn wir damit fertig sind, wirst du dein Zimmer nicht wiedererkennen! Versprochen!«

»WAS?«, rufe ich plötzlich hellwach. »Mein Zimmer?«

»Klar! Du hast doch selbst gesagt, dass du deinen Eltern einen Denkzettel verpassen willst. Und deine altmodische Bude bietet sich dafür hervorragend an. Auch wenn deine Oma total lieb war, ihre Möbel sind einfach grässlich!« Jelly schnaubt. »Deshalb verändern wir dein Zimmer. Wir kaufen Lack für die Möbel, Farbe für die Wände, machen aus dem alten Omabett ein Himmelbett, dazu noch ein paar Polster, Vorhänge, schöne Bettwäsche …«

»HALT«, kreische ich. »Papa wird ausrasten, wenn er sieht, was wir mit Omas Möbeln machen. Die sind ihm heilig!«

»Eben«, prustet Jelly. »Sag ich doch – die Idee ist genial! Also, bis gleich. Wir holen dich ab«, und schon hat sie aufgelegt.

Oje – was habe ich mir da schon wieder eingebrockt? Wenn Jelly sich etwas in den Kopf setzt, dann ist sie meistens schwer davon abzubringen. Ob das gut geht? Unsicher schaue ich mich in meinem Zimmer um. Bis auf das Red-Hot-Chili-Peppers-Poster an der Wand und den Schreibtisch sieht es wirklich noch wie Omas Zimmer aus. Dabei ist meine Großmutter schon seit über drei Jahren tot …

… Jelly hat vielleicht gar nicht unrecht. Ich lebe in einem fremden Zimmer, genauso, wie ich in einem fremden Leben lebe. Und wenn ich an diesem Zustand nichts ändere, wird es ewig so weitergehen. Deshalb greife ich nach meiner Tasche, obwohl ich ein ziemlich ungutes Gefühl dabei habe. Vor allem, wenn ich an Papas Reaktion denke … Aber ich gehe nach unten, hole den Akkuschrauber aus der Werkstatt und warte, bis Karolina die Hofeinfahrt heraufgefahren kommt. Immerhin ein Anfang.

Kurze Zeit später latschen wir zwischen Riesenregalen durch Riesengänge und laden lauter solche Sachen wie Martha, Olaf und Lillebror ein. Dazu eine Packung Duftkerzen, Wandsticker und ein kitschiges Bild, das Jelly unbedingt für mein Zimmer haben wollte. *Gnistsommar* heißt es. (Es könnte aber auch locker als *Kitscheborg* oder *Schmachta* durchgehen, so schmalzig sieht das leuchtende Kornfeld mit dem Liebespaar mittendrin aus.) Misstrauisch betrachte ich das Bild, das sich neben den vielen anderen Sachen im Einkaufswagen breitgemacht hat. Wahrscheinlich heißt der Typ Gnist und die Tussi Sommar … und beide zusammen ergeben *Gnistsommar*.

»Und das geht wirklich in Ordnung? Mit dem Bezahlen?«, frage ich, als wir an der Kasse anstehen. »Das ist ganz schön viel geworden!« (Immerhin könnte ich sehr gut auf *Gnistsommar* verzichten.)

Aber Karolina schüttelt den Kopf und sagt: »So viel das gar nicht ist. Außerdem helft ihr mir ja mit Kasten!« Sie klopft auf einen Riesenkarton neben dem Schmalzbild. »Alleine würde ich brauchen ewig, bis das Ding fertig geschraubt ist – aber mit Hilfe von euch und Akkuschrauber geht das fix!« Sie lacht.

Und tatsächlich. Nachdem wir bezahlt, das ganze Zeug im Auto verstaut haben und damit nach Hause gebraust sind, dauert es nicht lange, und die Kommode steht. Nun brauchen wir nur noch den Verpackungskarton zu entsorgen. Als wir ihn in die Mülltonne stopfen, schlägt die Kirchturmuhr gerade sechs Mal.

»Na, das ging ja wirklich fix«, sagt Jelly und klappt zufrieden den Mülltonnendeckel zu. »Jetzt musst du nur noch sturmfreie Bude haben. Dann ist dein Zimmer dran. Und in der Zwischenzeit«, sie überlegt, »hm, was machen wir denn jetzt? Es ist schließlich Freitagabend. Wochenendbeginn!«

»Und vor allem Ferienbeginn«, hänge ich dran.

Jelly stöhnt. »Diese Affen hätten echt schon längst anrufen können!«

»Ha!«, triumphiere ich. »Ertappt! Du findest das also auch blöd, dass sie sich noch nicht gemeldet haben?«

Meine Freundin fängt zu grinsen an. »Klar, nachdem wir fertig sind und Zeit haben.«

»Und was jetzt?«

Jellena hängt sich bei mir ein. »Lass uns zur Feier des Tages in die Eisdiele gehen. Wenn die Jungs dann immer noch nicht angerufen haben, können sie sich auf etwas gefasst machen.«

»Ja«, grinse auch ich, und dann schlagen wir gemeinsam den Weg in Richtung Dorfplatz ein.

Doch als wir den Platz überqueren, sehe ich etwas. »Sind das nicht Finn und Tobias? Dort am Eisstand?«

Jelly reckt den Hals. »Tatsächlich«, sagt sie und will schon auf die Jungs zusteuern, da sehe ich einen blonden Lockenkopf aufleuchten. Verdattert bleibe ich stehen. »Die sind nicht alleine«, flüstere ich, während sich mein Magen in die Eiszeit verwandelt, obwohl ich noch gar kein Eis gegessen habe.

»Ist das Goldlöckchen?«, ruft Jelly verwundert. »Ich dachte, die ist schon Richtung Ibiza unterwegs?«

»Pst! Nicht so laut.« Hastig zerre ich Jelly hinter den Dorfbrunnen, aber zu spät. Im nächsten Augenblick sehe ich, wie Finn den Kopf in unsere Richtung dreht und dabei wie ein verrückter Pudel grinst. Von wegen, der schaut nur mich so an. So ein Arschloch!!! Soll er doch mit Lena glücklich werden! Die war ohnehin die ganze Zeit scharf auf ihn. Und ich blöde Kuh habe wirklich geglaubt, dass ich bei Finn eine Chance hätte.

Ich springe auf. Das Geturtel der beiden brauche ich mir nicht länger zumuten. Ich habe genug gesehen! Schon fliegen meine Füße über das Kopfsteinpflaster. Ich muss weg hier, bevor ich zu heulen anfange. Ich bin fast in der Kirchengasse angelangt, da höre ich, wie jemand meinen Namen ruft: »Hannah, Hannah! Hallo … Hannah …« Es ist Finn. Armefuchtelnd folgt er mir über den Dorfplatz. Sauhund!

Das hat mir gerade noch gefehlt – auffälliger geht es nun

wirklich nicht. Was will der überhaupt? Mir die frohe Botschaft überbringen, dass er endlich Goldlöckchen aufreißen konnte?! Ich will lossprinten, da hat er mich eingeholt. Scheißkerl!

»Du hast es ja eilig!«, lacht er und drückt mir einen Schmatzer auf die Lippen. »Gut, dass ich dich hier treffe. Ich wollte dich eh schon anrufen. Wie geht's?«

»Lass das!« Hastig mache ich ein paar Schritte zurück und bleibe in einem nahe gelegenen Torbogen stehen. Da bin ich wenigstens ein bisschen vor neugierigen Blicken geschützt.

Finn sieht mich verdattert an. »He? Erkennst du mich nicht wieder? Ich war doch bloß eine Woche weg!« Er zieht mich zu sich rüber.

»Lass das«, fauche ich noch einmal. Dieses Mal deutlich.

»Was ist denn los?«, fragt er, während das Leuchten in seinem Gesicht verschwindet. »Bist du sauer, weil ich nicht angerufen habe? Weißt du, ich konnte nicht. Die Lehrer haben die Handys einkassiert. Eine ganze Woche lang. Und erst heute Nachmittag haben sie sie wieder rausgerückt, diese Säcke! Und dann … kaum war ich zu Hause, stand Lena auf der Matte. Ich weiß gar nicht, was die schon wieder wollte …«

»Das weißt du nicht?«, knurre ich wütend. »Und warum hockt ihr dann zusammen in der Eisdiele?«

Finn fängt zu grinsen an. Wie ein verrückter Pudel! »Sag mal, bist du eifersüchtig?«, sagt er.

»Ich? Spinnst du?«

Sein Grinsen wird noch breiter. »Aber wenn du nicht

eifersüchtig bist, warum stört es dich dann, wenn ich mit Lena Eis essen gehe?«

»Weil ... weil ...«, stottere ich und spüre, wie sich die altbekannte Tomatensuppenfarbe wieder auf meinem Gesicht breitmacht.

Da gibt mir Finn einen Kuss. »Du bist so süß! Niemand ist so süß wie du! Schon gar nicht Lena!«

»Wirklich?«, keuche ich, weil ich mit so einer Antwort nicht gerechnet habe.

Finn sieht mich mit seinen ruhigen Augen an. »Wirklich«, flüstert er und legt zum Beweis einen Arm um meine Taille, um mich noch einmal zu küssen. Ganz lang und ganz zärtlich. Und weil der Kuss so schön ist, kriege ich davon puddingweiche Knie, und in meinem Kopf fängt es zu rauschen an, als wäre ein Wasserfall darin. Ich glaube, Finn ergeht es genauso wie mir. Jedenfalls drückt er mich ganz fest an sich und macht dabei den Eindruck, als wolle er mich nicht mehr so schnell loslassen. Wahrscheinlich höre ich deshalb die klackenden Schritte erst, als es zu spät ist. Nur den leuchtend roten Rockzipfel sehe ich noch, als er sich um die Ecke schlängelt, gefolgt von einem ziemlich wütenden: »Passt doch auf!«

Einen Augenblick später biegen Tobias und Jelly um die Ecke. »Was war denn grade mit Lena los?«, will Tobias wissen. »Die ist voll in uns reingekracht und fährt uns auch noch deswegen an! So eine Zicke!«

»Lena«, raune ich erschrocken, und die Eiszeit kehrt in meinen Magen zurück. Ob sie uns gesehen hat? Wenn sie gegenüber Raphael auspackt, dann bin ich geliefert. »Lasst uns woanders hingehen«, dränge ich deshalb und bin erleichtert, als wir auf den Bikes der Jungs zum See radeln.

»Blöd, dass wir kein Badezeug mitgenommen haben«, sagt Jelly und hält die Füße ins Wasser. »Der See ist noch ganz warm!«

Tobias kramt vier Flaschen Bier aus seinem Rucksack und meint: »Also, von mir aus braucht ihr kein Badezeug!«

»Ha-ha«, meint Jelly trocken. »Das würde dir gefallen, was?«

Tobias verzieht den Mund. »Klar! Warum nicht?«

Doch Jelly schüttelt den Kopf. »Ehrlich gesagt würde ich nicht einmal mit Bikini ins Wasser gehen. Es wird schon dunkel und dann ist das gruselig!«

Finn und Tobias sehen sich fragend an. »Was soll daran gruselig sein?«

Überrascht zieht meine Freundin ihre linke Augenbraue hoch. »Sagt bloß, ihr kennt die Legende nicht?«

»Welche Legende?«

»Na, von diesem Ort. Dem Jungfrauenfelsen. Habt ihr nicht gewusst, dass er verflucht ist?«

Die Jungs schütteln die Köpfe. »Nein – nie davon gehört. Erzähl!«

Doch Jellena winkt ab. »Nein, ich nicht. Da müsst ihr schon Hannah fragen … die kann das …«

»Lieber nicht«, sage ich. »Es dämmert tatsächlich schon und …«

»… ich halte dich dafür ganz fest! Versprochen!«, meint Finn.

»Das tust du ja eh schon die ganze Zeit«, murrt Jelly und setzt sich zu uns auf die Decke, die Tobias vorhin aus dem Rucksack gezaubert hat. »Außerdem mag ich die Geschichte nicht.«

»Bitte«, betteln die Jungs im Chor. Als Tobias den Arm um Jelly legt, nickt sie mir zu.

»Also gut«, sage ich. »Die Geschichte ist aber heftig. Kaum jemand scheint sie zu kennen. Nur damit ihr wisst, worauf ihr euch einlasst …«

»Alles klar«, grinst Tobias und zieht Jelly enger an sich.

Ich verschränke meine Finger in Finns Hand, nehme einen Schluck von dem warmen Bier und fange zu erzählen an – genau so, wie es meine Oma immer gemacht hat:

»Vor langer, langer Zeit war dies ein besonderer Ort. Man sagt, der Felsen soll mystischen Ursprungs sein. Denn niemand kann erklären, woher er eigentlich kommt. Rundherum gibt es nur Felder, Wälder und Wiesen, aber keine Gesteinsart mit ähnlicher Zusammensetzung. Es ist also ungefähr so wie mit Stonehenge.

Man erzählt außerdem, dass die Heiden den Platz für Rituale und Opfergaben benutzt haben. Auch sie wussten von der Kraft, die von ihm ausgeht.

Verflucht wurde der Felsen aber erst, als einmal eine Hexe hier im Wald hauste. Sie lebte einsam und tat viel Gutes für die Menschen. Eines Tages kam ein junger Bauer zu ihr und bat um Hilfe. Seine Frau liege im Sterben. Die Hexe versprach, dem Mann zu helfen. Im Gegenzug aber verlangte sie, dass er die seltenen Herrgottslöffel für sie pflücken solle, die nur in den drei Vollmondnächten des Monats erblühen. Denn die Blume könne einzig von einem Mann gepflückt werden, der Schweigen zu bewahren verstehe. Spräche er aber über die Blume und vor allem über ihre besondere Heilkraft, so würde sie augenblicklich ihre Wirkung verlieren.

Der Bauer willigte ohne Zögern ein. Er werde bestimmt nichts über die Blume verraten, versprach er. Und dafür bekam er, wie vereinbart, die begehrte Medizin.

Eilends lief er nach Hause und brachte seiner Frau das Fläschchen. Kaum hatte die todgeweihte Frau von der Medizin genommen, gesundete sie, und ihr schon erkalteter Körper wurde wieder mit Leben erfüllt.

Die Freude war groß – deshalb hatte der Mann sein Versprechen gegenüber der Moorhexe auch nicht vergessen! So kehrte er beim nächsten Vollmond in den Wald zurück, um nach den Herrgottslöffeln zu suchen, so wie ihm die Hexe aufgetragen hatte.

In der Zwischenzeit aber hatte die Ehefrau herausgefunden, warum sie plötzlich so schnell genesen war. Und als sie bemerkte, wie ihr Mann in einer Vollmondnacht die gemeinsame Bettstatt verließ, packte sie eine rasende Eifersucht. Denn der Moorhexe sagte man nicht nur ein gutes Herz nach, sondern auch betörende Schönheit.

Die Bauersfrau saß die ganze Nacht lang wach und grämte sich sehr. Am nächsten Tag wollte sie von ihrem Mann wissen, wohin er letzte Nacht verschwunden sei, doch wie abgemacht verriet der Mann nichts. Das machte die Frau noch misstrauischer. So legte sie sich in den nächsten beiden Nächten auf die Lauer und erkannte mit großem Schmerz, dass der Mann tatsächlich in den Moorwald verschwand. Dabei wurde sie irr vor Eifersucht und begann, grässliche Lügen über die Moorhexe zu verbreiten.

Wurde ein Kind im Dorf mit einer Warze geboren, rief sie: »Die Moorhexe war's!« Brach dem Müller zweimal hintereinander das Mühlrad, raunte sie: »Das geht nicht mit rechten Dingen zu!« Und als ein schreckliches Unwetter übers Land brauste und sämtliche Getreidefelder vernichtete, da brüllten schließlich auch die Dorfbewohner: »Die Moorhexe muss weg von hier!«

So erhoben sie sich und marschierten hinaus in den Wald. Sie packten die Hexe, banden eine Baumwurzel an ihre blanken Füße und stießen sie vom Felsen, hinein in den dunklen Moorsee. Die Hexe ertrank jämmerlich.

Seit diesem Tage ist der Felsen verflucht. Denn als Rache soll sich die Moorhexe dann und wann eine Jungfrau, eine Unschuldige aus dem Dorf holen. Viele Mädchen, so heißt es, mussten ihr Leben auf dem Jungfrauenfelsen lassen. Sie alle stürzten sich aus Wahn ins Wasser. Und wenn der Nebel aufsteigt, dann soll man diese armen Seelen auf der Wasseroberfläche sogar tanzen sehen.«

»Ich hasse die Geschichte«, stöhnt Jelly neben mir und springt auf. »Gehen wir. Der Nebel kommt!«

»So eine lahme Story«, mault Tobias. »Was soll daran gruselig sein? Weiberkram ist das!«

»Halt die Klappe«, giftet Jelly. »Was weißt du schon – sicher nicht, dass hier vor ein paar Jahren tatsächlich jemand ertrunken ist!?« Mit angsterfülltem Blick sucht sie meine Augen. »Stimmt doch, oder? Das hat uns deine Oma immer erzählt. Weißt du noch?«

Ich nicke langsam.

»Huuu – jetzt fürchte ich mich aber richtig! Die arme Seele hat sich wohl in die Fluten gestürzt, weil sie noch Jungfrau war!«, spottet Tobias und nimmt darauf einen kräftigen Schluck aus der Bierflasche. »Dann brauchst du ja eigentlich eh keine Angst zu haben …«, hängt er rülpsend dran.

Überrascht sehe ich Tobias an, doch bevor ich etwas sagen und Jelly ihm an die Gurgel gehen kann, schneidet Finn seinem Freund das Wort ab: »Tobias findet eben nur Geschichten mit Kettensägen und Blutgemetzel gruselig. Ich habe mich aber richtig gefürchtet«, sagt er in versöhnlichem Ton und hält uns zum Beweis seine Hand hin. »Schaut selbst – ich zittre immer noch!« Er lächelt mich an.

Grübelnd lasse ich mich von ihm auf die Beine ziehen. »Schon gut. Ich muss sowieso nach Hause!«, sage ich und fange an, unsere Sachen einzupacken.

Als wir schließlich im Gänsemarsch zu den Fahrrädern tapsen, klingelt mein Handy. Ich habe eine SMS bekommen. Neugierig öffne ich die Nachricht. Doch was ich dort lese, lässt mir die Nackenhaare zu Berge stehen. Hastig halte ich Jelly mein Handy hin. »Lies mal.«

Auch meine Freundin reißt die Augen auf. »Die spinnt ja«, flüstert sie empört und gibt mir das Handy zurück.

Mit klopfendem Herzen schaue ich noch mal auf das Display: *Dafür wirst du büßen, dass du mir den Freund ausgespannt hast. Bauerntrampel!*, steht da.

»Was soll ich denn jetzt machen?«, flüstere ich panisch.

»Nichts«, antwortet Jelly. »Morgen Mittag ist Goldlöckchen schon auf Ibiza. Dort kann sich die Kuh von einem sonnengebräunten Surferboy über ihren Verlust hinwegtrösten lassen!«

»Hoffentlich«, sage ich und bin froh, als wir den Parkplatz erreichen. Dass ich in den Nebelschwaden eine Gestalt gesehen habe, behalte ich lieber für mich. Dabei kommt mir eine von Papas Bauernregeln in den Sinn: *Ist es abends noch so lau, am Wasser tanzt die Nebelfrau.*

Mich fröstelt.

FEST DER MÄUSE

Der nächste Tag ist furchtbar. Wie ein verschrecktes Huhn schleiche ich ums Haus, helfe Mama beim Ribiselsaft-Machen, bringe Papa etwas zum Trinken aufs Feld oder hänge bei Lanzelot herum. Ruhe finde ich dabei keine, denn nur ein Gedanke verfolgt mich: Hat Lena etwas verraten? Und wenn ja – was dann? Während ich Lanzelot bürste, versuche ich mich krampfhaft daran zu erinnern, ob Lena erwähnt hat, um welche Uhrzeit ihr Flieger nach Ibiza geht. Auf alle Fälle heute – aber wann genau? Vormittags? Dann wäre sie jetzt schon in der Luft ... hoffentlich!

Leise schicke ich ein Stoßgebet zum Himmel, da höre ich Raphaels Audi die Hofeinfahrt heraufrauschen. Raphael stellt den Motor ab, dreht die Musik lauter und holt den alten Staubsauger aus der Garage. Anscheinend will er seine Karre putzen. Das ist ein gutes Zeichen! Hätte Lena etwas gesagt, würde mein Bruder jetzt bestimmt anders reagieren. Vorsichtig stecke ich die Nase aus der Stalltür.

»Ist was?«, fragt er.

»Nein«, antworte ich.

»Dann schau nicht so blöd!«

Ich seufze. Teils aus Erleichterung, weil Raphael wirklich nichts zu wissen scheint. Teils aus Frust, weil er in der letzten Zeit einfach immer schlechte Laune hat.

»Mit dir kann man nicht mehr normal reden«, sage ich.

»Was weißt du schon«, brummt mein Bruder und schaltet den alten Staubsauger ein.

»Dann sag es mir halt«, versuche ich ein Gespräch anzufangen. »Früher haben wir uns doch auch immer alles sagen können!«

Raphael schaut mich nicht einmal an, als er antwortet: »Was soll ich dir schon sagen wollen.«

Ich zucke mit den Achseln. »Weiß nicht.«

»Eben«, murrt er und bugsiert den Staubsauger auf die andere Seite, damit er auch den Beifahrersitz sauber machen kann. Ein paar leere Bierflaschen rollen auf dem Autoboden herum. Angewidert drehe ich meinem Bruder den Rücken zu, da höre ich, wie er sagt: »Du hast es gut …«, der Rest wird vom Staubsaugerlärm verschluckt.

Irritiert werfe ich einen Blick über meine Schulter. Raphael hat sich seine kurzen Haare zu Stacheln hochgegelt. Mit dem engen T-Shirt schaut er ziemlich sportlich aus. Seine Hände sind sauber. Seine Klamotten auch. Der Audi blitzt im Sonnenlicht. Das Auto hat er sich vom ersparten Lehrlingslohn gekauft. Gleich nachdem er die Führerscheinprüfung bestanden hatte. Nun kann er überall hin, ist unabhängig. Er ist achtzehn. Er hat einen Job. Ein Auto. Und Freizeit ohne Ende. Und trotzdem: Glücklich wirkt mein Bruder nicht. Warum nicht?

Einen Moment überlege ich, ob ich ihn darauf ansprechen soll, aber auf seine dummen Sprüche bin ich nicht wirklich scharf. Mama und Papa machen alles Mögliche, damit es ihm wieder besser geht. Sie waren bei allen Ärzten in der Umgebung. Er wurde akupunktiert und sogar kurzzeitig von einer Psychotherapeutin betreut, doch die Behandlung hat er sehr schnell abgebrochen.

Und neuerdings, da hat Mama ihre ganze Hoffnung auf eine Handauflegerin gesetzt. Antonia Brugger heißt sie und soll schon vielen Leuten geholfen haben. Die alte Waldbäuerin hat Mama den Tipp gegeben. Keine Ahnung, was eine Handauflegerin macht – aber Mama ist sehr angetan. Seitdem essen wir zu Hause gesund: also keinen weißen Zucker mehr, dafür lieber Vollkornbrot und so. Anscheinend soll Raphael auf diese Art seine Heustauballergie loswerden … hm, dafür müsste sich der Kerl aber erst an die Diät halten. Tut er aber nicht! Er säuft und frisst, wie es ihm in den Kram passt. Kein Wunder – immerhin ist die Allergie sein Ticket in die Freiheit!

»Wenn du die ganze Zeit nur herumstehst, kannst du mir wenigstens helfen«, brummt nun Raphael neben mir.

»Sonst noch was«, sage ich und mache mich aus dem Staub. Ich habe Wichtigeres zu tun. Mir ist vorhin nämlich etwas eingefallen.

Schnell laufe ich in die Küche, wo Mama immer noch beim Ribiselsaft-Machen ist. Mit braunem Zucker anstatt weißem, versteht sich. Der süßliche, karamellige Duft hängt schwer im Raum. »Was ist los?«, fragt sie mich.

»Ich muss nur etwas nachschauen«, antworte ich und werfe einen flinken Blick auf Papas heiß geliebten Bauernkalender. Da steht am kommenden Dienstag: *Antonia Brugger, 13.30 Uhr, gesamte Familie.* Ha – ich wusste es!

So beiläufig wie möglich frage ich Mama: »Müsst ihr da wieder hin?« Mit dem Kopf nicke ich auf das Datum.

»Ja«, antwortet sie, während sie eine volle Flasche Saft zuschraubt und eine leere unter den Entsafter stellt. Sie löst die Klammer vom Schlauch und ein rötlicher Schwall rinnt in die Flasche und bedeckt den Glasboden.

»Muss ich da auch hin?«, frage ich weiter.

Mama schüttelt den Kopf. »Das geht nicht. Irgendwer muss die Stallarbeit machen«, sagt sie, den Blick immer noch auf die Flaschen gerichtet. »Bis wir zu Hause sind, wird es spätabends sein. Es genügt, wenn Papa mitfährt – war eh schwierig genug, ihn davon zu überzeugen.«

So ist das also, denke ich mir. Mamas »ganze Familie« besteht nur noch aus: Mama, Papa und Raphael. Und ich bin der Stalldepp, wenn alle anderen unterwegs sind? Nur dass ich an diesem Tag sturmfreie Bude haben werde! Dieses Wissen bereitet mir jetzt eine geradezu diebische Freude.

Als Jelly am Dienstagnachmittag mit dem Ikea-Krempel antanzt, hat sich meine Freude aber schon wieder gelegt. Wahrscheinlich ist sie verdampft, so wie derzeit das Wasser in den Bächen und Flüssen. Kein Wunder bei den Temperaturen! *Hitzemonat* und *Rekordsommer* nennen die Nachrichtensprecher das, wenn sie das Wetter ansagen.

Misstrauisch schaue ich zu, wie Jelly einen riesigen Pinsel aus der Tasche zieht. »Wir sollten zuerst alles abdecken, was nicht gestrichen wird«, sagt sie im Kommandoton und drückt mir neben einer Rolle Abdeckfolie auch die Packung mit der Bettwäsche in die Hand. »Vorher aber gehört die hier gewaschen«, sagt sie und bugsiert mich in Richtung Waschküche. Als ich wiederkomme, hat Jelly schon angefangen, den Möbellack aufzurühren.

»Ob das wirklich eine gute Idee ist?«, frage ich unsicher. »Vielleicht genügt es, nur die Wände zu streichen …«

Jellys Blick bringt mich sofort zum Schweigen. »Dann würde unsere Aktion doch nichts bringen. Es geht darum, deinen Eltern klarzumachen, dass du ein Recht auf ein eigenes Leben hast! Deshalb die Möbel … verstehst du? Dein Vater hätte dir jederzeit eine neue Einrichtung kaufen können – hat er aber nicht. Stattdessen glaubt er, dass du dich in so einem alten Oma-Zimmer wohlfühlst … «

»Hm«, sage ich und bin überrascht, dass ich mir bisher nie darüber Gedanken gemacht habe. Klar – nach Omas Tod habe ich schon gefragt, ob ich nicht andere Möbel kriegen könnte – doch irgendwie ist aus dem Möbelkauf nie etwas geworden. Nun ist Oma schon drei Jahre tot …

Also doch selbst Hand anlegen. Auf was will ich warten? Dass alles wieder so wird wie früher? Vor Raphaels Anfall? Geht das überhaupt?

Lieber fange ich mit dem Abkleben der geschnitzten Rosetten an Schrank und Bett an. Der Rest wird übermalt. Mit Weiß. Das wird hell und schön, meint Jelly.

Mal schauen. Ich bin immer noch skeptisch. Besonders, wenn ich an die Reaktion meiner Eltern denke. Doch als ich den ersten Pinselstrich setze, überkommt mich ein richtiges Hochgefühl. Mit einem Mal ist nichts mehr daran falsch. »Du hast recht!«, kichere ich, und Jelly schaltet den CD-Player ein. Zu Lady Gaga aus der Soundbox beginnen wir, Bett und Kasten in ein cremiges Weiß zu hüllen.

Nach Stunden sind wir fertig. Der Lack stinkt bestialisch, doch zum Glück weht der heiße Sommerwind zu den offenen Fenstern herein und trocknet die Farbe, die bald darauf nur noch ein kleines bisschen in der Nase beißt. Vorsichtig lösen wir das Abdeckband von den Rosetten.

»Mensch, sind wir gut«, rufe ich, als wir unser Werk betrachten. Obwohl wir noch nicht fertig sind, sieht das Zimmer jetzt schon ganz anders aus. Richtig mädchenhaft – im positiven Sinne, versteht sich! Hell und schön. Wie es Jelly vorausgesagt hat. Die Rosetten aus dunklem Holz am Kopfende des Bettes und auf der Vorderseite des Schranks heben sich wunderbar vom cremigen Hintergrund ab. Richtig romantisch wirkt das. Und auch wenn unsere Pinselstriche den Lack nicht gerade gleichmäßig aufgetragen haben, finde ich, dass wir Omas Möbel mit dieser Aktion tatsächlich verschönert haben!

»Nicht schlecht«, ruft auch meine allzeit verlässliche und kreative Freundin und sucht nach einem Handtuch, um sich die Farbe von den Fingern zu wischen. »Ich wette, das hätte auch deiner Oma gefallen!« Sie lacht. »Ich bin am Verdursten. Gibt's in diesem Haus nichts zu trinken?«

»Klar«, stimme ich in ihr Lachen ein. »Komm mit in die Küche. Dann können wir uns auch die Hände waschen!«

In der Küche ist es viel kühler als in meinem Zimmer. Ich hole zwei Gläser aus der Vitrine und fülle sie mit frisch gemachtem Ribiselsaft. Gespritzt. Herrlich schmeckt das. Jelly lässt sich auf die Küchenbank plumpsen und trinkt das Glas in einem Zug leer. Dann schaut sie sich neugierig um. »Ich war schon lange nicht mehr hier«, sagt sie nach einer Weile. »Aber verändert hat sich nicht viel. Sogar der Kalender von deinem Vater hängt immer noch da!«

Genervt verdrehe ich die Augen. »Komm mir bloß nicht mit dem! Papa hat einen Narren an dem Wischblatt gefressen. Immer sagt er diese dämlichen Sprüche und glaubt dann auch noch, dass sie stimmen. Von wegen alte Bauernweisheit!«

»Wieso? Die sind doch lustig.« Und zum Beweis reckt sie die Nase Richtung Bauernkalender und liest mir den Spruch des Tages vor: »*Ist die Katze aus dem Haus, tanzen die Mäuse auf den Tischen.* Passt ja!«, kichert sie.

»Na, dann los, du Maus«, brumme ich und ziehe Jelly von der Küchenbank hoch. »Wir sollten uns beeilen, damit wir fertig sind, bevor die Katze wieder nach Hause kommt. Außerdem muss ich ja auch noch in den Stall gehen …«

Also marschieren wir wieder in Richtung Zimmerbaustelle. Der Lack auf den Möbeln ist mittlerweile ausreichend trocken geworden. Gemeinsam montieren wir das Himmelbettgestänge auf dem neuen-alten Oma-Bett, das jetzt irgendwie gar nicht mehr wie ein Oma-Bett aussieht, und drapieren die Vorhänge dazu. Wir streichen die Wand dahinter knallrot und kleben die Wandsticker auf die restlichen Wände. Wir holen die frisch gewaschene Bettwäsche, die innerhalb weniger Stunden in der Julisonne trocken geworden ist, von der Wäscheleine und überziehen das Bett. Wir legen die Zierpolster darauf und entzünden die Kerzen. Wir räumen die Pinsel und Dosen weg und wischen den Boden auf. Und dann …

… bleibt mir fast die Spucke weg. »Du hattest recht«, raune ich ehrfurchtsvoll. »Es ist wunderschön geworden – vorher war das gar nicht mein Zimmer.« Vor Freude lasse ich mich in mein neues Himmelbett fallen. »Danke, dass du mir einen Tritt verpasst hast! Der war wirklich nötig.«

»Hm«, brummt Jelly und schmeißt sich ebenfalls aufs Bett.

»Nicht?«, will ich wissen.

»Schon – aber ich finde, es ist viel zu schön geworden. Deine Eltern werden begeistert sein – und nicht geschockt. Verstehst du?«

»Hoffentlich«, rutscht es mir heraus, woraufhin mich Jelly augenrollend ansieht.

»Ach, Hannah, bei dir ist Hopfen und Malz verloren! Ich dachte, du willst sie schocken!«

»Ja, schon«, drucke ich herum. »Aber wichtiger ist mir, dass ich jetzt ein schönes Zimmer habe. Und das verdanke ich dir!« Dabei drehe ich mich zur Seite, um meine Freundin versöhnlich in die Seite zu knuffen.

»Schon gut, hab ich doch gern gemacht – aber jetzt zum

Höhepunkt«, sagt sie und steht auf. Langsam kramt sie etwas unter dem Schreibtisch hervor, um mir kurz darauf *Gnistsommar* unter die Nase zu halten.

»Iiihhhh, das Kitschbild! Du kannst doch nicht von mir verlangen, dass ich mir das ins Zimmer hänge?«

Doch Jelly bleibt hart. »Klar verlange ich das«, sagt sie. »Sieh es als Statement an deine Eltern! Du bist eine junge, unabhängige Frau. Und du hast einen Freund«, hängt sie betonend dran. Natürlich nicht, ohne ihre linke Augenbraue dabei hochzuziehen. »Da macht man so etwas!«

»Was?«, quietsche ich. »Knutschen in einem Getreidefeld?«

»Klar«, lacht sie und drückt mir zum Beweis Gnist und Sommar in die Hand.

Misstrauisch beäuge ich die beiden Turteltäubchen. Das gelbe Kornfeld mit dem himmelblauen Horizont und den Abertausenden Schäfchenwolken sieht ja schön aus. Auch die fast majestätisch wirkenden Strohrundballen, die darauf warten, ins Trockene gebracht zu werden. Aber Gnist und Sommar, die sich hinter so einem Rundballen verschanzt haben … und knutschen … die gehen gar nicht! Verzweifelt suche ich Jellys Blick. »Ich kann mir die nicht aufhängen! Stell dir vor, meine Eltern sehen das. Oder, noch schlimmer: Raphael. Der wird mich ewig verarschen.«

»Ach woher«, meint Jelly prompt. »Als ob dein Bruder noch nie so etwas gemacht hätte …«

»Ach ja? Weißt du etwas, was ich nicht weiß?«, frage ich überrascht.

Jelly schüttelt den Kopf. »Gar nicht«, wehrt sie ab. »Häng das verdammte Bild auf, okay?!«

»Schon gut«, seufze ich und schlage lustlos zwei Nägel in meine neue knallrote Wand ein, um Gnist und Sommar eine Bleibe zu geben. Jetzt kann ich, wenn ich im Bett liege, auf die beiden Turteltäubchen starren. Und die Tomatensuppenfarbe wird mir dabei Gesellschaft leisten, sobald meine Eltern oder Raphael das Zimmer betreten. Na toll!

»Übrigens«, meint Jelly noch, als sie ihre Tasche packt und in Richtung Tür verschwindet, »ich bin mir sicher, dass das auch Finn gefallen wird. Stell dir vor, er hätte dein altes Zimmer gesehen? Der wäre vor Schreck umgefallen ...« Sie lacht herzhaft. »Aber nun ... hast du ein schnuckeliges Bett ...«

»Jelly«, kreische ich, »halt die Klappe!«, weil mir in dem Moment ein heißkalter Schauer über den Rücken läuft. Jemand hat gerade unten die Haustür zugeschlagen.

Ich stürze die Treppe hinunter. Jelly hinterher. Es ist Raphael! Was will der denn hier?

»Warum bist du schon zu Hause?«, frage ich atemlos.

Raphael sieht mich gar nicht an. Er schaut zu Jelly und ihrer voll bepackten Tasche rüber. »Hab nicht von der Arbeit wegkönnen«, erklärt er knapp. »Deshalb sind Mama und Papa alleine gefahren. Was macht ihr hier?«

»Nichts«, antwortet meine Freundin und stolziert an meinem Bruder vorbei.

Raphael verzieht den Mund. »Und was riecht hier dann so komisch?«

»Nichts«, sage auch ich und bin perplex, wie lammfromm er jetzt ist. Misstrauisch sehe ich ihn an. Da dreht er mir den Kopf zu und sagt: »Du solltest in den Stall gehen. Die Schweine sind schon unruhig.«

»Ja, schon gut«, brumme ich und gebe Jelly ein Küsschen auf die Wange.

Meine Freundin schultert ihre Tasche. »Ich muss auch los«, sagt sie und geht Richtung Haustür. Raphaels neugieriger Blick hinterher.

Als ich vom Stall reinkomme, meint Raphael: »Da hast du dir ja was Schönes eingebrockt.« Er sitzt vorm Fernseher und zappt durch die Kanäle.

»Was meinst du?«, frage ich.

Mein Bruder grinst. »Was wohl – der Gestank hat dich verraten. Papa wird ausrasten, wenn er es sieht!« Er dreht den Kopf zu mir her. »Finde ich gut!«

»Ja?«, frage ich überrascht.

»Klar. Dadurch werden sich die beiden mal die Köpfe über was anderes zerbrechen … und ich habe endlich Ruhe!«

Wütend schaue ich meinen Bruder an. »Die hast du ja sowieso immer«, fauche ich und verziehe mich in mein Zimmer. Nun habe ich ja eines. Ein richtiges, meine ich. Kein Oma-Zimmer. Sondern ein Hannah-Zimmer. Als ich die Tür aufmache, muss ich nach Luft schnappen. Nicht nur wegen dem verräterischen Gestank, der noch in der Luft hängt. Sondern auch, weil mein Zimmer so wunderschön geworden ist. Und das Tollste daran ist, dass es wirklich nach ein bisschen Veränderung aussieht. Zufrieden schließe ich die Tür hinter mir. Feierlich mache ich einen Schritt nach vorn. Ich tauche ein in das frisch lackierte Neu und werfe mich aufs Bett. Bei offenen Fenstern liege ich da und schaue dem Betthimmel zu, wie er sich im Wind aufbläht. Wie weiße Wogen sehen die Vorhänge aus. Bewegen sich auf und ab. Auf und ab. Und ich mittendrin. In der Veränderung. Wenige Minuten später bin ich auch schon eingeschlafen.

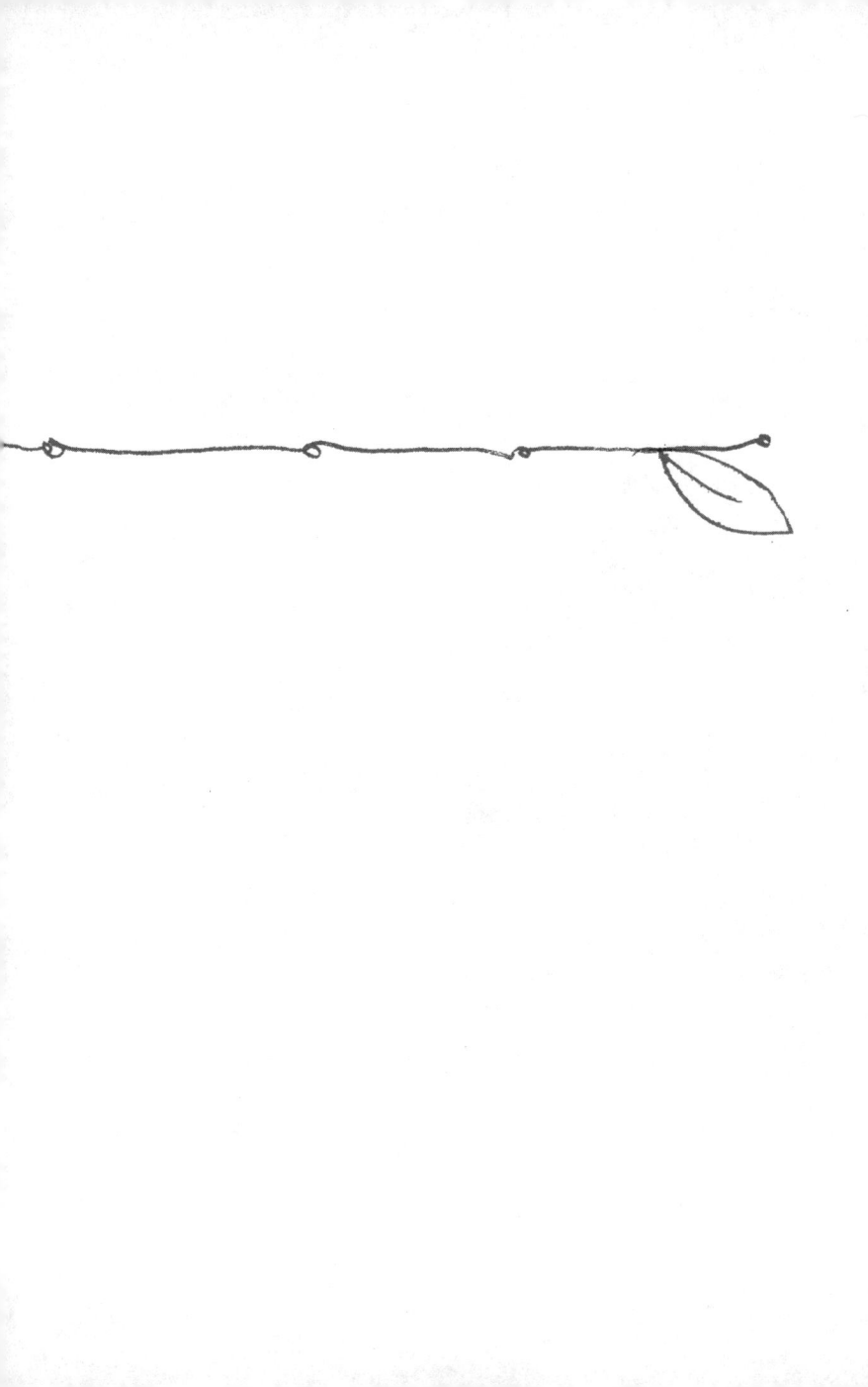

HEISSE TAGE

Am nächsten Morgen werde ich von einem lauten DU MEINE GÜTE! geweckt. Das war Mama.

Gefolgt von Fußgestampfe. Von Papa. Dann: »HANNAH! WAS IST DENN HIER PASSIERT? BIST DU NÄRRISCH GEWORDEN?«

Völlig zerknautscht wühle ich mich aus dem Zierpolsterberg. »Was denn?«, frage ich so unschuldig wie möglich.

Während Mama überrascht durchs Zimmer tappt und verstohlen mein Himmelbett bewundert, kriegt Papa eine waschechte Tomatensuppenfarbe im Gesicht, als er Bekanntschaft mit Gnist und Sommar macht.

Donnerwetter – damit habe ich nicht gerechnet! Heimlich nehme ich mir vor, mit Gnist und Sommar Frieden zu schließen, da verfärbt sich Papas Gesicht ein weiteres Mal. Dieses Mal in ein zorniges Weinrot.

»Hast du eine Ahnung, wie wertvoll diese Möbel sind? Das sind Erbstücke! Verstehst du? Erbstücke!« Papa fuchtelt mit der Hand vor meiner Nase herum.

»Ich hätte gern andere Möbel gehabt, aber ihr habt sie mir ja nie gekauft«, antworte ich ruhig.

Papa funkelt mich an. »Das ist aber noch lange kein Grund, Antiquitäten zu versauen. Die waren ein Vermögen wert!«

Das habe ich wirklich nicht gewusst.

»Oh«, antworte ich überrascht, was die Stimmung nicht wirklich hebt.

»Das bringst du wieder in Ordnung«, befiehlt Papa daraufhin.

»Was?«, rufe ich. »Sicher nicht. Das ist eine Heidenarbeit gewesen. Wenn Jelly mir nicht dabei geholfen hätte …«

Papa beginnt zu schnauben. »Das war ja klar, dass Jellena an der ganzen Sache beteiligt gewesen ist. Die kleine Göre tanzt ihrer Mutter ja auch auf der Nase herum, so wie sie will! Kein Wunder, ohne Vater …«

»Tut sie überhaupt nicht«, zische ich. »Und wenn du glaubst, dass ich das Zimmer wieder in ein Oma-Zimmer zurückverwandle, hast du dich getäuscht!« Wütend springe ich aus dem Bett und baue mich vor Papa auf. »Ich bin kein Kind mehr, falls du das noch nicht bemerkt haben solltest!«

Papa sieht mich entgeistert an. Zähe Sekunden verstreichen, während er nach Luft schnappt, aber keinen Ton rausbringt. Noch einmal wagt er einen Blick auf Gnist und Sommar, dann auf mich und rauscht zur Tür hinaus.

Ha! Eins zu null für mich!

Zurück bleibt Mama. »Du hättest vorher fragen sollen«, sagt sie vorwurfsvoll. »Du weißt doch, wie sehr Papa an Oma gehangen hat.«

»Wenn ich gefragt hätte, dann hättet ihr sowieso Nein gesagt«, murre ich.

Mama sieht mich nachdenklich an. »Wahrscheinlich«, gibt sie nach einer Weile zu. Sie wirft auch einen Blick auf Gnist und Sommar und verschwindet dann aus dem Zimmer.

Später beim Mittagessen ist die Stimmung immer noch geladen. Wie das Wetter. Drückend. Heiß. Stickig.

Papa schweigt, während er lustlos im Dinkelvollkornnudelsalat herumstochert. Über ihm hängt am Bauernkalender der heutige Spruch des Tages: *Im Juli, heiß und schwül, braucht's der Bauer kühl.*

Haha, sehr weise, denke ich mir und schaue lieber zu Mama rüber, die aber auch nur schweigt. Und Raphael sagt ohnehin nie viel. Dafür grinst er mir ausnahmsweise mal zu. Vor Schadenfreude. So ein Arsch! Ich schleudere ihm einen giftigen Blick über den Mittagstisch zu, doch Raphael ist das egal. Gut gelaunt dreht er das Radio lauter, weil soeben der Wetterbericht angesagt wird: »… im Westen wird es in den Abendstunden ein Gewitter geben, teils mit heftigen Regenschauern, die über Nacht abklingen. Morgen folgen wieder Rekordtemperaturen bis zu 34 Grad …«

»Verdammtes Wetter«, knurrt Papa. »Der Weizen ist fast fertig. Wenn jetzt ein Unwetter kommt, knickt er ein, und die halbe Ernte ist hin. Ist eh kaum was an den Ähren dran. Die letzten Wochen sind viel zu trocken gewesen.«

Raphael schaut Papa an und meint: »Glaubst du nicht, dass der Weizen schon reif ist? Als ich vorhin zum Mittagessen nach Hause gefahren bin, habe ich gesehen, wie einige Bauern die Weizenfelder schon abernten.«

Papa kratzt sich nachdenklich am Kopf. Dann geht er zum Telefon. Als er wiederkommt, hat er noch schlechtere Laune als vorher. »Der Hans ist für heute schon ausgebucht. Er kann frühestens morgen Nachmittag zum Mähdreschen kommen. Kommt darauf an, wie viel es in der Nacht regnen wird.« Und mit Grabesstimme hängt er dran: »Dann musst du wieder mit der Getreidefuhre fahren, Hannah.«

Ich nehme Papa ins Visier. »Aber nur, wenn die Möbel so bleiben, wie sie sind!«, verlange ich laut. Der Satz kostet mich unglaubliche Überwindung, aber nicht so viel, als wenn ich mein Zimmer wieder hergeben müsste.

Raphaels Grinsen fängt zu bröckeln an. »Aber die fährt doch wie eine Schnecke! Das wird nie was!«

Papa antwortet nicht gleich. Träge stülpt er sich den Stallhut über den Kopf. »Dann muss sie halt lernen, schneller zu fahren«, sagt er. »Geht ja nicht anders.« Dabei wirft er einen flüchtigen Blick auf Raphael, und ich sehe ihm förmlich an, wie sehr er sich wünscht, Raphael wäre wieder einsatzfähig. »Das Möbelabschleifen hätte sowieso nicht funktioniert«, murrt er schließlich, schlägt die Tür hinter sich zu und stiefelt davon. Raphael knallt seine Gabel auf den Tisch und rückt mit gleichem Karacho ab. Übrig bleiben Mama und ich. Doch während sie einen abgrundtiefen Seufzer ausstößt, macht mein Herz einen Freudensprung, weil ich endlich das Gefühl habe, von meiner Familie wahrgenommen worden zu sein. Auch wenn ich dafür mit dem beschissenen Monsteranhänger fahren muss – die Möbel bleiben. Und das fühlt sich richtig gut an.

Kurz darauf ruft Jelly an.

»Ich glaube, Mama gefällt es sogar«, erzähle ich, als sie wissen will, wie meine Eltern auf die Zimmer-Verschönerungsaktion reagiert haben. »Aber Papa hat mächtig Stunk gemacht.«

»Dann hat es sich ja doch ausgezahlt«, gurrt sie zufrieden und verspricht, abends noch mal anzurufen, weil im Friseurladen gerade so viel los ist und sie alle Hände voll zu tun hat.

Auch gut, denke ich, da läutet es schon wieder.

»Das ist aber schnell gegangen«, rufe ich ins Handy.

»Ich bin es«, sagt Finn.

Kurze Stille. »Sorry, ich dachte, es ist Jelly.«

»Was machst du gerade?«, will er wissen.

»Nicht viel.«

»Gut«, antwortet er. »Ich habe heute Nachmittag nämlich frei. Wollen wir etwas zusammen unternehmen? Vielleicht schwimmen gehen? Zum Jungfrauenfelsen? Ist unglaublich schwül heute …«

»Gerne, aber das mit dem Freihaben verstehe ich nicht ganz. Jetzt ist doch gar keine Schule …«

Finn räuspert sich. »So einfach ist das nicht. Mein Alter will, dass ich im Geschäft mithelfe. Die Ferien über. Damit ich was fürs Leben lerne und so.«

»Wirklich?«, rufe ich überrascht. »Dann ist das ja so wie bei mir!«

»Ja«, brummt er. »Schon irgendwie. Und? Hast du Zeit? Oder musst du wieder einem Ferkel das Leben retten …«

»Nein«, kichere ich verlegen und packe nebenbei schon mal meine Badesachen ein.

»Soll ich dich abholen?«, fragt er.

»Bloß nicht«, rutscht es mir heraus, woraufhin sich eine unangenehme Stille breitmacht. »Ich meine, das ist nicht nötig. Treffen wir uns lieber gleich am See. In Ordnung?«

Finn antwortet nicht sofort. »Wie du meinst«, sagt er dann ziemlich harsch. »Bis gleich.«

»Ja, bis gleich«, sage auch ich und drücke auf Rot. Hektisch halte ich nach dem Bikini Ausschau, der irgendwo in meinem Zimmer herumliegen muss. Als ich ihn gefunden habe, ziehe ich mir das alte Ding über und werfe einen flüchtigen Blick in den Spiegel. Eine kritische Hannah blickt mir entgegen: *Jellys Mama sieht das schon richtig,* scheint die Spiegel-Hannah sagen zu wollen. *Deine Haare brauchen dringend einen Besuch in Karos Frisierstube. Und der alte Bikini ist hässlich.*

Unsicher wende ich mich vom Spiegel ab und schaue an mir herunter. Hat die Spiegel-Hannah etwa recht? Meine Haare fühlen sich wirklich strubbelig an. Und der Bikini ist ausgewaschen und löchrig …

Und wenn schon! Jetzt ist es ohnehin zu spät, um mich aufzubrezeln. Während ich mir das Fahrrad schnappe, achte ich darauf, nicht von Mama oder Papa entdeckt zu werden. Nebenbei nehme ich mir vor, mir in den nächsten Tagen die Haare schneiden zu lassen. Wenigstens den Pony. Immerhin hat es mir Jellys Mama angeboten. Wann immer ich will, hat sie gesagt. Jetzt scheint eine gute Gelegenheit dafür zu sein.

Dann aber wird es doch später, als ich zum Treffpunkt komme. Finn wartet schon auf mich.

»Tut mir leid!« Schnaufend ziehe ich mir das verschwitzte T-Shirt über den Kopf. »Hab nicht gleich wegfahren können.«

»Doch noch eine Schweinegeburt?« Finn hockt am Felsen und starrt hinaus aufs Wasser.

Ich schüttle den Kopf. »Nein, nur ...« Was soll ich sagen? Dass ich mir Gedanken zu meinem mistbraunen Bikini und meinen mistbraunen Haaren gemacht habe? Oder dass ich erst losradeln konnte, als die Luft rein war, weil Mama den Rasen neben der Hofeinfahrt mähen musste und ich deshalb warten musste, bis sie fertig war?

»Schon gut«, unterbricht mich Finn beim Grübeln und steht auf. Er dreht sich zu mir um und sieht mich nachdenklich an.

»Alles in Ordnung?«, frage ich überrascht.

Auf Finns Stirn haben sich ein paar Falten breitgemacht. Das sieht irgendwie komisch bei ihm aus. Ungewohnt. Sein Gesicht ist ansonsten immer fröhlich. Nur heute nicht. Ob er mir etwas verheimlicht?

Doch Finn blockt ab und fragt: »Wollen wir springen?«

Ich nicke unsicher. »Wenn du magst.«

Er greift nach meiner Hand, und ehe ich mich auf den Sprung konzentrieren kann, hat er mich auch schon über die Felskante gezogen. Mit einem lauten Platscher kommen wir auf. Das Wasser auf der Oberfläche ist erstaunlich warm, doch weiter unten wird es richtig kalt. Eisig. Sofort kriecht mir die Gänsehaut über den Rücken, während mein linker Fuß eine vermoderte Baumwurzel streift. Schnell stoße ich mich vom Untergrund ab und schwimme der Wärme entgegen. Zuerst tauche ich auf. Danach Finn.

»Viel besser.« Er schnappt nach Luft. »Der See hat sich erwärmt. Aber weiter unten ... hast du es gespürt?«

Ich nicke und wische mir den nassen Pony aus dem Gesicht. Erstaunt stelle ich fest, dass Finns Stirn nun wieder faltenfrei ist. Ob das am Wasser liegt? Oder an der Abkühlung? Oder gar am Sprung vom Felsen? Wäre doch irgendwie schön, wenn es ihm mit dem tiefen schwarzen Loch genauso ergehen würde wie mir.

Da sagt Finn auch schon: »Hier ist es einfach super zum Springen. Ob verflucht oder nicht!« Gemeinsam schwimmen wir ans Ufer. »Vielleicht ist der Ort ja wirklich magisch«, überlegt er weiter, während wir durchs Schilf waten und uns auf den sonnenwarmen Felsen setzen. Dabei sieht er mich an. »Das liegt an dir!« Seine blauen Augen beginnen wieder neckisch zu blinzeln. Dann legt er endlich den Arm um mich und gibt mir einen zärtlichen Kuss auf die Lippen. Die Gänsehaut krabbelt mir erneut über den Rücken. Erst jetzt wird mir bewusst, dass wir heute alleine hier sind. Auf der Liegewiese gegenüber ist es ziemlich ruhig. Die meisten Leute kommen nur an den Wochenenden hierher. Und auf unserer Seite ist ohnehin niemand. Keine Jelly. Kein Tobias. Irgendwie schön. Irgendwie aufregend. Aber auch irgendwie ... ich weiß nicht. Auf alle Fälle macht sich mit einem Mal ein nervöses Kitzeln in meinem Bauch breit, als mir die Tatsache klar wird. Finn scheint es genauso zu ergehen, denn als wir uns von dem Kuss lösen, hat er etwas Tomatensuppenfarbe im Gesicht. Ich natürlich auch.

»Wollen wir lieber unter die Birke gehen?«, fragt er unsicher. »Die Sonne brennt ziemlich.«

Wir stehen auf und breiten unsere Badetücher auf dem weichen Moos aus, das üppig unter der Birke wächst. Um den peinlichen Moment zu überbrücken, frage ich: »Gibt es einen bestimmten Grund, warum du vorhin nicht so gut drauf warst?«

Finn legt sich auf den Rücken und schließt die Augen. »Nicht wirklich«, brummt er. Als er aber merkt, dass ich auf eine Antwort warte, sagt er: »Mein Alter nervt grad tierisch. Er will … er meint … ich soll …« Finn blockt erneut ab. Kurz scheint es, als ob er mit sich selbst ringen würde, mir die Wahrheit zu sagen, dann stöhnt er: »Es nervt einfach, mit ihm zusammenarbeiten zu müssen. Und mit den anderen aus der Firma ist es auch nicht grad einfach«, er hält inne, »die lassen mich eben gerne spüren, dass ich der Sohn vom Chef bin. Verstehst du?«

Verwundert drehe ich mich zu ihm um. »Arbeitest du denn oft mit den anderen Leuten aus der Firma zusammen?«

Finn nickt. »Klar, mein Vater besteht darauf, dass ich alles von Anfang an lerne. Deshalb fahre ich derzeit mit Kurt und deinem Bruder hinaus auf die Baustellen.«

»Meinem Bruder?!« Beinahe hätte ich mich an den Worten verschluckt. »Du arbeitest mit Raphael zusammen?«

»Sicher«, antwortet Finn. »Er hat es echt drauf und legt sich mächtig ins Zeug. Besonders seit dem Anfall. Das kommt gut an. Auch bei meinem Alten.«

»Du weißt davon?«, frage ich atemlos. »Du weißt von Raphaels Anfall?«

»Klar! Wieso denn nicht? Das sorgte ja auch in der Firma für Gesprächsstoff. Wegen dem Krankenstand und so …«

Logisch, denke ich und setze mich auf. Unruhig wandern meine Augen über den spiegelglatten See.

»Stört es dich etwa, dass ich mit Raphael zusammenarbeite?«, fragt er plötzlich. »Wir reden nicht darüber, wenn du das meinst …«

»Über was?«, frage ich tonlos.

»Na … über uns beide …«

Mein Magen krampft sich zusammen.

»Und?«

»Und was?«

»Na, stört es dich?«, will Finn wissen. Nun etwas lauter.

In meinem Kopf beginnen die Gedanken herumzuschwirren wie die Fliegen auf dem Misthaufen hinter dem Haus an einem heißen Sommertag. Finns drängende Stimme lässt mich vorsichtig werden.

»Es ist nur … ich bin überrascht, dass du Bescheid weißt. Zu Hause wird nämlich gar nicht darüber geredet.«

Finn legt tröstend den Arm um mich und ich lasse mich hineinfallen. Die Wärme umhüllt mich wie eine kuschelige Decke an frostigen Tagen und lässt mich auftauen. Aufmachen. »Weißt du, seitdem das mit meinem Bruder passiert ist, kann er am Hof nicht mehr mithelfen. Weil er nach dem

Anfall eine schlimme Allergie bekommen hat. Für meine Eltern ist das eine Katastrophe. Eigentlich hätte Raphael später die Landwirtschaft übernehmen sollen. Aber … nun bleibt alles an mir hängen, verstehst du?« Ich spüre, wie Finn nickt, weil er sein Kinn auf meinem Kopf geparkt hat.

»Das verstehe ich sogar gut«, murmelt er in meine Haare. »Meine Eltern wollen ja auch, dass ich später das Geschäft weiterführe. Dabei weiß ich noch gar nicht, was ich nach der Matura machen will. Wenn es nach meinem Vater ginge, wäre mein Leben schon zwanzig Jahre im Voraus verplant.«

Ich kuschle mich enger an ihn und lausche seinem Herzschlag. »Wie denn?«, frage ich neugierig.

»Auf alle Fälle ein Studium«, murrt Finn. »Bei dem Fremdsprachen wichtig sind. Damit ich später international arbeiten kann. Dabei kann ich nicht mal Englisch! Ich bin nur schlecht darin!« Wieder tauchen ein paar Fältchen auf seiner Stirn auf. »Hab heuer grad die Kurve gekriegt. Aber nur weil …« Noch mehr Falten. Er schaut auf den See hinaus und lässt sich mit der Antwort Zeit. Während er nach den richtigen Worten zu suchen scheint, liege ich in seinem Schoß. Finns Atembewegungen wiegen mich sanft hin und her. So schön ist das. Verträumt lächle ich ihn an. Und er lächelt zurück. Unsere Lippen suchen sich. Lang und zärtlich. Und Finns Stirnfalten sind mit einem Mal wie weggeblasen. Seine Antwort auch.

WIE TAG UND NACHT

Es ist spät geworden. In der Dunkelheit schleiche ich in mein Zimmer. Auf Zehenspitzen. Federleicht vor Glück. Denn Finn und ich haben noch lange unter der Birke gesessen. Nicht einmal, als das erste Donnergrollen den Horizont erzittern ließ, haben wir uns losgelassen. Lagen Arm in Arm auf dem moosigen Boden und lauschten dem Rauschen des Gewitterwindes in den Birkenblättern. Und redeten. Und redeten.

»Das ist nur ein Wetterleuchten«, hat mir Finn zwischendurch beruhigend ins Ohr geflüstert. »Das Gewitter wird vorüberziehen.« Und genauso war es auch. Wenig später sind zwar ein paar einzelne, feine Regentropfen auf die Erde gefallen, haben den See in ein hüpfendes Regenfass verwandelt und unsere erhitzten Körper gekühlt, mehr aber nicht.

Und obwohl der Gewitterwind eine kühle Brise mitgebracht hat, ist mir jetzt immer noch heiß, als ich im Dunkeln nach einem Handtuch taste und es mir um die feuchten Haare wickle. Mit dem Turban lege ich mich aufs Bett. Das Mondlicht fällt herein und taucht Gnist und Sommar in ein weiches Licht.

»Ihr habt es gut«, flüstere ich den beiden zu. »Ihr könnt ewig beisammen sein.« Dabei spüre ich Finns Hände immer noch auf meinem Körper. Noch nie zuvor habe ich so etwas erlebt. Bin noch nie jemandem so nah gewesen. Mein Herz klopft wie verrückt, wenn ich daran denke. Wie wir uns eng umschlungen aneinandergekuschelt haben und unsere Hände dabei auf Wanderschaft gegangen sind. Scheu und vorsichtig zwar, aber gerade deshalb so wunderschön …

Noch während ich meinen Gedanken nachhänge, geht langsam die Zimmertür auf, und Mama kommt herein.

»Wo warst du?«, will sie mit leiser, aber eindringlicher Stimme wissen.

»Bei Jelly«, lüge ich. »Wieso?« Wie gut, dass sie das Licht nicht angemacht hat, sonst hätte mich meine Tomaten-suppenfarbe augenblicklich verraten.

Mama kommt noch einen Schritt auf mich zu. Das lässt sie unheimlich aussehen, weil das Mondlicht auf ihren Körper strahlt und sie dadurch einen langen Schatten auf die Dielen wirft. »Du hättest Bescheid geben können, dass du noch weggehst. Außerdem mag ich es nicht, wenn du so spät nach Hause kommst und wie eine Katze in dein Zimmer schleichst.«

»Ich bin doch schon häufiger spät nach Hause gekommen. Warum stört dich das ausgerechnet jetzt?«, murre ich.

Mama lässt sich auf der Bettkante nieder. Sie dreht ihr blasses Gesicht zu mir, das im Mondschein geradezu bleich wirkt. Da kann sie machen, was sie will. Mamas Haut wird nie braun. Höchstens sommersprossen-gesprenkelt-braun.

Wie meine. Denn das hat sie mir auch vererbt, genauso wie das *Man-muss-einfach-machen-Gen.*

»Anscheinend hat Antonia recht«, sagt sie leise in die Dunkelheit hinein.

»Was?«, frage ich völlig überrascht. »Welche Antonia?«

Sie hebt den Kopf. »Na, Antonia Brugger, die Handauflegerin. Die Raphael helfen will ...«

»Was hat denn das mit dieser Frau zu tun?«, frage ich.

»Na ja, sie hat gesagt, dass du nun auch erwachsen wirst und so ...«, erklärt sie gedankenversunken. Sie zuckt mit den Schultern. Der lange Schatten auf den Dielen tut es ihr gleich.

Ach, das hat diese Antonia Brugger gesagt? Das ist ja interessant. Witzig, dass meine Eltern nicht von alleine darauf kommen. »Wieso redet ihr überhaupt über mich?«

Mama seufzt. »Einfach so. Lassen wir das Thema jetzt. Schlaf lieber. Es ist schon spät und die nächsten Tage werden anstrengend werden. Es sollen kräftige Unwetter ins Land ziehen und bis dahin muss abgeerntet sein. Da muss jeder anpacken!«

Mehr sagt sie nicht. Braucht sie auch nicht, denn ihr Blick verrät, dass sie zu diesem Thema nichts mehr sagen wird. Wie immer. Das ist so typisch!

»Na toll«, zische ich wütend und sage auch nichts mehr. Wenn meine Mutter nicht ehrlich zu mir sein kann, warum soll ich es dann zu ihr sein?! Schweigend sehen wir uns an. Obwohl wir tausend Fragen hätten. Und der Mond scheint auf unsere bleichen Gesichter.

Schließlich steht Mama auf und verschwindet aus meinem Zimmer, genau so, wie sie hereingekommen ist. Still. Und wieder ist die Kluft zwischen uns ein Stück tiefer geworden, denke ich.

Erschöpft lasse ich mich schließlich auf den Zierpolsterberg sinken, während ich die Stille der Nacht in mich aufnehme, um selbst zur Ruhe zu kommen. Träge werden meine Augenlider. Die Gedanken fliegen. Hinaus aus dem Fenster. Vorbei an einem Käuzchen, welches eben erst aus seinem Schlaf erwacht ist und einen schaurigen Guten-Abend-Gruß ausstößt. Die Gedanken fliegen. Immer weiter. Immer weiter fort. Nur von fern höre ich dem Käuzchenruf zu, während vage Wortfetzen aus dem Elternschlafzimmer an mein schläfriges Ohr dringen. Sie tuscheln. Meine Eltern. Aufgeregt. Aufgebracht. Doch die Wortfetzen reichen nicht, um mich wach zu halten. Aufzuhalten. Denn meine Gedanken. Sie fliegen. Schon längst.

Erntezeit. Das bedeutet angestrengte Gesichter. Schweiß auf der Stirn. Staub auf der Haut. Und Arbeit ohne Ende. Die wenigen Regentropfen der vergangenen Nacht haben dem Weizen zum Glück nichts anhaben können. Nun können wir ihn ernten. Und das Stroh heimbringen. Das wird stressig. Schon als ich zum Frühstücken in die Küche komme, kann ich ihn spüren. Den Stress. Oder ist es Angst? Die Angst davor, die Ernte zu verlieren, falls das Wetter nicht mitspielt? Denn Mama hatte recht. Ein gewaltiges Unwetter soll im Anmarsch sein. Eilig streiche ich mir deshalb ein Marmeladenbrot und trinke ein Glas Wasser dazu, weil es schon frühmorgens unglaublich heiß ist. Dann schlüpfe ich in meine Arbeitsstiefel und sehe nach Papa. In der Maschinenhalle finde ich ihn.

»Guten Morgen!«, murmle ich.

Papa blickt kurz zu mir hoch, während er am Monsteranhänger herumschraubt.

»Das wird sich erst zeigen, ob dieser Morgen gut ist! Hauptsache, das verdammte Wetter spielt mit, und ... « Den Rest verkneift er sich, aber ich kann an seinem Gesicht genau ablesen, was er meint. Finster schaue ich auf den Unheil versprechenden Monsteranhänger.

»Wann wird Hans denn heute kommen?«, frage ich, nur um Papa gutzustimmen.

Meine Rechnung scheint aufzugehen, denn er krabbelt unter dem Monsteranhänger hervor und antwortet: »Schon bald. Er hat gestern zum Glück beim Waldbauern noch fertig dreschen können, weil es in der Nacht nicht viel geregnet hat.« Er legt Hammer und Schraubenzieher beiseite und sagt: »Am besten stellst du den Kipper gleich aufs untere Feld. Dort fangen wir an.«

Verzagt schaue ich zum Traktor hinüber, der auf der anderen Seite der Maschinenhalle parkt. »Aber der Kipper ist doch noch gar nicht angehängt!«, klage ich.

Papa dreht sich zu mir um und sieht mich entmutigt an. »Hannah, für so etwas haben wir heute wirklich keine Zeit. Verstehst du? Ich habe tausend Sachen zu erledigen ...«

»Aber ich hab das doch noch nie gemacht!!!«

Papa schnauft. »Also gut!«, sagt er schließlich. »Hol den Traktor. Ich zeige dir, wie man den Kipper anhängt. Das ist nicht schwer.«

Und tatsächlich. Als ich mit dem Rückwärtsgang auf den Monsteranhänger zusteuere, schaffe ich es auf Anhieb, die Anhängevorrichtung zu treffen. Nun braucht Papa nur noch den Stift durchzustecken und die Hydraulikschläuche anzuschließen. Danach lächelt er mir erleichtert zu.

»Geht doch«, brummt er und klettert zu mir in die Traktorkabine. »Und jetzt fahr los!«

»Ich?«, frage ich überrascht.

»Freilich«, lacht er. »Du hast schon recht. Übung hat noch niemandem geschadet. Also: Gang rein, Kupplung los und dann Gas! Bis der Mähdrescher kommt, hast du bestimmt gelernt, wie man mit einer Getreidefuhre umzugehen hat.«

Doch Stunden später scheinen Papas aufmunternde Worte in der Hitze des Tages verpufft zu sein. Jedenfalls sitze ich auf dem Traktor und zittere vor mich hin. Denn ohne Getreide zu fahren ist wesentlich leichter als mit. Noch dazu, wenn man einen steilen Berg vor sich hat. Das haben nämlich *untere* Felder so an sich. Dass man *von unten* wieder *nach oben* fahren muss – und umgekehrt. Während die getreidelose Fahrt am Morgen mit Papa noch wunderbar geklappt hat, sind meine Nerven jetzt kurz vor dem Zerreißen. Es braucht unglaubliches Fingerspitzengefühl, um mit dem Monsteranhänger den Berg hochzukommen. Und das Ganze auch noch im Rekordtempo! Mir ist zum

Heulen!!! Immer wenn ich mit einer Fuhre am Hof ankomme, wird Papas Gesicht nur noch röter vor Zorn, weil ich schon wieder mit der Zeit im Rückstand liege. Aber was soll ich machen … ich kann es einfach nicht besser!!!

Und dann, kurz vor Mittag, passiert genau das, was ich schon die ganze Zeit befürchtet habe. Mitten am Berg – mit einer vollen Ladung Weizen hintendran – würge ich den Motor ab. Mist!!!

Nun stehe ich da und weiß nicht weiter. Noch mal Mist!!!

Den Motor anzulassen, traue ich mich nicht. Denn die Gefahr ist groß, dass der Traktor vom schwer beladenen Kipper mit seinen sieben Tonnen Weizen nach hinten gezogen wird, während ich den Motor starte. Ich würde das Gespann nicht mehr halten können. Es würde nach hinten rollen, den Abhang hinunter … und das wäre dann wirklich MIST!!! So richtig aber.

Also hocke ich auf dem Traktor und zittere lieber vor mich hin, als den Zündschlüssel umzudrehen. Während ich fieberhaft überlege, was ich als Nächstes tun soll, gesellt sich zu den Schweißperlen auf meiner Stirn nun auch Angstschweiß hinzu. Blöderweise habe ich mein Handy nicht dabei. Sonst hätte ich Papa anrufen können. Oder Hans, der mit seinem Mähdrescher auch gerade außer Sichtweite ist. Also bleibt mir nichts anderes übrig, als abzusteigen und nach Hause zu laufen, um Hilfe zu holen. Als ich den Berg hochtrabe, wirbeln meine Füße die vertrocknete Erde auf dem Feldweg auf. Monoton zirpen die Grillen am Wegesrand. Die Mittagssonne knallt erbarmungslos herunter, während die

Luft vor Erntestaub strotzt und sogar mir das Atmen schwer macht.

Endlich oben angekommen, ist meine Laune auf dem Tiefpunkt. Besonders, als mich Raphael auf der Straße einholt. Quietschend bleibt er mit dem Auto neben mir stehen und kurbelt das Fenster ein kleines Stück hinunter. »Was ist los?«, will er wissen. »Ist etwas passiert?«

Nach Luft ringend, halte ich an. Während ich noch überlege, ob ich mich ihm anvertrauen soll, haben sich schon ein paar verzweifelte Tränen den Weg ins Freie erkämpft. Wütend wische ich mir übers staubverklebte Gesicht und plärre, bevor ich darüber nachdenken kann: »Ich habe den verdammten Traktor abgewürgt. Mitten am Berg. Und jetzt kann ich nicht mehr weg …«

Raphael schaut mich irritiert an. »Warum? Ist etwas mit dem Motor?«

»Nein! Ich trau mich einfach nicht, am Berg den Motor zu starten!«

Mein Bruder kneift die Augen zusammen. »Bist du blöd, oder was? Du brauchst doch nur Gas zu geben!«, keift er aus dem klimaanlagengekühlten Auto heraus. »Das wirst du doch noch hinkriegen!«

Ich sehe ihn verzweifelt an. »Aber wenn der Traktor nach hinten rollt …«

»Dann gib einfach Gas!«, schreit er.

»Ich kann aber nicht«, schreie ich zurück.

Mein Bruder sieht mich abschätzig an. »Und was willst du jetzt machen?«

»Hilfe holen. Was sonst!«

Raphael schüttelt den Kopf. »Wie bescheuert bist du? Das wird ewig dauern. Hast du den Wetterbericht nicht gehört? Das Gewitter kommt näher. Und das Stroh muss auch noch heimgebracht werden. Das wird ohnehin knapp! Und du murkst wegen dem Berg herum?«

»Dann lass mich zu dir ins Auto. So bin ich schneller!«

Mein Bruder funkelt mich an. »Nein, du fährst jetzt mit dem Traktor nach Hause. Sofort. Hast du verstanden?!«

»Spinnst du?«, zische ich und wische mir die Tränen aus dem Gesicht. »Du befiehlst mir gar nichts. Wer macht denn die ganze Arbeit am Hof? Wer fährt mit dem Monsterkipper in der Gegend herum? Oder bleibt von Partys zu Hause, weil die verdammten Schweine gefüttert werden müssen? Du nicht, oder?«

Mein Bruder starrt mich an. Er kurbelt das Fenster hoch und drückt aufs Gas. Wie wild prescht das Auto nach vorn. Nach wenigen Metern lenkt er den Audi auf eine Einbuchtung am Straßenrand und stellt den Motor ab. Dann fliegt die Tür auf und er kommt auf mich zu.

»Was hast du vor?«, frage ich, schon etwas kleinlauter.

Als mein Bruder auf gleicher Höhe ist, knurrt er: »Na, was schon«, und biegt in den Feldweg ein.

Mit einem Mal steigt Panik in mir auf. »Bist du verrückt geworden?«, rufe ich, als mir klar wird, was er vorhat. »Lass das! Du weißt doch ganz genau, dass du das nicht sollst!«

Doch Raphael reagiert nicht. Wild entschlossen rennt er den staubigen Feldweg hinunter. Dort angekommen, springt er auf den Traktorsitz und lässt den Motor aufheulen. Mit einem Satz prescht das Gefährt nach vorne, ohne nur ein Stück abwärtszurutschen. Souverän lenkt er die Fuhre Richtung Straße aufwärts. Als er neben mir zum Stehen kommt, lässt er den Motor weiter laufen und springt vom Traktor.

Plötzlich hat er es eilig, ins Auto zu kommen. Wortlos rennt er an mir vorüber, ohne mich dabei anzumachen. Eigenartig! Warum hat er auf einmal keine blöde Meldung mehr für mich übrig? Doch dann kapiere ich, was los ist.

Ein flüchtiger Blick in sein Gesicht. Das genügt. Gerade noch sehe ich, wie Raphaels Gesicht anschwillt und seine Augen zu tränen anfangen. Dann heult auch schon der Audi auf und mein Bruder rauscht ab. Eine kleine Staubwolke baut sich vor mir auf. Genauso wie die blanke Angst, die sich schlagartig in meinen Knochen breitmacht und mich innerlich steif werden lässt. Doch das *Man-muss-einfach-machen-Gen* ist schließlich stärker und bringt mich dazu, auf den Traktor zu klettern.

Ich habe die Weizenfuhre beim Getreidesilo schon fast abgeladen, da kommt Mama aus dem Haus. In ihren Händen trägt sie eine Flasche Saft und eine Box mit belegten Broten für Hans zum Mittagessen, in ihrem Gesicht hingegen trägt sie unheimlich schlechte Laune. »Was war denn da eben los?«, fragt sie prompt.

Papa schaut hinter dem Kipper hervor. »Ist was?«

Mama funkelt mich böse an. »Das würde ich auch gerne

wissen. Raphael sitzt in der Küche. Sein Gesicht ist völlig angeschwollen. Wie ist das passiert? Sag schon!«

Unruhig wetze ich auf dem Traktorsitz hin und her. »Geht es ihm gut?«, frage ich klamm. Nur mühsam kann ich jene Bilder von damals unterdrücken, die sich für immer in meinem Kopf eingebrannt haben. Raphael auf dem Stroh … sein Mund …

»Kommt darauf an, wie schnell die Schwellung weggeht«, unterbricht Mama meine Gedanken. »Er müsste ja nach der Mittagspause wieder zur Arbeit. Aber mit so einem Gesicht ist das unmöglich! Also, was war los?«

Ich seufze. »Mir ist der Motor am Berg abgestorben und Raphael hat mir geholfen. Er ist mit dem Traktor gefahren«, gebe ich leise zu.

Papa und Mama wechseln einen schnellen Blick. »Was hast du dir dabei gedacht? Weißt du denn nicht, wie gefährlich das ist? Er könnte einen Allergieschock bekommen oder wieder einen Anfall«, schimpft Mama wild drauflos.

»Weiß ich doch«, rufe ich dazwischen. »Aber er hat sich nicht abbringen lassen.«

Papa schüttelt den Kopf. »Dass man von ein bisschen Traktorfahren gleich allergisch reagiert, das verstehe ich nicht«, knurrt er bitter. »Früher ist der Bub doch überall dabei gewesen. Ist mit jeder Fuhre gefahren, ohne mit der Wimper zu zucken – und nun soll ihm das Gesicht anschwellen, nur weil er kurz auf dem Traktor gesessen hat? Bei dir ist das doch auch nicht so, Hannah. Und wir haben das auch nicht. Niemand aus der Familie hat das. Warum er? Da hat der Kalender recht: *Tage sind wie Geschwister, aber selten ist einer dem anderen gleich.*« Er schüttelt immer noch den Kopf. »Warum musste das nur so kommen …« Seufzend verschwindet er hinter dem Kipper. Schließlich klopft er gegen die Bordwand und ruft: »Er ist leer. Kannst losfahren. Aber dieses Mal mit mehr Gas, hörst du?«

»Ja«, murmle ich erleichtert, nehme das Essenspaket für Hans entgegen und mache, dass ich vom Hof komme. Im Rückspiegel sehe ich noch, wie Mama wild auf Papa einredet und dabei mit den Armen gestikuliert. Dann biege ich um die Ecke und das Bild verblasst zum Glück.

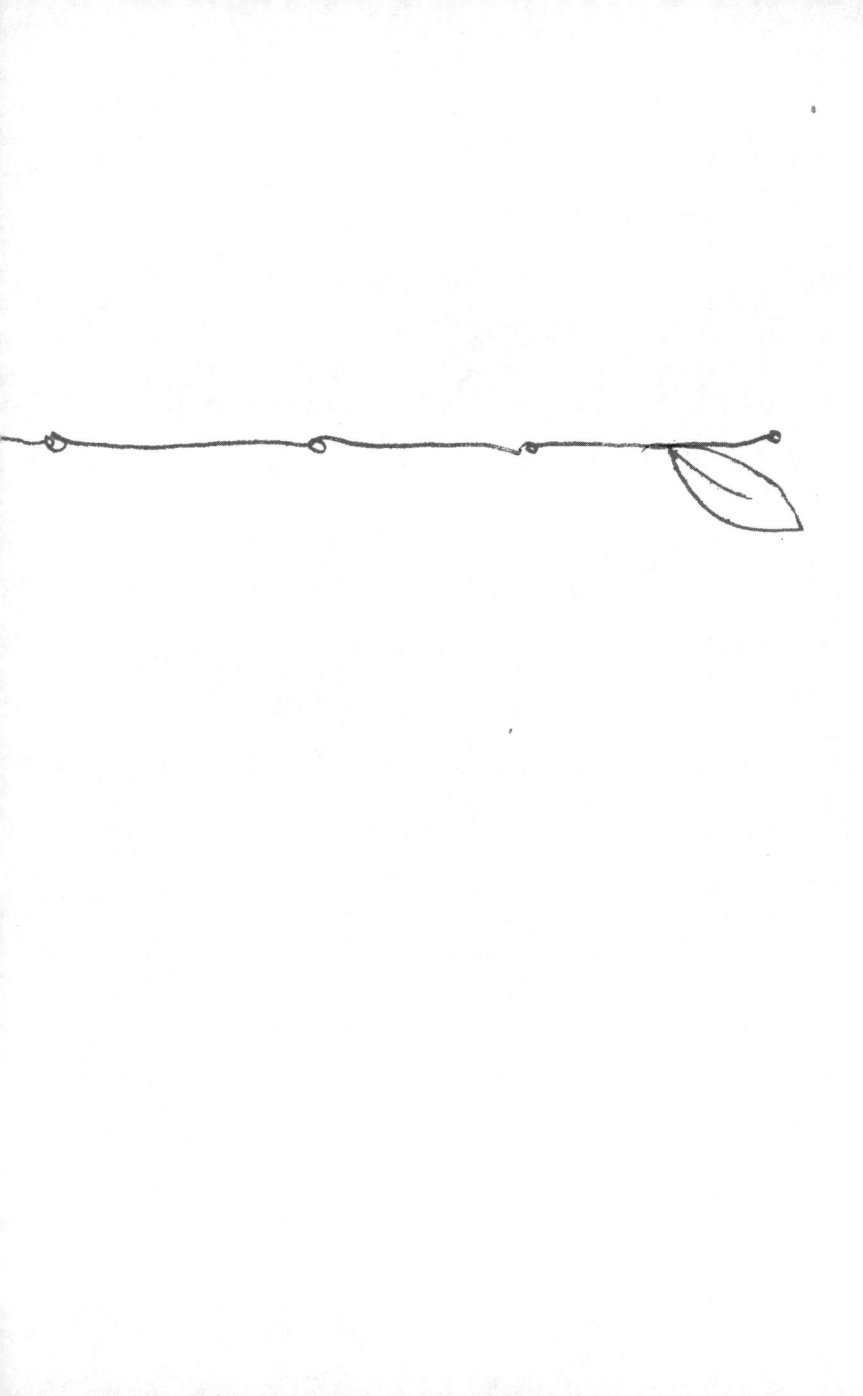

ARBEITEN, ARBEITEN

Nachdem der Weizen abgedroschen ist, jagt mich Papa zum Strohwenden aufs Feld. Vorher aber habe ich noch Zeit, um schnell etwas zu essen und zu trinken. Mit einem mulmigen Gefühl betrete ich das Haus. Ist Raphael da? Nein, in der Küche ist er nicht. Auch nicht im Wohnzimmer. Vielleicht oben? Leise schleiche ich die Treppe hinauf und lausche an seiner Zimmertür. Nichts. Ob ich nachschauen soll? Immerhin ist er mein Bruder! Auch wenn er ein Gefühlsarschloch ist, will ich nicht, dass es ihm schlecht geht. Also greife ich nach der Klinke, drücke sie ganz langsam hinunter und öffne die Tür einen Spalt.

Als sich meine Augen an das dämmrige Licht gewöhnt haben, merke ich, dass das Zimmer leer ist. So ein Glück! Dann wird die Schwellung doch rasch abgeklungen sein und Raphael konnte wieder zur Arbeit fahren. Erleichtert will ich die Tür schließen, da bleibt mein Blick an etwas hängen. Etwas, das auf seinem Nachttisch liegt. Ob ich nachschauen soll? Wenn Raphael merkt, dass ich in seinem Zimmer herumgeschnüffelt habe, dreht er garantiert durch. Nicht einmal Mama darf in sein Zimmer. Okay, manchmal schon.

Aber nur zum Aufräumen. Ansonsten ist seine Bude Sperr-gebiet. Ich lausche in die Stille. Nichts regt sich im Haus. Nur draußen auf dem Vorplatz hört man das beständige Tu-ckern des Traktors. Neugierig gebe ich mir einen Ruck. Auf Zehenspitzen gehe ich ins Zimmer und knipse die kleine Nachttischlampe an, weil die Vorhänge zugezogen sind, da-mit die Nachmittagshitze draußen bleibt. Auf dem Schreib-tisch, neben seinen Epi-Blockern und ein paar grünlichen Tabletten, steht eine angefangene Tequilaflasche. Sie ist fast leer. Eine Zigarettenschachtel liegt daneben. Ich hab gar nicht gewusst, dass mein Bruder nun auch noch zu rauchen angefangen hat. Dass er säuft wie ein Stier, weiß ich. Die Alkoholfahne, die ihn gelegentlich umweht, lässt sich nicht verbergen. Aber dass er jetzt auch noch qualmt? Und das alles in Kombination mit den Medikamenten gegen die Epilepsie?! Wie blöd ist der eigentlich? Glaubt er, dass er so seine Allergie loswird? Aber vielleicht mag er das ja auch gar nicht? So kann er wenigstens machen, was er will, ohne ständig an den Hof gekettet zu sein!

Ich will wieder verschwinden, da fällt mir ein, dass ich ja noch etwas nachschauen wollte. Leise tapse ich auf den Nachttisch zu. Die Bauernzeitung liegt obenauf. Darun-ter … gut versteckt … ieeeehhh … eine Tittenzeitschrift. Daneben Aftershave und Kaugummi. Darunter … des-wegen bin ich eigentlich hier … eine Ecke von einem Foto. Gut versteckt unter seinem Krempel. Genau deshalb hat mich das ja auch neugierig gemacht. Vorsichtig zupfe ich daran. Als ich die Hälfte des Fotos unter dem Zeitschriftenstapel hervorgezogen habe, lacht mich … Jelly an. Dann mein Bruder. Überrascht ziehe ich weiter. Sebi und Manuel, seine besten Kumpel, rücken mit aufs Bild. Die vier lachen unbekümmert in die Kamera. Ich kann mich gar nicht daran erinnern, wann das gewesen sein soll … Auf alle Fälle muss die Aufnahme mindestens ein Jahr alt sein, weil Raphael da noch die gebleichten Strähnchen hat. Fast strahlen sie im Blitzlicht der Kamera. Wie Raphael. Langsam lasse ich das Bild sinken. Ich habe meinen Bruder schon ewig nicht mehr so lächeln gesehen. Jedenfalls seit dem epileptischen Anfall nicht mehr. Ich weiß noch, wie Jelly mich damals bearbeitet hat, ihr doch zu erlauben, meine Haare zu färben. Sie brauchte Übung für die Berufsschule, erklärte sie mir mit spitzbübischem Lächeln, samt gierigem Blick auf meine Naturmähne. Aber auf blonde Strähnchen hatte ich überhaupt keine Lust. Damals genauso wenig wie heute. Als wir uns deswegen gestritten haben, bot sich auf einmal Raphael überraschenderweise an, das Versuchskaninchen zu mimen. In der Zeit sind wir noch häufig gemeinsam unterwegs gewesen. Sind oft mit seiner Clique zum Jungfrauenfelsen geradelt. Oder ins Kino gefahren. Oder haben uns zum Eisessen getroffen. Und obwohl er mich auch früher als seine kleine Schwester häufig geärgert hat, haben wir uns die meiste Zeit gut verstanden. Irgendwie hatte einfach jeder seinen Platz. Er war der Große, ich die Kleine.

Danach aber wurde alles anders. Nach dem Krankenhausaufenthalt verkroch sich Raphael in sich selbst, ging kaum aus. Nur mit seinen Freunden traf er sich manchmal – aber auch nur, wenn Sebi und Manuel ihn dazu drängten. Als irgendwann klar wurde, dass die Allergie kein kurzzeitiges Aufflammen infolge des Anfalls war und nicht so schnell verschwinden würde, wie sie aufgetreten war, tat sich ein Abgrund zwischen uns auf. Anfangs schleichend. Später immer deutlicher, je mehr ich seinen Part auf dem Hof über- nehmen musste …

Jedenfalls kann ich mich noch gut daran erinnern, wie Ra- phael eines Abends mit schrecklich weißen Strähnchen nach Hause kam. Seine Haare waren so bleich, dass man hätte glauben können, er sei über Nacht gealtert. Mama und Papa regten sich fürchterlich auf. Ich lachte. Nur Raphael blieb erstaunlich ruhig und meinte, dass man halt alles erst einmal lernen müsse, auch Jellena! Das war kurz vor dem Anfall ge- wesen …

Gedankenversunken stecke ich das Foto wieder an seinen ursprünglichen Platz zurück. Das näher kommende Traktortuckern holt mich aus der Vergangenheit. Schnell schließe ich die Tür hinter mir und laufe runter in die Küche. Zum Essen bleibt jetzt keine Zeit mehr. Ich packe mir einen Apfel und eine Flasche Mineralwasser ein und stürze hinaus in die Julihitze, die sich wie eine Wand vor mir aufbaut.

Am Abend spüre ich meine Hände kaum noch, als ich mich in Richtung Zimmer schleppe.

Was für ein Tag! Zuerst das Malheur mit dem Monster- anhänger. Dann stundenlanges Strohwenden auf dem Feld, damit es in der Juliglut dörren konnte. Gefolgt vom monotonen Aufreihen des Strohs zu einer endlos langen Reihe, die später von der Rundballenpresse aufgegabelt wurde. Und das war noch lange nicht alles. Die Strohrundballen mussten schließlich auch noch ins Trockene gebracht werden. Als Papa anfing, sie mit dem Frontlader vom Feld zu holen, war in der Ferne erstes Donnergrollen zu hören, das mit jeder Minute anschwoll. Mama und ich hatten alle Hände voll zu tun, die Rundballen im Heuboden von der Luke weg und in eine Reihe zu rollen, so schnell fuhr Papa hin und her. Bei den letzten drei Ballen kam Wind auf. Wenig später krachte es über unseren Köpfen und der Regen stürzte auf uns nieder. Blitze folgten. Der Strom fiel aus, und ich musste meinen Eltern ewig lange bei der Stallarbeit helfen, weil keine automatische Fütterungsanlage der Welt ohne Strom funktioniert.

Und deshalb fühlen sich meine Hände jetzt so an, als wären sie Schaufeln oder so. Ich bin völlig fertig. K.o. Abgekämpft. Ich schaffe es gerade noch, mich unter die Dusche zu quälen. Meine Arme sind von den Strohhalmen zerkratzt. Meine Beine auch. Ich sehe aus wie Streuselkuchen. Zu allem Überdruss habe ich mir auch einen ordentlichen Sonnenbrand eingefangen. Na super, in drei Tagen wird mein Gesicht voller Sommersprossen sein.

Als ich aus der Dusche steige, weht eine angenehm kühle Brise zum Fenster herein und kühlt meine sonnenverbrannten Wangen. Müde schlüpfe ich in T-Shirt und Shorts und fläze mich aufs Bett. Ich krame das Handy aus der Nachttischlade. *Zwei Anrufe in Abwesenheit*, lese ich. Jelly hat angerufen. Und Finn. Wie schön. Mein Herz schlägt schneller, als ich auf Grün drücke, um zurückzurufen.

»Ich bin es«, sage ich, als ich seine Stimme höre.

»Hey«, raunt er. »Schön, dass du zurückrufst. Ich wollte dich fragen, ob wir uns heute wieder treffen können? Es ist zwar schon spät, aber …«, er macht eine kurze Pause, »ich würde dich trotzdem sehr gerne sehen.«

»Oh, das wäre wirklich schön! Aber ich bin völlig kaputt. Wir haben heute den Weizen geerntet. Wir sind eben erst damit fertig geworden.«

»Ach so«, sagt Finn. »Das hätte ich mir eigentlich denken können. Dein Bruder hat sich ja auch den Nachmittag freigenommen.«

»Was?«, platzt es aus mir heraus, ehe ich darüber nachdenken kann.

Finns Stimme bekommt einen stutzigen Unterton. »Klar, hat mir jedenfalls mein Vater gesagt. Geht es denn Raphael mit der Allergie jetzt besser? Ich dachte, er kann am Hof nicht arbeiten. Hast du jedenfalls erzählt, oder?«

»Mhm«, mache ich, weil ich nicht weiß, was ich antworten soll. Raphael ist also nach der Mittagspause nicht zur Arbeit zurück. Ob es ihm doch schlechter geht als angenommen? Nur … wenn er nicht in der Arbeit war und nicht zu Hause, wo war er dann? Wo ist er jetzt? Daheim ist er nämlich nicht.

»Hannah, bist du noch da?« Finn räuspert sich.

»Ja«, sage ich schnell, »klar bin ich da.«

»Und? Wenn wir uns heute nicht mehr sehen können,

wollen wir dann etwas für morgen ausmachen? Vielleicht Kino oder so. Wenn du magst. Immerhin ist Wochenende, da fährt der Bus in die Stadt.«

»Sehr gern«, antworte ich hastig. Hauptsache, er hakt wegen Raphael nicht weiter nach.

»Gut, dann melde ich mich morgen bei dir. In Ordnung?«

»Total in Ordnung«, sage ich erleichtert und wünsche Finn eine gute Nacht.

Nachdem ich aufgelegt habe, will ich Jelly anrufen, um ihr zu sagen, dass wir morgen ins Kino wollen, doch da höre ich, wie jemand die Treppe hochkommt. Nach den schlurfenden Schritten zu urteilen, sind das nicht meine Eltern. Außerdem liegen die bestimmt längst im Bett, weil sie nach dem Tag genauso erledigt sind wie ich. Also muss es … Raphael sein. Ich lausche. Die Schritte kommen näher. Sie schlurfen ziemlich. Oje – geht es meinem Bruder wirklich so schlecht? Ich sollte nachschauen. Mein Herz klopft schnell, als ich zur Tür tappe. Ein mulmiges Gefühl macht sich in mir breit. Mist! Es ist doch nur mein Bruder. Ich finde es total bescheuert, dass ich anfange, vor ihm Angst zu haben.

Das ist doch verrückt! Beherzt greife ich zur Klinke und mache die Tür auf. Der Gang vor mir ist dunkel … und leer! Hä? Wo ist Raphael denn hin? Ich habe seine Schritte doch deutlich gehört. Ob er schon in seinem Zimmer verschwunden ist? Leise schleiche ich den Gang entlang, da sehe ich etwas in der Ecke lehnen. Einen Schatten. Mein Herz setzt aus … ich will losschreien, da fängt der Schatten zu torkeln an. Dabei streift ihn ein Mondstrahl. Raphael. Sein Gesicht sieht schrecklich aus – nicht wegen der Schwellung. Die ist schon wieder fast abgeklungen. Aber der Ausdruck in seinen Augen, als er im Mondschein auf mich zukommt, lässt mich zurückweichen. Ich kenne diesen Blick. Den hat Raphael in der letzten Zeit häufiger gehabt. Und immer ist er dann unberechenbar gewesen. Reflexartig klatsche ich mit der Hand auf den Lichtschalter.

»Ah, das blendet! Dreh das Licht ab«, knurrt er. Seine Augen stieren mich an. Er wankt.

»Du bist ja total betrunken«, murmle ich angewidert. »Wo warst du?«

Raphaels Mund verzieht sich zu einem grässlichen Grinsen. »Na, in der Arbeit! Dafür bin ich ja gut genug …« Er kommt einen Schritt auf mich zu.

Schnell drehe ich den Kopf weg, weil mir seine Fahne ins Gesicht schlägt. Das lässt mich unvorsichtig werden, denn daraufhin mache ich einen dummen Fehler. »So ein Blödsinn!«, zische ich. »Ich weiß doch, dass du dir den Nachmittag freigenommen hast. Aber wofür? Um zu saufen? Das ist ja so was von …«

Weiter komme ich nicht, denn schon ist Raphael auf mich zugesprungen und hat mich am Handgelenk gepackt. Mit unheimlich kalten Augen stiert er mich an. Durchbohrt das letzte Fünkchen Vertrautheit, das uns noch übrig geblieben ist, und knurrt: »Erstens geht dich das einen feuchten Dreck an. Und zweitens, warum weißt du das? Sag schon!« Er drückt zu.

»Au! Du tust mir weh!«, jammere ich, aber Raphael lässt

das kalt. Seine schrecklichen Augen spießen mich auf und lassen mich zappeln, während sie auf eine Antwort warten. Panisch fange ich zu plappern an: »Das war ja wohl klar … ansonsten wärst du jetzt nicht betrunken, oder?«

Raphael lässt meinen Arm wieder los und stiert mich misstrauisch an. »Was ich mache, geht dich nichts an. Hörst du? Das geht niemanden etwas an. Ich bin ohnehin für nichts zu gebrauchen … also kann es dir auch egal sein!«

»Das stimmt doch gar nicht«, widerspreche ich ihm.

»Ach nein?« Raphael beginnt zu lachen. »Sag schon – wie habe ich heute bei der Ernte geholfen. Hm? Indem ich eine Fratze wie ein Alien bekommen habe, als ich eine Sekunde lang auf dem Traktor gesessen bin?«

»Sei froh, dass du nicht mitzuhelfen brauchst!«, murmle ich.

Doch Raphael schnaubt. »Du hast ja keine Ahnung, wie das ist!«

»Da hast du recht«, gebe ich leise zu. »Es tut mir leid!«

»Was tut dir leid? Dass du einen Spasti zum Bruder hast?«

Hastig schüttle ich den Kopf. »Das ist doch Blödsinn! Du weißt selber, dass die Allergie wieder weggehen kann. Du musst es nur wollen. Vor allem aber müsstest du etwas dafür tun. Denn vom Saufen wird es bestimmt nicht besser …«

Wieder durchbohren mich diese kalten, fremden Augen. »Was weißt du schon …«, sagt er und wankt schließlich davon.

Als ich die Tür hinter mir schließe, merke ich, dass ich wie verrückt zittere. Was ist nur geschehen? Mein Bruder ist doch schon oft betrunken nach Hause gekommen. Aber nur manchmal ist er richtig ausgerastet. Wie gerade eben. Kein Wunder, dass er mir Angst macht. Gedankenversunken reibe ich mein schmerzendes Handgelenk. Es sind diese kalten Augen, vor denen ich mich so fürchte. Wenn er die hat, dann ist er nicht mein Bruder. Dann ist er unberechenbar …

Der nächste Tag gestaltet sich ähnlich arbeitsreich. Weil noch mehr Regengüsse erwartet werden, müssen die Stoppelfelder bearbeitet werden, da sonst die Böden aufweichen und dann der Traktor nicht mehr aufs Feld fahren kann. Papa besteht darauf, dass ich diese Arbeit übernehme.

»Dann lernst du endlich, mit dem Traktor umzugehen«, sagt er zu mir am Frühstückstisch. »Und wenn du damit fertig bist, zeige ich dir, wie man die Gülle auf die Felder bringt!«

Na super! Hoffentlich dauert das nicht ewig, denke ich mir. Immerhin bin ich am Abend mit Finn verabredet. Doch wie es der Zufall will, bricht am Nachmittag ein Zinken am Mulcher, und Papa braucht eine halbe Ewigkeit, um das Bodenbearbeitungsgerät zu reparieren.

Dann steht Gülle-Ausbringen auf dem Programm. Das ist eine ziemlich mistige Sache. Ausgerechnet vor einem Date. Ich werde nachher ein Vollbad brauchen. Mit extraviel Schaum, um den Gestank loszuwerden, der sich innerhalb kürzester Zeit in jede einzelne Pore meines Körpers hineingefressen hat.

Doch als mich Jelly anruft, ist es schon spät.

»Wirklich? Du bist immer noch auf dem Feld?«, klagt sie.

»Jetzt beeile dich aber mal. Wir wollen uns nämlich schon früher treffen und vorher eine Pizza essen. Bei diesem neuen Italiener, der erst kürzlich in der Innenstadt eröffnet hat.«

»Was?«, rufe ich. »Ihr wollt euch jetzt schon treffen?«

Meine Freundin brummt durchs Telefon: »Eigentlich schon. Aber egal. Schau lieber, dass du wenigstens um sieben pünktlich an der Bushaltestelle bist. Und ich gebe derweil den Jungs Bescheid! Die Pizza verschieben wir dann auf ein nächstes Mal.«

»In Ordnung«, keuche ich, weil ich weiß, dass es selbst bis sieben Uhr knapp werden wird. Auch ohne Schaumbad wird es einige Zeit dauern, den penetranten Güllegeruch loszuwerden. Und das muss ich auf alle Fälle – denn mehr als die Schweinehand will ich Finn auf keinen Fall zumuten. Mir natürlich auch nicht. Und dem Kino sowieso nicht! Also heißt es jetzt: Gas geben! Im wahrsten Sinne des Wortes.

Als ich das nächste Mal zum Güllefass-Befüllen auf den Hof fahre, springe ich vom Traktor und laufe zu Papa, der gerade dabei ist, den Schlauch ans Fass zu stecken.

»Du, Papa, ich kann nicht mehr weiterfahren. Ich muss los«, rufe ich.

Papa sieht mich irritiert an. »Wohin willst du denn?«

»Zu Jelly. Wir wollen heute ins Kino«, antworte ich und fühle prompt einen Anflug von Tomatensuppenfarbe auf dem Gesicht.

»Dann geht doch ein anderes Mal.« Papa zuckt mit den Achseln. »Heute muss das nämlich noch fertig gemacht werden.«

»Wie jetzt?«, sage ich fassungslos. »Ich darf nicht?«

»Die Gülle muss einfach noch ausgebracht werden, bevor der Regen kommt«, antwortet er.

»Aber ich hab euch doch schon die ganze Woche lang geholfen. Da werde ich wohl abends ein Mal mit meinen Freunden ausgehen dürfen!«

»Mach das lieber mit deiner Mutter aus«, sagt er und deutet zum Stall rüber.

Verwundert sehe ich Papa an. Was soll das? Habe ich vielleicht irgendwas verpasst? Aber um keine Zeit zu verlieren, eile ich wortlos zum Stallgebäude. Mama verteilt gerade frisches Stroh in die Abferkelboxen, als ich reinkomme. Die Ferkel, darunter auch Brummer, freuen sich wie verrückt über die Einstreu. Mit ihren kleinen Rüsseln schnappen sie danach und wühlen darin. Tja, ein Schwein müsste man sein …

»Ist was?«, fragt Mama.

»Ich weiß nicht«, antworte ich patzig. »Papa meint, ich soll mit dir darüber reden!«

»Worüber denn?«

»Jelly und ich wollen heute ins Kino, aber Papa lässt mich nicht, weil ich mit der Gülle noch nicht fertig bin.«

Mama schaut mich nicht einmal an, als sie sagt: »Na und? Dann geht ihr halt morgen!«

»WAS?!«, schreie ich nun voller Wut, woraufhin Brummer

und seine Geschwister mit dem Strohspiel aufhören und mich verdattert angrunzen.

»Schrei mich nicht an«, sagt Mama streng. »*Zuerst die Arbeit – dann das Vergnügen! So ist das nun mal!*«

Ich schlucke. Schwer. Damit habe ich nicht gerechnet. Jetzt fängt Mama auch noch mit den beschissenen Bauernregeln an.

»Ich habe euch die ganze Woche lang geholfen. Es ist Wochenende. Auch Raphael ist unterwegs. Nur ich soll zu Hause bleiben? Das ist nicht fair!«

Meine Mutter lässt das kalt. »Ich glaube, es schadet dir nicht, wenn du einmal zu Hause bleibst. Für meinen Geschmack bist du in der letzten Zeit ohnehin zu häufig unterwegs. Vor allem dieses Nach-Hause-Schleichen, nachts, wie eine streunende Katze …«, Mamas Blick wird stechend, »… schmeckt mir nicht!«

Sofort explodiert ein Eimer Tomatensuppenfarbe auf meinem Gesicht. Läuft über meine Wangen, bis hin zur Nasenspitze. *Weiß meine Mutter etwa Bescheid?* Das kann nicht sein! Ich war doch immer vorsichtig. Aber was wird hier sonst gespielt? Ich helfe meinen Eltern, wo ich nur kann. Niemals bedanken sie sich. Und was bekomme ich dafür? Hausarrest? Damit ich zu Hause arbeiten kann – und Raphael, das unberechenbare Arschloch, darf alles?

»Es wäre gescheiter, ihr würdet Raphael das Fortgehen verbieten. Aber das kriegt ihr natürlich nicht mit, dass er sich in der Zwischenzeit zum Schluckspecht gemausert hat«, fauche ich.

Da dreht sich Mama auf einmal zu mir um und funkelt mich aus schmalen Augenschlitzen an. »Lass Raphael aus dem Spiel! Er hat es eh schon schwer genug«, zischt sie zornig. »Und jetzt geh! Papa wartet!«

Daraufhin stürme ich aus dem Stall. »Ihr seid so was von scheiße«, brülle ich ihr nach und grapsche nach dem Handy, um Jelly anzurufen. Später auch Finn. Aber das mache ich erst, als ich auf dem Feld bin. Da hört mich wenigstens niemand.

Nachdem mich Jelly ein Weichei genannt und Finn mir versichert hat, dass er mich sehr vermissen wird, macht sich ein wohlbekanntes Gefühl in mir breit. Wieder einmal komme ich mir vor wie Aschenputtel höchstpersönlich. Nur dass ich dieses Mal, statt einem Ferkel das Leben zu retten, dessen Dreck aufs Feld bringen muss.

Was für ein mistiges Leben!

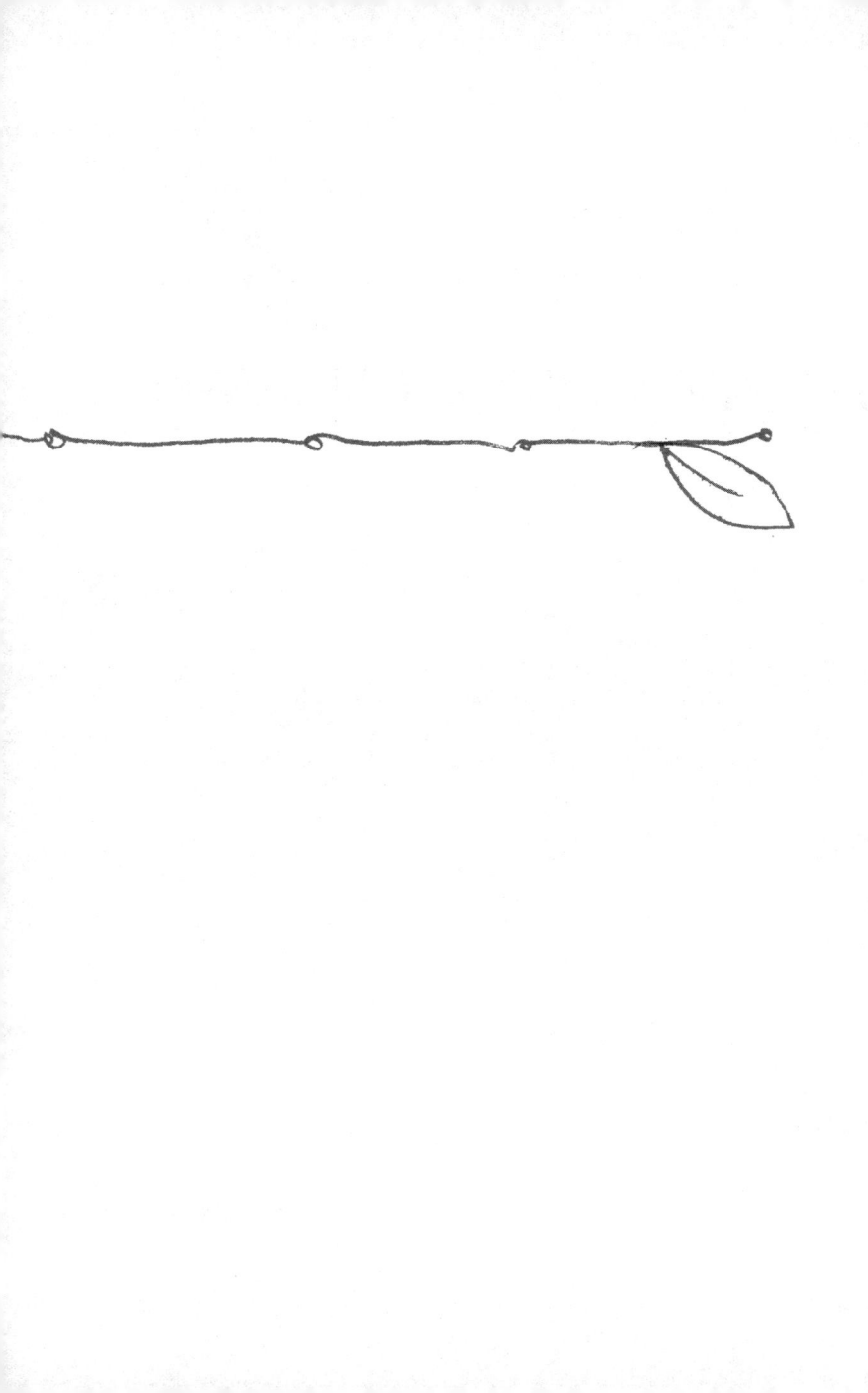

ANFANGEN, UND DANN?

Eines steht fest! So kann es nicht weitergehen! Meine Eltern haben einen Vogel! Besser gesagt, einen Riesenvogel! Und den lassen sie an mir aus! Sonderbar, dass mir ausgerechnet Papas Bauernkalender am nächsten Tag die Augen dafür öffnet, dass ich etwas unternehmen muss. Während ich am frühen Morgen aus dem Haus schleiche, geistert mir der Spruch des Tages unaufhörlich im Kopf herum: *Beispiele tun mehr als Wort und Lehr'*, hat auf dem Blatt gestanden, und da muss ich Papas Bauernkalender ausnahmsweise recht geben. Wenn ich nicht bald etwas unternehme, werden mich Mama und Papa nie ernst nehmen! Hastig schnappe ich mir das Fahrrad und haue ab, bevor sie mich wieder zur Arbeit einteilen können. Es ist über Nacht deutlich kühler geworden. Jedenfalls bin ich nicht durchgeschwitzt, als ich das Rad vor Karos Frisierstube abstelle.

»Na, wer schneit denn da herein?!« Meine Freundin schenkt mir ein bitterböses Lächeln, als ich die schmale Treppe hinauflaufe und den Kopf durchs Geländer stecke. »Ist das nicht …? Keine Ahnung, wer bist du überhaupt?«, meint sie bissig. Sie lümmelt auf dem Küchensofa und schlürft Kakao aus einer Jumbotasse, ohne von ihrer *Jetzt-bestrafen-wir-Hannah-Tour* abzuweichen. Mit gespielt neugieriger Miene sieht Jelly mich an und fragt: »Kann ich dir irgendwie helfen?«

»Ja, schon gut«, seufze ich und lasse mich neben sie aufs Sofa plumpsen. »Sei du ruhig sauer auf mich! Vor allem, weil ich ja gestern freiwillig zu Hause geblieben bin. Die Gülle auszubringen war ja um so vieles schöner, als mit euch ins Kino zu gehen!«

Jelly schnaubt. »Igitt, ich hoffe, du hast dich gründlich gewaschen …«

»Nein, ich dachte, das erledigst du für mich!«

Meine Freundin schaut mich verdutzt an. Dabei fängt ihre *Jetzt-bestrafen-wir-Hannah-Miene* heftig zu bröckeln an. »Wie bitte?«

»Na, ich wollte dich fragen, ob du mir heute die Haare schneidest. Wenigstens die Stirnfransen.«

Wie auf Kommando schnellt Jellys linke Augenbraue hoch. »Was? Du lässt mich freiwillig an deine Haare heran? Wie ist das möglich? Habe ich was versäumt?« Ihre *Jetzt-bestrafen-wir-Hannah-Miene* ist jetzt endgültig verschwunden.

Zufrieden lehne ich mich zurück und lächle. »Ich weiß auch nicht. Mir ist einfach danach …«, erkläre ich. Weil das ja auch irgendwie stimmt. »Klar, meine Eltern drehen völlig durch. Seit unserer Zimmerverschönerungsaktion verhalten sie sich sehr merkwürdig. Ich glaube, Gnist und Sommar haben sie auf die Schliche gebracht. Mama scheint irgendetwas zu ahnen. Jedenfalls kommt es mir so vor.«

Jelly sieht mich ungläubig an. »Und deshalb willst du dir die Haare schneiden lassen? Versteh mich nicht falsch – ich schneide sie dir gern. Du kannst alles haben, was du willst. Je flippiger, desto besser. Du kennst mich ja!« Sie grinst. »Aber ... bist du dir sicher, dass du das auch willst? Ich kann mich noch vage daran erinnern, als ich dir einmal Strähnchen machen wollte. Alleine fürs Fragen bist du mir an die Gurgel gegangen. Weißt du noch?«

Ich nicke langsam. »Ja, so ein Zufall. Daran habe ich auch erst kürzlich gedacht, wegen dem Foto.«

»Welches Foto?«, will sie wissen.

»Das ich in Raphaels Zimmer gefunden habe. Es lag gut versteckt auf seinem Nachttisch. Du warst übrigens auch drauf!«

»Wirklich?«

»Ja! Du und Raphael. Mit Sebi und Manuel. Ich weiß zwar nicht, wann ihr das Foto gemacht habt, aber es muss kurz nach dem Strähnchenunfall gewesen sein. Raphaels Haare leuchteten nur so im Blitzlicht!«

Jelly verdreht die Augen. »Erinnere mich bloß nicht daran. Das war so peinlich!!!«, stöhnt sie. »Als ich die Farbe aus seinen Haaren gewaschen hatte und plötzlich dieses weiße Platinblond zum Vorschein kam, wäre ich am liebsten im Erdboden versunken. Dabei hatte ich die Farbmischung richtig zusammengestellt. Wir hatten uns einfach nur verquatscht und die Zeit übersehen ...« Sie macht eine kurze Pause, während ein kleines Lächeln über ihr Gesicht huscht. »Und das Foto lag auf seinem Nachttisch?« Sie sagt das mit einer merkwürdigen Süße in der Stimme. Verwundert sehe ich meine Freundin an, doch als sie merkt, dass ich sie beobachte, verzieht sie ihren Mund und lacht: »Keine Sorge – das mit dem Verfärben wird mir nicht noch einmal passieren. Mittlerweile stelle ich mir die Eieruhr!«

»Und *Beispiele tun mehr als Wort und Lehr'*«, hänge ich finster dran und deute auf meine Haare. »Ich will das nicht nur machen, um von meinen Eltern ernst genommen zu werden. Irgendwie …«, ich brauche einen Moment, um mir die richtigen Worte zurechtzulegen, »scheint einfach die Zeit dafür reif zu sein.«

»Für einen neuen Haarschnitt?« Jelly lacht spöttisch. »Für einen neuen Haarschnitt ist die Zeit immer reif! «

»Das ist vielleicht bei dir so«, erkläre ich und hänge kleinlaut dran: »Außerdem scheint die Zeit auch reif für einen neuen Bikini zu sein!«

Meine Freundin reißt die Augen auf. »WOW! So kenne ich dich ja gar nicht. Sonst muss ich dich immer dazu zwingen, mit mir shoppen zu gehen. Und nun … willst du plötzlich von selbst? Steckt da etwa Finn dahinter?« Sie fängt zu grinsen an. Ultrabreit. »Wäre immerhin logisch, wenn du dich für ihn ein bisschen aufbrezeln möchtest. Ich meine, ihr seid jetzt schon eine Weile zusammen …«

»Ja, und?«, hake ich nach.

Jelly verdreht die Augen. »Ach, Hannah, tu doch nicht immer so, als wärst du die Unschuld vom Land. Willst du mir weismachen, dass du noch nie an Sex gedacht hast, wenn du mit ihm zusammen bist?«

Hastig schüttle ich den Kopf. »Darum geht es doch gar nicht«, wehre ich ab.

»Dir vielleicht nicht«, sagt sie langsam. »Aber Finn wahrscheinlich schon …«

»Nein, gar nicht!«

Doch meine Freundin schnaubt. »Pah, wenn es darum geht, sind alle Kerle gleich! Glaube mir …«

»Nein, so ist das wirklich nicht zwischen uns«, erwidere ich, ehe sie Finn schlechtreden kann. »Er ist ganz anders. Wir verstehen uns supergut! Und ich lasse mir meine Haare auch nicht schneiden, nur um ihn in die Kiste zu kriegen. Kapiert?«

»Klar«, brummt Jelly. »Und ich bin Mutter Teresa.« Sie schaut auf die Uhr. »Egal! Ich muss ohnehin in den Laden. Eine Hochzeitsgesellschaft ist im Anmarsch. Die Braut samt Brautmutter und Brautschwestern wollen ihre Haare gemacht bekommen.« Sie steht auf. »Aber später bist du dran, versprochen?!«

»In Ordnung«, sage ich leise, weil ich mit Jelly keinen Streit anfangen will. Sei's drum. Soll doch meine Freundin glauben, was sie will. Deshalb frage ich: »Kann ich solange hierbleiben? Wenn ich mich jetzt zu Hause blicken lasse, teilen mich meine Eltern sicher wieder nur zur Arbeit ein. Und darauf habe ich grad überhaupt keine Lust!«

Jelly nickt. »Klar!« Sie zieht einen Stapel Zeitschriften hervor und lässt sie in meinen Schoß plumpsen. »Vielleicht findest du ja eine Frisur, die dir gefällt!« Sie drückt mir ein Küsschen auf die Wange. »Alles gut?«

»Alles gut«, nicke ich und sehe zu, wie sie daraufhin aus der Küche flitzt, um sich für die Arbeit fertig zu machen.

Drei Frisurenkataloge später ist mir aber richtig langweilig geworden. Obwohl die Haarschnitte allesamt nett ausschauen, habe ich eigentlich keine Lust, mir ernsthaft Gedanken darüber zu machen, welche Matte mir wohl am besten stehen könnte. Verzagt schaue ich auf das Handydisplay. Es ist erst acht Uhr morgens. Jelly wird sicherlich bis Mittag im Laden sein. So lange will ich hier nicht herumsitzen. Zu blöd! Nach Hause kann ich nicht – weil ich ja *Beispiele setzen* will! Außerdem ist Samstag! Da habe auch ich das Recht auf Freizeit! Nur … was soll ich sonst machen? Leise marschiere ich die Treppe hinunter und zu Jelly rüber.

»Mir ist fad«, raune ich ihr zu, während sie der Braut die Haare auf überdimensionale Lockenwickler dreht.

Jelly schaut konzentriert auf ihre Finger. Flink drehen sie den Wickler auf, ohne ein einziges Haar zu übersehen. »Dann ruf doch Finn an. Wäre eine gute Gelegenheit, obwohl …«

»Obwohl was?«, hake ich neugierig nach.

Jelly zuckt mit den Schultern. »Der pennt wahrscheinlich noch. Nachdem unser Kinobesuch ja gestern in die Gülle gefallen ist«, sie kichert, »wollten Finn und Tobias stattdessen in die Stadt. Ins Q10, soweit ich weiß.«

»In die Disco? Ich dachte, ihr würdet zu Hause bleiben. Bist du denn nicht mit ins Q10? Tobias war doch sicher auch dabei, oder?«

Sie verzieht das Gesicht. »Ja, schon. Aber irgendwie hatte ich dann keine Lust mehr darauf.«

»Auf Tobias?«, frage ich überrascht.

Jelly nickt. »Das erzähle ich dir später, okay?« Und mit einem Blick auf die ungeduldige Braut raunt sie mir zu: »Ich habe hier zu tun …«

»Schon klar«, antworte ich und bin im nächsten Augenblick auch schon aus der Ladentür verschwunden.

Ich lenke mein Rad in Richtung See. Wohin auch sonst? Denn wenn ich ratlos bin oder meine Ruhe haben möchte, fahre ich dorthin. Dann springe ich ins tiefe schwarze Loch. Oder ich setze mich, wenn es das Wetter nicht anders erlaubt, auf den Jungfrauenfelsen, greife nach einer der vielen Kamillenblüten, deren Stauden dort wild aus den Felsenritzen wuchern, und befrage das Orakel. Mein Orakel. Auch heute mache ich es. Gedankenversunken pflücke ich eine der vielen Blüten und fange sorgsam an, ihre Blätter auszurupfen, während ich *Ich rufe ihn an – ich rufe ihn nicht an – ich rufe ihn an* murmle. Das Spiel habe ich schon als Kind gerne gemacht. Am liebsten mit Raphael, wenn er mich geärgert hat, wobei ich damals *Er ist doof – er ist nicht doof – er ist doof* ausgezählt habe. (Das kann ich mir aber mittlerweile sparen, weil ich ja weiß, dass er doof ist!) Und auch wenn das Orakelspiel kindisch ist, hoffe ich, dass es mir eine richtige Antwort beschert. Immerhin wächst meine Orakelkamille an einem besonderen Ort, und die Wahrscheinlichkeit, dass ein bisschen Hexenmagie durch die zarten Kapillargefäße der Pflanze fließt, ist nicht unbedeutend. Jedenfalls nicht für mich.

Und tatsächlich: Wenig später zupfe ich das letzte Blättchen vom Blütenkelch mit der Botschaft: »*Ich rufe ihn an!*«

So ein Glück! Anders hätte ich es ja doch nicht ausgehalten. Ich will Finn unbedingt sehen! Nervös wähle ich seine Nummer und lasse läuten. Lange, zähe Sekunden verstreichen, ehe ich am anderen Ende ein Röcheln vernehme.

»Ja?«, krächzt er.

»Ich bin es, Hannah. Ich wollte dich fragen … besser gesagt, ich wollte dir sagen, dass ich gerade Zeit hätte«, drucke ich herum. Oh, Mist – ist mir das peinlich!

Finn gähnt geräuschvoll. »Wie spät is es eigentlich?«

»Schon fast neun.«

»Was? Noch so früh? Wo bist du?«

»Am See«, antworte ich.

»Gut«, sagt er. »Dann komme ich auch! Kann aber noch etwas dauern.«

Ein glückliches, unheimlich erleichterndes Kribbeln breitet sich in meinem Körper aus. »Kein Problem«, hauche ich und lege auf.

Dann verstreichen noch einmal viele zähe Minuten, bis es endlich im Unterholz raschelt und Finns heller Haarschopf zwischen dem Blätterwerk zum Vorschein kommt.

»Du bist ja früh unterwegs.« Müde lächelnd lässt er sich neben mich auf dem Felsen nieder. »Heute mal keine Gülle?«

»Keine Ahnung«, antworte ich. »Bin abgehauen. Hatte keine Lust dazu …«

Finn gähnt. »Kann ich verstehen!«

»Und? Wie war's bei dir gestern noch so?«, will ich wissen, um vom Thema abzulenken. Immerhin gibt es etwas Interessanteres als Gülle!

Finn zuckt mit den Schultern. »Ging so. Tobias wollte unbedingt ins Q10, weil er geglaubt hat, dass dort eine Beachparty im Gange ist. Dabei steigt die Party erst heute Abend.« Er verzieht den Mund. »Deshalb will er heute wieder hin.«

»Ich dachte, das Q10 ist eine totale Absteige. Von wegen Drogen und so?«, frage ich überrascht.

Finn zuckt mit den Schultern. »Weiß nicht. Gestern jedenfalls war nicht viel los. Aber die Beachpartys sollen der Hammer sein. Viele Leute aus der Schule werden auch kommen.«

»Ach?! Ist das also schon fix, dass ihr dort hingeht?«, frage ich leise.

Finn sieht mich verblüfft an. »Willst du denn nicht mit?«

»Oh«, sage ich schnell. »Doch! Schon!« Ich soll also mit ins Q10. Na, meinetwegen. Obwohl ich viel lieber mit ihm alleine etwas unternehmen würde.

Und auf die Leute aus der Schule habe ich eigentlich auch keine Lust. Vor allem, weil ja niemand wissen soll, dass Finn und ich ein Paar sind. Aber ich will keine Spielverderberin sein. Deshalb sage ich nichts. Sondern lächle.

»Wir nehmen den Bus um neun«, erklärt Finn munter weiter. »Aber wenn du magst, dann können wir uns auch schon früher treffen. Also, nur wir beide ...?«

Endlich fängt mein Herz zu tanzen an. »Sehr gerne«, lache ich erleichtert und gebe ihm einen langen Kuss auf seine unglaublich weichen Lippen. »Aber am Nachmittag habe ich schon etwas vor.«

»Ach ja? Was denn?«, will er wissen.

»Das ist eine Überraschung«, kichere ich und drücke ihm gleich noch einmal einen Kuss auf die Lippen, weil es einfach grad so schön ist und Finn mich dabei so herrlich neugierig mit seinen blauen Augen anhimmelt.

»Hannah, deine Mama angerufen hat. Du nicht gehen an dein Handy. Und sie wissen wollte, ob du hier bist«, meint Karolina, nachdem sie den Laden für heute dichtgemacht hat. »Ist alles in Ordnung bei euch? Sie hat sich angehört besorgt.«

Ich lümmle mit Jelly auf dem Küchensofa und knabbere an einer Fertigpizza, die Karolina kurz nach Mittag in den Backofen geschoben hat.

Ich habe Mamas Anrufe vorhin einfach ignoriert. Wer weiß, mit welcher Arbeit sie sonst wieder angekommen wäre. Mürrisch zupfe ich einen Champignon von dem Belag runter.

Als ich nicht gleich antworte, meint Jelly neben mir mit vollem Mund: »Ärgere dich nicht, die kriegen sich schon wieder ein!«

Ihre Mutter sieht Jelly an. »Lass doch Hannah reden, draga!« Sie schnappt sich ebenfalls ein Stück und quetscht sich zu uns auf das Sofa. »Also, was los ist?«

Zögernd kaue ich auf dem Teig herum. *Draga*. So würde ich auch gern einmal von meiner Mutter genannt werden. Denn *draga* ist bosnisch und heißt so was wie: mein Schatz! Aber meine Eltern behandeln mich derzeit wirklich nicht so, als ob ich ihre *draga* wäre.

Deshalb kommt mir ein langer Seufzer über die Lippen. »Die haben sicher wieder nur angerufen, weil sie Arbeit für mich haben. Aber heute komme ich bestimmt nicht nach Hause! Da können sie anrufen, so oft sie wollen. Immerhin ist Wochenende!«

Karolina sieht mich an. »Ist nicht leicht in letzter Zeit, was?«

Lautlos zucke ich mit den Schultern.

»Sag es ruhig«, stöhnt Jelly stattdessen und fängt wie aufgezogen zu schimpfen an. »Die sind so unfair!«, ruft sie und wendet sich ihrer Mutter zu. »Wenn die so weitermachen, dann wird Hannah bald mit irgendeinem trotteligen Bauernsohn verkuppelt werden, den sie gar nicht leiden kann. Und das nur, damit der Hof ja nicht vor die Hunde geht …«

»Jetzt übertreibst du aber«, rufe ich dazwischen, weil ich nicht will, dass Jelly so über meine Eltern redet. Schon gar nicht vor Karolina! Immerhin kommt Mama regelmäßig zum Haareschneiden in Karos Frisierstube. Nicht auszudenken, wenn sie etwas davon erfährt!

»Du hast recht.« Jelly kommt noch mehr in Fahrt. »Den trotteligen Bauernsohn können sie sich sparen. Sie haben ja dich! Hauptsache, den Schweinen geht's gut!« Sie grunzt spöttisch.

»Was ist denn los mit dir?«, frage ich. Meine Freundin scheint heute wirklich miese Laune zu haben. Nichts von wegen Jelly-Bean. Außen süß und innen auch. Das Gegenteil ist der Fall.

»Ach, weil es doch wahr ist!«, schnauft sie und lässt die Schultern hängen. »Immer dieser bescheuerte Bauernhof. Alles dreht sich nur um ihn. Aber was soll's: Ohne Liebe ist man ohnehin besser dran!«

Ich fasse es nicht. »Und das sagst ausgerechnet du?!«

Meine Freundin murrt: »Klar! Nimm doch Mama als Beispiel. Mein Erzeuger ist abgehauen, da war ich noch klein. Und? Hat sich Mama deswegen unterkriegen lassen? Nein! Geht es uns deswegen schlecht? Überhaupt nicht! Im Gegenteil. Wir können tun und lassen, was wir wollen. Stimmt's?« Jelly dreht den Kopf zu ihrer Mutter und schaut sie herausfordernd an. »Oder etwa nicht?«

Karolina, dicht neben mir auf dem Sofa, wirkt auf einmal ziemlich blass. Nervös streicht sie sich eine Haarsträhne aus dem Gesicht. »Ja«, sagt sie schließlich. Leise und traurig. »Das mussten wir. Aber das nicht heißt, dass es nicht schön gewesen wäre, jemanden an Seite zu haben, der mit gleichen Herz geht durchs Leben.«

»Willst du mir etwa damit sagen, dass du den Kerl vermisst, der uns damals sitzen gelassen hat?« Jelly sieht ihre Mutter fassungslos an. »Der Typ ist nach dem Krieg ohne uns nach Bosnien zurück! Schon vergessen?«

Karo blinzelt. »Ja. Nein. Ich meine, lassen wir Thema!« Ihre Augen suchen einen Ausweg. »Das ist jetzt nicht richtiger Zeitpunkt, um alte Geschichte wieder herzuholen. Esst lieber Pizza! Kalt schmeckt furchtbar!« Sie lächelt krampfhaft und steht vom Sofa auf. »Und jetzt ich schnell suchen tolles Haarfärbemittel, das irgendwo im Lager muss sein. Das ist rein pflanzlich, wisst ihr? Genau richtig für unsere Naturschönheit.« Sie lacht eine Spur zu laut und eilt zur Tür hinaus.

Als Karolina um die Ecke gebogen ist, nehme ich Jelly ins Visier. »Was ist denn auf einmal mit dir los?«, fauche ich. »Auch wenn ich deine Mama echt gernhab, muss sie nicht unbedingt alles wissen. Du hast mir doch versprochen, die Klappe zu halten! Außerdem kann sie nichts dafür!«

Jelly schnaubt: »Hast ja recht«, und springt auf, um ihrer Mutter hinterherzueilen.

Mit einer halben Pizza, die mittlerweile kalt geworden ist, bleibe ich auf dem Sofa zurück. Ich nippe an meiner Cola und grüble. Als Jellena und Karolina zurückkommen, mit einem künstlichen Lächeln auf ihren Gesichtern und einer Packung natürlichem Haarfärbemittel in den Händen, bin ich erleichtert. Egal, was da los ist … ich will heute einfach keine Spielverderberin sein. Und … ich will eine neue Frisur haben. Am liebsten irgendetwas Mondänes. Ich mag dieses Wort. Mondän. So hat meine Oma immer zu den Dingen gesagt, die ihr besonders gut gefallen haben. Meist waren das irgendwelche ausgeflippten Sachen aus den Seniorenzeitschriften, wie bunte Stützstrümpfe oder Nackenrollen im Tigerlook, die sie sich nie zu bestellen traute.

Ich aber traue mich jetzt, und deshalb ignoriere ich einfach Karos traurige Augen und Jellys aufgesetztes Lächeln und bin froh, als mir die beiden endlich das Pflanzenzeugs ins Haar schmieren, um meiner mistbraunen Matte einen mondänen Look zu verpassen.

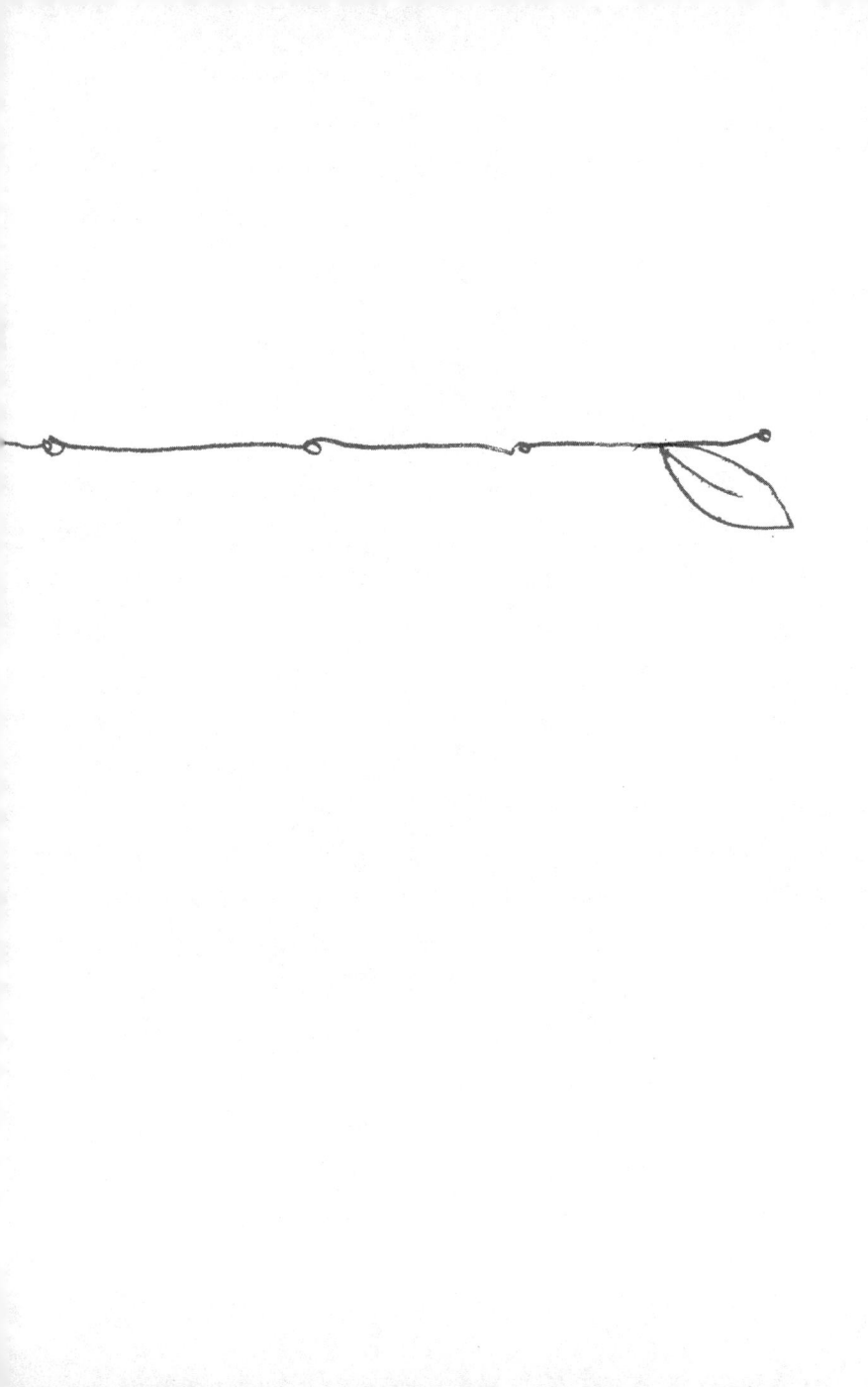

LIEBE ÜBERALL

Stunden später klopft mein Herz bis zum Hals, als ich mich auf dem Jungfrauenfelsen niederlasse. Die Abendsonne glitzert geheimnisvoll auf der Wasseroberfläche. Eine warme Sommerbrise streicht mir über die neue Frisur und lässt meine Haare wie zarte Feuerzungen tanzen, während der Wind an Kraft gewinnt. Ich fühle mich in diesem Moment unglaublich stark. Wie eine Amazone komme ich mir auf dem Felsen vor. Die frisch geschnittenen Haare, in weichem Rotbraun. Die Augenbrauen gezupft. Die Fingernägel lackiert. Ein Hauch Parfüm umweht meinen Nacken, während das geborgte Oberteil von Jelly keck mein Dekolleté betont.

»Wow«, raunt Finn mir ins Ohr. »Du siehst so toll aus. Ich meine, du hast vorher auch schon toll ausgesehen. Sehr sogar«, stottert er nervös. »Aber jetzt ...« Seine Augen verdunkeln sich zu einem tiefen Blau.

Ich schenke ihm ein majestätisches Lächeln. »Schön, dass es dir gefällt«, sage ich und lasse meine mondäne Mähne im Wind flattern.

Langsam zieht mich Finn zu sich rüber und fängt an,

mich zu küssen. Zuerst küsst er meine Sommersprossen, die sich nach dem Sonnenbrand so zahlreich wie die Sterne am Himmel auf meinen Wangen ausgebreitet haben. Er küsst meine Stirn, denn auch dort findet er kleine Sommersprossensterne. Schließlich küsst er meinen Mund und eine prickelnde Woge überrollt mich. Behutsam streicht er mir die Spaghettiträger von den Schultern. Ganz langsam. Ganz sanft. Und während das Oberteil ein Stück weit nach unten rutscht, fange ich zu zittern an. Auch Finn zieht sein T-Shirt aus. Galant breitet er es auf dem groben Felsen aus, um mich darauf zu betten. Unsere Hände beginnen sich zu suchen. Und sanft umherzuwandern. Ertasten. Forschen. Spüren. Dabei scheint die Zeit stillzustehen, während wir uns gegenseitig finden. Das Plätschern und Gurgeln des Sees hat keine Bedeutung mehr. Nichts hat noch Bedeutung. Nur unsere Herzen, die in diesem Moment im selben Rhythmus schlagen. Die Richtung angeben. Finns warmer Körper. Der fröstelnde Wind. Mein eigenes Beben und Zittern. Schnell schlinge ich meine Arme um ihn, um von seiner Wärme zu kosten. Ich fühle mich richtig. Geborgen. In seinen Armen. Eingetaucht in die Liebe. Und während ich tiefer in mich hineinhorche, um meinen Gefühlen nachzugehen, durchdringt ein Rascheln die Wärme. Es ist kalt und lässt mich aufhorchen. Lässt mich aufwachen. Träge schlage ich die Augen auf.

»Was hast du da?«, flüstere ich. Das Rascheln kommt von Finns Händen. Erst jetzt sehe ich, was Finn aus seiner Hosentasche gezerrt hat. Dabei sieht er mich stumm an, während das kalte Geräusch zwischen uns den Platz einnimmt.

»Ach so«, murmle ich langsam. Ich richte mich auf und betrachte das kleine Päckchen in seiner Hand. Es ist ein Kondom. Silbern glänzt die Verpackung in der Abendsonne.

»Ich hab mir gedacht, dass ...«, murmelt Finn, doch dann bricht er ab, als er sieht, wie ich hastig mein Oberteil nach oben ziehe.

»Klar«, antworte ich nervös. Dabei ist nichts klar. Doch was soll ich sagen? Meine Stimme zittert, als ich versuche, es Finn zu erklären: »Ja, klar ... nur ... geht das nicht ein bisschen schnell?!« Ich Idiotin! Dass Finn mit mir Sex haben will, hätte ich mir wirklich denken können. Vor allem nach Jellys Ansage. Ist ja auch irgendwie verständlich! Und trotzdem ...

»Schon gut«, sagt er und lässt das Kondom wieder in die Hosentasche verschwinden. »War eine blöde Idee!«, wehrt er ab.

»Nein«, rufe ich hastig. »Keine blöde Idee – nur ...«

»Ja, ich weiß! Nur voreilig.« Er lächelt unglücklich.

»Wir haben doch alle Zeit der Welt«, versuche ich zu erklären. Meine Amazonenfassade bröckelt längst.

Finn sieht mich daraufhin noch unglücklicher an. »Aber vielleicht auch nicht«, murmelt er und zieht sich sein T-Shirt über.

»Wie meinst du das?«, frage ich.

Doch Finn legt bloß die Stirn in Falten und brummt: »Schon gut. War nur ein blöder Spruch. Alles in Ordnung.

Wir müssen jetzt eh los«, sagt er und zieht mich auf die Beine.

Widerwillig gehe ich mit ihm mit, obwohl ich tausend Gründe wüsste, warum wir lieber hierbleiben sollten, als ins Q10 zu fahren. Trotzdem gehe ich mit. Ich will ja keine Spielverderberin sein ... nicht heute ... nicht jetzt ... Vielleicht aber, denke ich mir, als wir wortlos durchs Dickicht huschen und uns plötzlich nichts mehr zu sagen haben, bin ich das ja nun doch geworden.

Laute Musik. Unglaublich laute Musik. Der Bass dröhnt. Überall.

Jelly drückt mir ein Whiskey-Red Bull in die Hand, nachdem ich ihr von dem Erlebnis auf dem Felsen erzählt habe, und zieht mich auf die Tanzfläche. Dann tanzen wir wie die Wilden. Als ob es kein Morgen gäbe. Wie ein brodelnder Gulaschtopf kommt mir die Tanzfläche vor. Alle hüpfen zur Musik, während sich die Stimmung darin immer mehr aufheizt. Den Rest erledigt das Whiskey-Red Bull, jedenfalls fühle ich mich bald darauf etwas gelöster.

Jelly grinst mich an. »Mir gefällt die neue Hannah«, verkündet sie.

»Warum?«, schreie ich. »Weil ich mich vor dem Gülle-Ausbringen drücke? Oder weil ich einen Schwips kriege, wenn ich so weitermache ...«

Jelly schüttelt den Kopf. »Nein, du Kuh! Wegen deinen neuen Haaren. Sie leuchten unglaublich im Discolicht! Dein Friseur ist ein Genie, wenn ich das jetzt mal so sagen darf!«

»Ja, klar!«, feixe ich. »Karolina ist wirklich toll!«

»Haha!« Jelly verzieht den Mund. »Ich war schließlich auch daran beteiligt. Aber du hast schon recht. Meine Mama ist wirklich super!«

Dann tanzen wir wieder. Und lassen uns treiben von den harten Beats, die sich bis in unsere Zehenspitzen graben und kitzeln.

Kurze Zeit später aber wechselt der DJ die Musikrichtung und Jelly zieht mich von der Tanzfläche runter.

»Ich bin am Verdursten!«, schnauft sie und schlägt den Weg in Richtung Bar ein.

Unsicher blicke ich mich um. »Wollen wir nicht lieber zu den Jungs zurückgehen? Finn wartet auf mich. Und Tobias doch sicher auch auf dich!«

Jelly murrt: »Dann soll er halt warten!«

Verwundert bleibe ich stehen und ziehe meine Freundin in eine ruhige Ecke. »Was ist plötzlich los? Ich dachte, du bist verrückt nach Tobias?«

Jelly zieht die Nase kraus. »Nicht wirklich! Okay, anfangs schon, aber …«

»Aber was?«, hake ich nach. »Ist irgendetwas passiert? Bist du deshalb heute so schlecht gelaunt?«

»Ach, Tobias ist ein Arschloch!«, rückt Jelly schließlich raus. »Er hat mich gestern total doof angemacht! Wir haben uns nämlich dann doch früher getroffen. Nur Tobias und ich. Dabei wollte er bloß mit mir rummachen. So wie Finn heute mit dir …«

Ich werfe Jelly einen warnenden Blick zu. »Jetzt lass doch

mal Finn aus dem Spiel. Der ist überhaupt nicht so. Verstanden?!«

»Schon gut«, wehrt sie ab. »Jedenfalls habe ich ihm klargemacht, dass zwischen uns nichts laufen wird, als ich gemerkt habe, dass er nur mit mir in die Kiste will. Tja, und dann ist er richtig fies geworden. Von wegen, ich solle mich nicht so anstellen, weil ich ja ohnehin keine Jungfrau mehr sei, und so! Es war total widerlich! Er wollte die ganze Zeit nur Sex. Sonst nichts. Als ob ich so eine Schlampe wäre ...«

Fassungslos sehe ich Jelly an.

»Was ist?«, fragt sie. »Warum guckst du mich so an?!«

»Warum meint Tobias, dass du keine Jungfrau mehr bist?«

Meine Freundin schaut betreten zu Boden.

»Was?!«, rufe ich, nachdem ich kapiert habe, was Jelly soeben versehentlich ausgeplaudert hat. »Du bist keine Jungfrau mehr? Du hattest schon Sex und erzählst mir das nicht?«

»Das ist eine lange Geschichte«, versucht sie abzuwehren.

Ich schüttle den Kopf. »Warum hast du nie etwas davon gesagt? Ich dachte, wir können uns alles anvertrauen. Kenne ich den Typen etwa?«

Jelly sieht mich traurig an, doch ehe sie antworten kann, zucke ich vor Schreck zusammen.

In der Menschenmenge baut sich auf einmal ein bedrohliches Bild vor mir auf. Er ist hier. Mein Bruder. Im Q10. Er steht an der Bar und drückt einem schmierigen Typen einen Euroschein in die Hand. Keine zehn Meter von uns entfernt! »Was macht der denn hier?«, keuche ich entsetzt.

»Wen meinst du?«, fragt Jelly gleichgültig.

Ich nicke in Richtung Strandbar. »Dort drüben. Siehst du? Raphael!«

Da verändert sich ihr Gesicht mit einem Mal. Es beginnt zu strahlen. »Echt?« Sie reckt sich, um einen besseren Blick auf meinen Bruder erhaschen zu können.

»Was ist bitte schön so toll daran?«, zische ich. »Hast du vergessen? Finn ist auch hier!«

Doch Jelly scheint mir gar nicht richtig zuzuhören. »Na und«, murmelt sie gedankenverloren. »Du kannst das mit Finn sowieso nicht ewig geheim halten. Schon mal daran gedacht, was werden wird, wenn die Schule wieder anfängt? Was willst du dann machen? Ihn verleugnen? Das klappt nicht. Glaub mir. Es sei denn, du willst ihn loswerden …«

»Ich verleugne Finn doch gar nicht!«

Jelly sieht mich an. »Machst du wohl! Weil du zu feige bist, um für deine Liebe einzustehen. Muss vererbt sein oder so.«

»Sag mal, wovon redest du eigentlich?«, will ich wissen.

Doch Jelly hat ihren Kopf schon wieder weggedreht und scheint nur noch Augen für das Geschehen an der Bar zu haben. Wütend kippe ich den letzten Rest Whiskey-Red Bull herunter und stelle das Glas knallend auf einem Bartisch ab.

»Du bist mir heute eine wirklich tolle Hilfe!«, knurre ich. »Egal! Ich muss Finn finden, bevor Raphael ihn entdeckt. Und dann will ich nach Hause. Kommst du mit?«

Jelly zuckt mit den Schultern. »Geh ruhig schon vor. Ich komme gleich nach …«, meint sie und verschwindet dann in Richtung Strandbar.

Verdattert sehe ich meiner Freundin nach. Dabei blitzt ein Gedanke in mir auf. Doch der erscheint mir so absurd, dass ich ihn gleich wieder beiseiteschiebe. Lieber mache ich mich auf die Suche nach Finn. Das ist im Moment wichtiger.

Weit aber komme ich nicht. Nach wenigen Metern durch die Menschenmenge hat mein Bruder mich entdeckt. Er steuert auf mich zu und knurrt: »Was machst du denn hier?! Und was hast du mit deinen Haaren gemacht? Die sehen …«

»Spar dir den Kommentar«, fauche ich kampfbereit.

Raphael verzieht das Gesicht. »… ›schön aus‹, wollte ich sagen, du Schnepfe! Ehrlich, die Frisur steht dir gut.« Er lacht. »Hat Jellena das gemacht?«

Ich nicke. Was ist denn auf einmal mit meinem Bruder los?

»Sie ist gut«, brummt er zufrieden und sieht sich um. »Bist du alleine hier?«

»Nein, mit Jelly«, antworte ich vorsichtig.

Raphael grinst. »Klar, mit wem sonst. Es wird euch hier gefallen. Im Q10 gibt es vieles. Und die Beachpartys sind sowieso immer eine Wucht.« Als ich nicht antworte, hängt er dran: »Übrigens, danke, dass du mich bei Mama und Papa nicht verpfiffen hast. Du weißt schon … hatte wohl zu viel getrunken vorletzte Nacht.«

»Kann man wohl sagen!«, antworte ich mit Grabesstimme. »Scheint dir ja in letzter Zeit häufiger zu passieren!«

Raphael verdreht die Augen. »Fang doch nicht schon wieder an! Musst du immer klugscheißern? Sei doch einfach mal locker.« Er nickt in Richtung Tanzfläche. »Sieh dir Jelly an! Die ist auch nicht so verklemmt wie du!«

Verwundert folge ich Raphaels Blick und bleibe an der Tanzfläche hängen. Jelly tanzt. Ihr Haar leuchtet nur so im Discolicht, während sie sich zur Musik rekelt. Sie dreht sich um, wirbelt auf die andere Seite und krallt sich einen Typen aus der Menge. Als die Musik langsamer wird, fangen sie an, sich zu umarmen.

Hä? Das ist doch Tobias, erkenne ich jetzt im Scheinwerferlicht. Ich verstehe gar nichts mehr! Zuerst erzählt sie, dass sie von Tobias nichts mehr wissen will, und dann schmeißt sie sich doch wieder an ihn heran? Und wie! Alleine vom Zuschauen kriege ich Tomatensuppenfarbe. Verlegen drehe ich mich um und blicke in das mit einem Mal versteinerte Gesicht meines Bruders. »Was ist los?«, frage ich erschrocken. »Geht es dir nicht gut? Ist dir schlecht? Hast du Kopfweh?«

Raphael reagiert nicht. »Ach, so ist das«, murmelt er bloß.

»Was meinst du?«

Aber Raphael sagt nichts und starrt auf die Tanzfläche. Schon spüre ich, wie sich die Laune meines Bruders verdunkelt. Ich will verduften, ehe er seinen Groll an mir auslassen kann, da taucht noch ein Blondschopf im Scheinwerferlicht auf. Und dieses Mal bin ich es, die versteinert. Denn es ist … Lena! Frisch zurück aus dem Urlaub. Mit einer Megabräune im Gesicht. Sie torkelt auf uns zu.

»Wie gut, dass ich dich hier treffe«, lallt sie mir entgegen. »Ich sag dir, ich war ja so blöd!«

Es dauert eine Sekunde, bis mein Hirn zu funktionieren beginnt. »Schon gut«, rufe ich schrill und versuche sie von meinem Bruder wegzulocken. Doch wie sehr ich auch an ihrer Hand zerre, Lena reagiert nicht. Munter plappert sie drauflos, während mir das Herz in die Hose rutscht und Jellys Worte in meinem Kopf wie näher kommende Gewitterwolken bedrohlich hallen: *Du wirst das nicht ewig geheim halten können ... nicht ewig geheim halten können ... nicht ewig können ...*

»Das mit dem Bauerntrampel in der SMS tut mir echt leid!«, lallt Lena jetzt.

Meine Nerven sind kurz davor, in tausend Stücke zu zerspringen. »Ja, schon in Ordnung«, versuche ich sie zu beruhigen und zerre wie verrückt an ihr.

Aber Lena lässt sich nicht beruhigen. Und auch nicht wegzerren.

»Weißt du, ihr beide passt so wunderbar zusammen«, sagt sie gedehnt. Und dann macht sie etwas, das sich wie ein Todesstoß anfühlt. Sie dreht sich um, grinst meinen Bruder breit an und lallt: »Findest du nicht auch?«

Ich bin tot, schießt es mir durch den Kopf.

Mein Bruder braucht eine Weile, bis er zu reagieren beginnt. »Wie?«, fragt er. Nur mühsam kann er seine Augen von der Tanzfläche abwenden.

Lena kichert. »Na, sie passen gut zusammen! Hannah und Finn. Findest du nicht auch?«

Zu spät. Ich bin wirklich tot.

»Hannah und Finn?«, wiederholt Raphael, und in seinem

ohnehin verdunkelten Gesicht türmen sich schwere Wolken auf.

»Hannah hat was mit Finn?«, fragt er nach langen, zähen Sekunden. »Und Jelly was mit Tobias?« Er deutet auf die Tanzfläche.

Lena quakt. »Ja! Toll, nicht? Ein Vierergespann, sozusagen. Anfangs war ich sauer! Wegen Finn. Doch dann habe ich Miguel im Urlaub kennengelernt und der Liebeskummer war wie weggeblasen.« Sie gluckst.

Verdattert dreht sich Raphael zu mir um. »Du hast was mit dem Sohn meines Chefs?«, fragt er bleiern.

»Es ist nicht so, wie du denkst …«, versuche ich noch zu erklären, doch es ist zu spät.

Das Unwetter in Raphaels Gesicht ist schon ausgebrochen. Ich sehe es an dem Hass in seinen Augen.

»Wie konntest du nur?!«, bricht es aus ihm heraus. »Weißt du, wie beschissen das für mich ist? Wenn die kleine Schwester mit dem Sohn des Chefs rummacht? Was willst du denn noch? Hast du überhaupt eine Ahnung, was das für mich bedeutet? Du bist meine Schwester! MEINE SCHWESTER! Da macht man so etwas nicht!« Er holt Luft. »Aber weißt du was – du bist nicht mehr meine Schwester. Schon lange nicht mehr!«

Raphaels Worte, sie zucken wie Blitze. Deutlich spüre ich, wie sie einschlagen. Mein Innerstes versengen. Verbrennen. Doch ich lasse es über mich ergehen. Auch, als er sich von mir abwendet und in der tanzenden Menschenmenge verschwindet. Im brodelnden Gulaschtopf. Gefolgt von der torkelnden Lena. Und mich zurücklässt. Verbrannt. Und als wäre dies nicht schon genug, bricht mit einem Mal eine donnernde Lawine über mich herein: *Mein Bruder weiß Bescheid, mein Bruder weiß Bescheid*, hallt es in meinem Kopf. Und nichts wird morgen noch so sein, wie es heute war. Nichts.

Keine Ahnung, wie lange ich dort in der Ecke stehe. Festgewachsen. Aber irgendwann taucht Jelly neben mir auf und fragt: »War das eben Goldlöckchen?«

»Sie hat ausgepackt!«

»Wer? Goldlöckchen?« Jelly sieht mich verdutzt an.

Mühsam schlucke ich eine Träne hinunter und versuche zu antworten, aber irgendwie kommt kein Ton heraus.

Da zieht meine Freundin ihre linke Augenbraue hoch und ruft: »Du meinst, dein Bruder weiß endlich Bescheid?«

»Ja«, presse ich heraus.

Jelly gurrt zufrieden: »Gut! Dann weiß er ja, wie er dran ist!«

»Wie bitte?!« Ich starre meine Freundin an.

Doch die zuckt bloß mit den Schultern. »Glaub mir. Es ist besser so. Du hättest Finn nicht ewig verleugnen können. Ansonsten wäre eure Liebe daran zerbrochen. Und das hätte dann wirklich wehgetan. Garantiert!«

»Aber darum geht es gar nicht«, schlucke ich. *Will mich denn hier niemand verstehen!?* »Raphael weiß nun alles! Er ist so unglaublich wütend deswegen … und ich habe Angst … «

»Vor deinem Bruder?« Jelly sieht mich ungläubig an. »Jetzt

übertreibst du aber. Das glaubst du doch wohl selbst nicht, oder?«

»Vergiss es«, zische ich, als ich an ihrem Gesicht erkenne, dass sie mir ohnehin nicht glauben würde. Ich will nur noch nach Hause. Bevor mich die Last der Lawine erdrückt. Nach Hause. Sonst nichts.

Endlich daheim angekommen, fühle ich mich leer und ausgebrannt. Zum Glück konnte ich Finn davon überzeugen, dass ich nur müde war und deshalb so schnell wie möglich nach Hause wollte.

Leise schleiche ich in die Küche, um mir ein Glas Wasser zu holen. Das penetrante Ticken der Schrankuhr aus dem Wohnzimmer zerschneidet die nächtliche Stille. Rastlos blicke ich mich um. Im dämmrigen Licht der Wärmelampen, die vom Stall hereinscheinen, bleibe ich schließlich an Papas heiß geliebtem Bauernkalender hängen. Zögernd greift meine Hand danach. Ich klappe das Kalenderblatt nach hinten, um einen Blick auf das Morgen zu erhaschen. *Die Liebe lässt sich nicht verbergen,* steht da in geschwungenen Lettern geschrieben, und erst jetzt fange ich bitterlich zu weinen an, weil mich die Lawine endgültig überrollt hat.

GEWITTERNACHT

Als ich noch klein war, ein Küken, vielleicht fünf oder sechs Jahre alt, da glaubte ich fest daran. An die Geschichte von der Moorhexe. Denn Omas Erzählungen waren glaubhaft. Wenn es draußen dämmerte und sie mich zu Bett brachte, dann erzählte sie. Vom Tieglitzer Moorsee. Und vom Jungfrauenfelsen. Umspült vom dunklen Wasser, an dem die Hexe angeblich ihr Leben lassen musste. Wegen einer schlimmen Lüge. Mit einer Baumwurzel an den blanken Füßen. Ja, damals glaubte ich daran. So sehr, dass ich nachts wach wurde, weil mich die Legende bis in meine Träume verfolgte, in denen ich sie sah. Mit wehenden Haaren, so rot wie das Feuer. Und offenem Mund, so tief und schwarz wie das Loch, in das sie gestoßen wurde. Und weil ich mir in meiner Angst nicht anders zu helfen wusste, tapste ich in das Zimmer, das meinem Zimmer am nächsten lag. Ich schlich also auf Zehenspitzen über den dunklen Gang, öffnete die Tür und schlüpfte erleichtert unter die Decke meines Bruders. Dort kuschelte ich mich an ihn an, während er bereitwillig Platz für mich machte. Er war ja mein Bruder. Mein großer. Er beschützte mich. Immer. Sogar im Schlaf.

Als ich noch klein war, ein Küken, vielleicht fünf oder sechs Jahre alt.

Nun ist alles anders. Nun bin ich kein Küken mehr. Während die Morgendämmerung den Rest der Welt zum Leben erweckt, liege ich reglos im Bett und spüre die klamme Kälte des Traums, die mich im Schlaf übermannt hat. Ich weiß nicht, warum ich ausgerechnet jetzt wieder davon geträumt habe. Von der Moorhexe. Nur, dass *ich* dieses Mal eine Baumwurzel um meine blanken Füße gebunden hatte und *ich* in das tiefe schwarze Loch springen musste, das qualvolle Augenblicke später für mich zum einsamen Grab werden sollte.

Wie gern würde ich jetzt meinem Gefühl nachgeben und über den dunklen Gang schleichen. Auf Zehenspitzen. Hinein in das Zimmer, das meinem Zimmer am nächsten liegt. Und Schutz unter der Decke meines Bruders suchen. Um mit ihm zu reden. Über das, was passiert ist. Und vielleicht passieren wird, wenn wir nicht darüber reden. Doch mein Bruder ist kein Bruder mehr. Während die Morgendämmerung den Rest der Welt zum Leben erweckt, liege ich in meinem Bett. Reglos. Steif. Erkaltet. Weil ich keine Schwester mehr für ihn bin. Und ich habe keine Ahnung, was ich dagegen machen soll …

Den ganzen Sonntag warte ich auf eine Reaktion von meinen Eltern. Aber sie kommt nicht. Auch von Raphael kommt keine weitere. Von ihm fehlt jede Spur. Mama und

Papa sind nach dem Frühstück nach Bröllenburg zu Mamas Verwandtschaft gefahren. Um nicht mit zu müssen, habe ich meine ganze Überredungskunst angewandt. Schließlich ist es mir gelungen, sie zu überzeugen. Vielleicht, weil sie gemerkt haben, dass irgendwas nicht stimmt. Dass irgendetwas in der Luft liegt. Oder meine neue Frisur hat sie davon abgehalten, mich nach Bröllenburg mitzunehmen. Wahrscheinlich ist sie ihnen zu mondän. Und zu viel Veränderung. Für Bröllenburg.

Oder aber es lag daran, dass ich ihnen angeboten habe, abends die Stallarbeit für sie zu erledigen. Damit sie länger bleiben können. Wahrscheinlich Letzteres. Egal. Mir soll es recht sein. Auf Bröllenburg hätte ich ohnehin keine Lust gehabt.

So sitze ich nun. Und warte. Darauf, dass alles wieder gut wird. Doch die Stunden vergehen und nichts passiert. Und nichts wird gut. Die sonntägliche Ruhe ist unerträglich. Selten liegt der Hof derartig still da. Kein Traktor fährt. Kein Mähdrescher brummt. Keine Schwalben ziehen über meinen Kopf hinweg und jagen den Mücken hinterher. Nicht einmal die Schweine grunzen im Freilaufstall. Sie liegen träge in der Sonne und pennen. Irgendwann, müde vom langen Warten, schleppe ich mich zu Lanzelot und kuschle mich in sein warmes, weiches Pferdefell. Ich atme den Duft ein und vergieße weitere Tränen der Angst. Weil ich nicht weiß, was ich machen soll. Weil ich nicht weiß, was das alles zu bedeuten hat. Weil ich nicht weiß, was auf mich zukommen wird.

Und schließlich, in der unerträglichen Stille dieses Sonntags, beginnt mein Handy zu läuten. Schrill und laut, dass sogar die Schweine davon aufschrecken und verschlafen grunzen.

»Du hattest recht«, schluchzt Jelly. »Du hattest von Anfang an recht. Mit Raphael. Er hat sich wirklich verändert.«

»Was ist passiert?«, frage ich. »Ist etwas mit Raphael? Wo ist er?«

Jelly schnäuzt sich geräuschvoll. »Ist er denn nicht zu Hause?«

»Nein!«

Wieder fängt sie zu schluchzen an. »So ein Idiot!«

»Jelly«, dränge ich. »Jetzt sag schon. Was ist los?«

Meine Freundin stockt. »Nichts ist los. Das ist es ja eben.«

»Ich weiß nicht, wovon du sprichst«, stöhne ich.

Jelly schweigt. »Kann ich zu dir kommen?«, fragt sie dann leise.

»Ja«, sage ich und lege auf.

Eine halbe Stunde später sitzt Jellena neben mir auf der Gartenbank vor dem Haus. Ihre Augen sind glasig vom vielen Weinen. Ob meine auch so glasig sind?

»Ich wollte es nicht glauben. Wollte dir nicht glauben. Raphael ist doch nie so gewesen. Aber gestern …«, druckst sie herum.

Ich sehe Jelly an. »Erzähl doch endlich, was passiert ist. Bitte!«, dränge ich sie.

Jelly seufzt und blickt zu Boden. »Ich bin doch gestern

noch im Q10 geblieben«, fängt sie leise an. »Ich dachte, es sei eine gute Idee. Als du weg warst, bin ich zu Raphael gegangen. Ich wollte einfach … mit ihm reden. Ihn fragen, warum er mir aus dem Weg gegangen ist. Wollte ihm sagen, wie sehr er mich damit verletzt hat! Nach all dem, was zwischen uns passiert ist.« Ihre Stimme fängt zu stocken an. »Aber er war so … gemein. So unglaublich gemein. Er lachte mich aus und nannte mich eine Schlampe. Vor allen Leuten. Und dass ich zu Tobias gehen sollte. Dabei waren seine Augen … ich sag dir … seine Augen … die waren so …«

»Kalt?«, flüstere ich atemlos.

»Nein.« Jelly schüttelt abwehrend den Kopf. »Doch. Auch kalt. Aber daran lag es nicht.« Sie sieht mich eindringlich an. »Seine Augen, die waren irgendwie … anders. Verschleiert. Unecht. Verstehst du?«

»Ich weiß immer noch nicht, wovon du sprichst!« Jellys Heimlichtuerei geht mir echt so was von auf die Nerven. »Jetzt rück endlich raus damit, verdammt noch mal!«

Jelly wimmert. »Na ja. So als ob er … etwas geschluckt hätte …«

»Was meinst du damit? Geschluckt. Was geschluckt? Glaubst du, dass er von seinen Medis, den Epi-Blockern, so drauf war?«

»Nein!« Sie schüttelt wieder den Kopf. »Blödsinn! Nein, ich glaube, er hat etwas anderes geschluckt … ich meine, im Q10 gibt es vieles, wenn man will …«

Pause. Stille. Bleiern hallt der letzte Satz in meinem Kopf nach.

Im Q10 gibt es vieles.

Hat das nicht auch mein Bruder zu mir gesagt? Ich nehme meine Freundin ins Visier. »Du meinst … *Drogen?*«

Jelly nickt.

»Nein! Das glaube ich nicht. Er hatte sicher wieder zu viel getrunken …«

Doch Jelly wehrt ab. »Nein, vom Besoffensein ist man nicht so drauf. Außerdem weiß ich …«

»Was?«

»Na ja«, druckst sie herum, »da ist grad so ein Zeugs in Umlauf. Im Q10. Schon länger. Tobias hat mir davon erzählt. Er war ganz begeistert, weil es so harmlos sein soll und trotzdem richtig flasht. An dem Abend, als wir ins Kino wollten – du weißt schon, als er mir an die Wäsche wollte?«

Ich nicke.

»Na ja, da hatte er das auch dabei. Weil er wollte, dass wir es beide nehmen …«

»Und hast du?«

Jelly schüttelt sich. »Bist du bescheuert? Ich nehme doch keine Drogen! Das Zeugs macht einen ganz …«

»Was denn?«

»Na ja – ich weiß auch nicht. Einfach nur widerlich. Es muss irgendwie die Gefühlswelt beeinflussen. Denn Tobias wurde total hemmungslos, als er die Tablette geschluckt hatte. Und seine Augen wurden genauso trüb wie die von Raphael gestern …«

»Aber Raphael wurde doch nicht hemmungslos, oder?«, wende ich ein.

»Na ja, schon irgendwie. Nur eben auf eine andere Art und Weise«, murmelt sie. »Weißt du, er ist gestern ziemlich ausgerastet …«

»Ich weiß nicht. Raphael würde niemals Drogen nehmen. Schon deshalb nicht, weil er die vielen anderen Tabletten wegen der Epilepsie schlucken muss.«

»Und was war dann mit seinen Augen los?«, hakt Jelly nach.

»Das kann auch etwas anderes bedeuten«, murmle ich.

Jelly seufzt. »Sicher, aber kannst du dich erinnern – an den Typen an der Bar? Der bei Raphael stand?«

Müde lehne ich den Kopf gegen die Hausmauer. »Ja und?«

»Na, Raphael hat ihm doch Geld gegeben!«

Langsam fange ich an, unruhig zu werden. »Das ist doch lange kein Beweis«, sage ich zögernd. Oder doch? Und weil mir der Gedanke keine Ruhe lässt, hake ich nach: »Und das Zeugs gibt es in Tablettenform?«

»Ja, das sind so grünliche Dinger. Mit einem *T* draufgestanzt. Für *Treyes*. So nennt sich die Droge.«

Ich ziehe scharf die Luft ein. »Grünlich, sagst du?«

Jellys linke Augenbraue wandert Richtung Haaransatz. »Ja«, antwortet sie. »Warum? Kommt dir das etwa bekannt vor?«

Ein eiskalter Schauer jagt mir über den Rücken, als mir klar wird, warum. Weil ich die Dinger tatsächlich schon gesehen habe. Sie lagen zusammen mit den Epi-Blockern und einer angefangenen Tequilaflasche auf Raphaels Schreibtisch.

»Du hast recht!«, stöhne ich, und mir wird flau im Magen. Tausend Gedankenbilder jagen nun an mir vorüber. Fetzen der Erinnerung: Raphaels Wut. Raphaels Augen. Raphaels Veränderung. Seine Ausbrüche. Sein unberechenbares Verhalten, das kommt und geht. Seine kalten Augen. Auch die kommen nicht von ungefähr. Auf einmal ergibt alles einen Sinn. »Er rastet aus, weil er dieses *Treyes* schluckt?«

Meine Freundin nickt.

»Und nicht wegen mir?«

Jelly fängt schon wieder zu schluchzen an. »Es tut mir so leid, Hannah«, murmelt sie. »Ich hab dir nie geglaubt. Wenn ich gewusst hätte, dass Raphael wirklich so drauf ist …«

»Du kannst doch nichts dafür«, antworte ich und drücke meiner Freundin ein Taschentuch in die Hand.

Dankend greift sie danach. Als sie sich damit ihre Tränen getrocknet hat, sieht sie mich kummervoll an. »Doch. Ich glaube schon. Ich kann schon etwas dafür. Ein bisschen zumindest«, flüstert sie.

»Was meinst du denn jetzt schon wieder?«

Meine Freundin lässt die Schultern sinken. »Ich hätte es dir schon viel früher sagen sollen. Aber ich wusste nicht, wie … ich war so verletzt«, schluchzt sie. »Dabei fing alles so schön an. Wir haben uns schon immer gut verstanden. Alles war vertraut. Wir kannten uns doch schon ewig. Weißt du – es fühlte sich richtig an!« Mit tränenverhangenen Augen sieht sie mich an. »Und dann ließ er mich links liegen. Plötzlich. Auf einmal. Einfach so. Ich wollte mit ihm reden, ihn fragen, was los ist. Doch dann kam der Anfall und danach verkroch er sich, dabei wollte ich nur bei ihm sein. Sonst nichts.«

Ich sehe Jelly mit großen Augen an. »Wovon redest du?«

Meine Freundin plappert einfach weiter. »Ja, ehrlich! Aber er ging mir bei jeder Gelegenheit aus dem Weg. Ich kam nicht an ihn heran. Weil er es nicht zuließ. Und dann hast du auf einmal Finn kennengelernt. Und da war Tobias. Und anfangs glaubte ich, dass ich Tobias lieben könnte. Aber das ging nicht. Weil Raphael immer noch in meinem Kopf war. Noch immer ist.« Sie hält inne. »Und dann – an dem Nachmittag, als wir dein Zimmer gestrichen haben. Weißt du noch?«

Ich nicke bleiern.

»Da haben wir geredet. Während du die Schweine gefüttert hast. Ganz lange. Und ich habe ihm gesagt, dass mir das völlig egal ist, wegen dem Anfall. Und dass er sich dafür nicht zu schämen braucht. Ich liebe ihn trotzdem. Es war so schön – wie früher. Ich dachte, alles würde jetzt wieder gut werden. Doch danach meldete er sich wieder nicht. Und das tat wieder weh. Fürchterlich weh. Also habe ich geglaubt, ich könnte ihn ein bisschen eifersüchtig machen. Ein bisschen nachhelfen. Mit Tobias. Auf der Tanzfläche …«

»Willst du mir etwa sagen, dass du und Raphael …?«

Jellys Gesicht fängt zu strahlen an. »Ja. Echt verrückt, nicht?«

Meine Wangen werden kalt. »Dann ist es auch mein Bruder gewesen, mit dem du geschlafen hast?«

Sie nickt wieder.

»Und diese ganze Aktion, von wegen, ich solle mich endlich bei meinen Eltern durchsetzen … das hast du nur gemacht, um Raphael wachzurütteln?«

»Nein«, ruft Jelly dazwischen. »Na ja, vielleicht ein bisschen«, gibt sie leise zu, als sie sieht, dass ich ihr nicht recht glauben will. »Aber wirklich nur ein kleines bisschen. Ehrlich! Du bist meine allerbeste Freundin. Ich will doch nur, dass es dir gut geht!«

Mit einem Schlag fühle ich mich verraten. Verraten und belogen von *meiner allerbesten Freundin*. Von meiner Jelly-Bean, die sie jetzt gar nicht mehr ist. Mit eisigem Blick sehe ich sie an. »Du willst, dass es mir gut geht?«, zische ich. »Das ist doch Mist, was du da erzählst! Du willst, dass es dir gut geht! Schau, was passiert ist! Raphael weiß jetzt, dass Finn und ich ein Paar sind. Und das nur, weil du wieder einmal deinen Willen durchsetzen musstest, indem du eine Szene auf der Tanzfläche abziehst. Hättest du dich zurückgehalten, hätte Goldlöckchen sich auch nicht verplappert. Ich hab dir doch schon tausendmal gesagt, wie schlimm es sein würde, wenn mein Bruder Bescheid weiß. Du hast ihn gestern selber erlebt! Doch dir war das alles egal. Und ich blöde Kuh dachte auch noch, ich kann dir vertrauen. Dabei hast du alles verraten. Mit deinen Lügen hast du alles kaputt gemacht! Und du hast nicht nur mich benutzt, sondern auch ihn. Von Tobias ganz zu schweigen.«

Jelly sieht mich mit tränennassen Augen an. »Es tut mir so leid. Ehrlich, ich wollte das nicht. Ich wollte dir nur helfen. Ich weiß doch, wie es ist, wenn man verleugnet wird. Ich wollte nicht, dass es Finn mit dir genauso ergeht und ihr euch verliert.«

»So ein Mist!«, schreie ich jetzt. »Du wolltest nur dir helfen, indem du Raphael eifersüchtig machst. Sonst nichts!«

Jelly blickt beschämt zu Boden. »Es war mir nicht klar. Ehrlich! Bitte glaube mir …«

Doch ich kann meiner allerbesten Freundin nicht mehr glauben. Jedenfalls nicht jetzt. Mühsam stehe ich von der Gartenbank auf.

»Kannst du nicht mit Raphael reden?«, bettelt sie. »Ihm sagen, dass es nicht so gemeint war?«

Wütend drehe ich mich zu ihr um. »Weißt du was – das kannst du ihm gerne selber sagen«, zische ich, weil ich sehe, dass Raphael gerade die Hofeinfahrt heraufgebraust kommt. Er bremst scharf und steigt mit blassem Gesicht aus dem Auto.

»Raphael«, rufen wir beide.

Doch Raphael geht an uns vorüber. »Haut ab«, brüllt er. »Alle beide!«

»Aber … es ist nicht so, wie du denkst …«, fängt Jelly zu wimmern an.

»Oh doch! Und wie! So ein Vierergespann ist eben eine praktische Sache. Da will ich nicht länger stören«, knurrt er und rennt ins Haus. Wenige Minuten später kommt er wieder zurück. Mit anderen Klamotten am Leib.

»Was hast du vor?«, frage ich.

Raphael würdigt mich keines Blickes, als er antwortet: »Abhauen!«

»Aber wohin? Das hat doch keinen Sinn! Und was soll ich Mama und Papa sagen?«

Raphael lacht bitter, als er ins Auto springt. »Da fällt euch bestimmt etwas ein. Im Lügen seid ihr schließlich geübt!« Dann heult auch schon der Motor auf und mein Bruder prescht davon.

Bleiern gehe ich auf die Haustür zu. »Ich glaube, es ist besser, wenn du jetzt auch verschwindest!«

»Hannah, glaub mir … ich wollte nicht …«, wimmert Jelly.

»Geh endlich«, zische ich und verschwinde ins Haus, um mich für die Stallarbeit umzuziehen. Weil Schweine eben auch an einem beschissenen Sonntag Hunger haben. Da kann man denken, was man will. Man macht einfach. Man muss einfach. So ist das nun mal, wenn man auf einem Bauernhof lebt.

Irgendwann am Abend, nachdem die Schweine versorgt und meine Eltern immer noch nicht nach Hause gekommen sind, habe ich die Kraft, das Handy hervorzukramen. Wie befürchtet hat Jelly angerufen. Aber auch Finn. Und lieber wähle ich Finns Nummer.

»Hey«, ruft er ins Telefon. »Endlich meldest du dich!«

»Ja«, seufze ich.

»Es tut mir so leid«, fängt Finn zu plappern an. »Sei nicht böse auf mich. Ich wollte dich nicht drängen …«

Verwirrt schüttle ich den Kopf. »Was meinst du?«

Er räuspert sich. »Na ja, wegen gestern. Auf dem Jungfrauenfelsen. Und der Sache … du weißt schon …« Verlegen hält er inne. »Hannah, bitte. Sei mir nicht böse. Es war eine blöde Idee ...«

»Nein, war es nicht«, murmle ich besänftigend, als mir klar wird, wovon er spricht.

»Nein? Nicht?« Er wirkt überrascht.

»Nein«, gebe ich zu.

»Aber ... du warst gestern im Q10 plötzlich so komisch drauf. Und heute warst du den ganzen Tag nicht erreichbar. Ich meine ... da kann man schon glauben, du seist sauer.« Er lacht nervös. »Und bist du es?«

Ach, er ist so lieb, denke ich mir. Von wegen Jungs wollen nur das Eine. Deshalb sage ich: »Nein. Überhaupt nicht. Tut mir leid, dass du das geglaubt hast. Dabei hat das alles gar nichts mit dir zu tun.«

»Wirklich nicht?« Finn lacht erleichtert. »Aber bist du dir sicher? Ich meine, dein Bruder hat mich gestern im Q10 ziemlich blöd angequatscht. Kann es sein, dass er ein Problem damit hat, dass wir beide ... na ja, du weißt schon ... ein Paar sind?«

Mein Herz schlägt einen Purzelbaum. »Hast du ihm etwa davon erzählt?«, will ich wissen. (Hat Finn eben gesagt, dass wir ein Paar sind?)

»Eben nicht. Weil ich das Gefühl hatte, dass es dir nicht recht wäre, wenn ich mit ihm darüber rede.« Finn stockt. »Aber vielleicht habe ich mir das auch nur eingebildet.«

»Nein, hast du nicht«, gebe ich zu. »Ich wollte tatsächlich nicht, dass Raphael von uns erfährt. Nicht wegen uns. Sondern wegen Raphael selbst. Aber gestern, da hat sich Lena verplappert, und nun weiß er es. Er ist ziemlich sauer deswegen. Deshalb wollte ich auch so rasch nach Hause. Und deshalb hat er dich bestimmt auch angemacht.«

Finn brummt in den Lautsprecher: »Ach, der kriegt sich bestimmt wieder ein. Auch wenn ich nicht wirklich verstehen kann, warum dein Bruder damit ein Problem hat.«

»Na, weil du der Sohn von seinem Chef bist«, versuche ich zu erklären. »Er meint, ich würde ihn damit in eine peinliche Lage bringen. Wegen dem Job und so.«

»Blödsinn!«, ruft Finn. »Das mit uns hat doch nichts mit ihm zu tun. Hast du ihm das denn nicht gesagt?«

Ich schnaufe schwer. »Ich wollte ja … aber immer, wenn ich mit ihm darüber reden wollte, maulte er mich bloß an.«

Finn lacht. »Ja, dein Bruder kann wirklich ziemlich schlechte Laune haben.«

»Umso besser, dass du nun Bescheid weißt. Wenn er dich also in der Arbeit dumm anmachen sollte …« Von den Drogen sage ich lieber nichts.

»… gehe ich gar nicht darauf ein«, beendet Finn den Satz.

Dabei kann ich fast spüren, wie seine Augen neckisch blinzeln. Herrje, was bin ich verliebt in ihn!

»Du bist ein Schatz«, seufze ich.

»Ja?«

Nervös fange ich zu kichern an. »Ja, bist du! Wirklich!«, flüstere ich.

Es wird still. »Hannah?«

»Ja?«

»Es ist schön mit uns«, raunt Finn.

»Ja«, sage ich. »Das ist es. Schön und echt. Und ehrlich!«

»Hannah?«

»Ja?«, flüstere ich noch einmal.

»Ich muss dir etwas sagen ... aber ... übers Handy mag ich es nicht. Können wir uns vielleicht morgen treffen? Abends? An unserem Platz? Am See?«

»Ja«, nicke ich und freue mich wahnsinnig, dass er zum Jungfrauenfelsen *unser Platz* gesagt hat. »Ich denke schon. Obwohl ich mir nicht sicher bin, ob ich bis dahin nicht vor Neugierde platze.«

Finn schweigt.

»Dann bis morgen?«, frage ich unsicher.

»Ja, bis morgen.«

An diesem Abend liege ich noch lange wach. Immer wieder lausche ich, ob Raphaels Auto nicht doch die Hofeinfahrt heraufgefahren kommt. Aber es kommt kein Auto. Und auch Raphael kommt nicht. Dafür fängt es irgendwann in der bedrückenden Stille der Nacht zu donnern an. Zuerst nur ein bisschen. Dann immer heftiger. Und die Blitze zucken zornig, während der Regen auf die durstige Erde prasselt. Dabei versuche ich, die Gedanken zu ordnen, die in meinem Kopf herumschwirren und irgendwie kein vertrautes Bild ergeben wollen:

Jelly liebt meinen Bruder. Ob mein Bruder auch Jelly liebt?

Mein Bruder nimmt Drogen. Ob diese Droge gefährlich ist?

Finn will mich morgen sehen. Ob er dann wieder ein Kondom dabeihat?

Und zwischen dem ganzen Gedankenwirrwarr fällt mir plötzlich ein Spruch ein, den ich irgendwann in Papas Bauernkalender gelesen habe: *Auf die schönsten Sommertage folgen die größten Wetter*, stand darin. Und während ich dem Grollen des Donners zuhöre, beginne ich zu ahnen, dass mein ganz persönliches Unwetter wohl erst noch im Anmarsch ist.

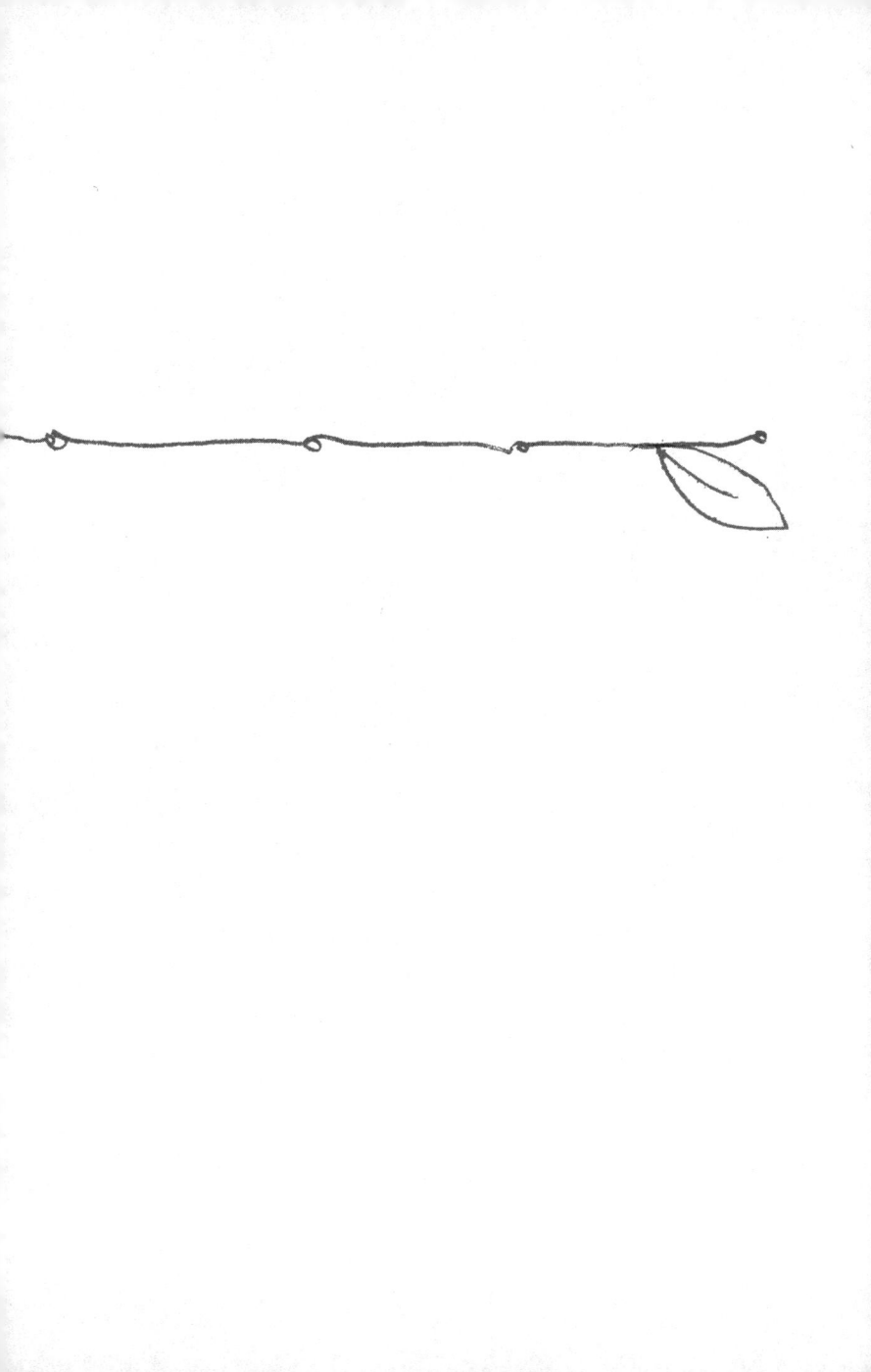

FUNKENFEUER

In Papas Büro steht ein Computer. Ein ziemlich klappriger Kasten. Noch aus einer anderen Zeit. Wenn man damit ins Internet will, stürzt er meistens ab, oder er braucht eine halbe Ewigkeit, bis die gewünschten Seiten geladen werden. Das ist mühsam, darum verwende ich den Klapperkasten nur, wenn es wirklich nötig ist. Bisher war das kein Problem, da ich entweder die Computer in der Schule benutzt habe oder mir Jellys Laptop ausleihen konnte, wenn ich ins Internet wollte. Was ich jetzt dringend muss. Aber während der Sommerferien komme ich an die Schulcomputer nicht heran und Jelly will ich wegen ihrem Laptop nicht fragen. Nicht nach dem, was sie getan hat!

Also bleibt mir nichts anderes übrig, als es mit dem Klapperkasten aufzunehmen. So ein Mist! Schon das Einwählen ins Internet dauert ewig. Als sich endlich das Fenster zur Suchmaschine öffnet, gebe ich das Wort ein und drücke auf Eingabe. Träge Sekunden verstreichen, ehe der Computer die entsprechenden Seiten auflistet. Mit klopfendem Herzen klicke ich den ersten Beitrag an. Es ist ein Zeitungsartikel. ›*Treyes – neue Partydroge überschwemmt die Discos‹*, lese ich als Überschrift. Ich überfliege den Artikel, klicke weiter, weil ich weiter unten einen Link entdeckt habe, der interessanter zu sein scheint. Wieder warte ich, bis der Computer die Daten geladen hat. Endlos. Schließlich öffnet sich ein Fenster. Es ist eine Infoseite über Partydrogen. Zögernd fange ich zu lesen an:

Treyes ist eine synthetisch hergestellte Partydroge, die ihren Ursprung im geheimdienstlichen Umfeld (als Wahrheitsserum) hat. Später wurde die Droge für medizinische Versuchszwecke verändert und mit Psychopharmaka versetzt. Heraus kam eine Substanz, die die vorherrschenden Gefühle eines Menschen verstärkt und kurzzeitig zutage fördert. Später wurde auch die Drogenszene auf das Präparat aufmerksam und begann es in Tablettenform (meist grünlich mit einem eingravierten T) auf dem Schwarzmarkt zu reproduzieren.
Treyes wirkt sich stark auf das Gefühlsleben eines Menschen aus, daher ist von einer längerfristigen Einnahme dringend abzuraten, da es die Nervenbahnen im Gehirn schädigt und die menschliche Psyche verändert. Außerdem sollte Treyes *niemals in Kombination mit Alkohol oder anderen Drogen sowie Medikamenten eingenommen werden, da die Gefahr einer Leberschädigung besteht. Auch die typischen Silberaugen sind ein – wenn auch harmloser – kurzzeitiger Nebeneffekt der Designerdroge. Denn die darin enthaltene Substanz N.P. bewirkt eine Erweiterung der Pupillen, die Augen bekommen einen silbrigen Glanz. Ein stierer, eindringlicher Blick ist während des Treyes-Konsums typisch. Daraus hat sich auch der Name der*

Droge abgeleitet: Treyes, *das steht für True Eyes. Eine An-*
spielung auf den Sinnspruch: »Die Augen sind der Spiegel der
Seele.« *Denn diese Droge kehrt das Innenleben eines Menschen*
bedingungslos nach außen. Konsumenten, *die* Treyes *einge-*
nommen haben, berichteten davon, dass sich ihr Leben während
des Rauschzustandes »authentisch und richtig« *anfühlt. Das ist*
wohl auch der Reiz an dieser gefährlichen Substanz.

Mein Magen rumort. Es gibt dieses Zeug also wirklich und
Raphael nimmt es. Daran besteht kein Zweifel. Seine Augen
haben ihn verraten. Nur … was soll ich jetzt machen? Soll
ich meinen Bruder zur Rede stellen? Oder Mama und Papa
Bescheid geben? Die würden aus allen Wolken fallen und
mir bestimmt nicht glauben. Aber schweigen kann ich
auch nicht. Wenn das Zeug wirklich so gefährlich ist, vor
allem in Kombination mit den Medikamenten und Alkohol,
dann … kann ich nicht schweigen. Darf ich nicht schweigen! Während der Computer vor mir brummt und keucht,
zermartere ich mir unaufhörlich das Hirn, wie ich Raphael
zur Rede stellen könnte. Da höre ich, wie jemand den Gang
entlangkommt und auf die Bürotür zusteuert. Hastig versuche ich, die aufgeschlagene Seite wegzudrücken, doch der
Klapperkasten beharrt auf seinem Schneckentempo. Als
sich die Türklinke herunterbewegt, schaffe ich es gerade
noch, eine Suchmaschine oben in den Pfad einzugeben und
meinen Zeigefinger auf die Entertaste springen zu lassen.
Da geht auch schon die Tür auf und Papa steckt die Nase
durch den Türspalt.

»Ach so, du bist es«, brummt er. »Ich habe den Computer gehört und dachte, dass ich vergessen hätte, ihn auszuschalten.« Er sieht mich interessiert an. »Was schaust du denn da? Was für die Schule?«

Mach schon, kreische ich innerlich, weil die Infoseite immer noch auf dem Bildschirm prangt. Panisch drücke ich auf Enter. Mehrere Male. *Klack-Klack-Klack*. Papa umrundet den Tisch und kommt auf meine Seite. Mit wissbegierigen Augen. Und einer neugierigen Nase. Endlich erscheint das Suchmaschinenfenster auf dem Bildschirm und ich schnaufe erleichtert auf. Meine Finger fliegen über die Tasten, geben irgendetwas in das Kästchen ein. Hastig. Ohne lange darüber nachzudenken. Ich drücke auf Eingabe. Der Computer brummt.

»Du suchst nach einem schwedischen Wort?«, fragt Papa belustigt, als eine Seite auf dem Monitor aufscheint. Es ist ein Übersetzungsprogramm »Willst du denn jetzt auch noch Schwedisch lernen? In den Ferien?«

Ich lächle mühsam, als ich kapiere, welches Wort ich in der Eile eingegeben habe. Es könnte nicht peinlicher sein. Zum Glück weiß Papa nicht, was damit gemeint ist.

»Was ist denn *Gnistsommar*?«, liest Papa laut vor. »Das würde mich jetzt auch interessieren. Drück doch mal«, sagt er.

Widerwillig drücke ich auf Enter. Der Computer brummt. Der Computer keucht. Etliche Sekunden vergehen. Dann tut sich etwas auf dem Bildschirm und der Klapperkasten spuckt die gewünschte Information aus.

»Ah, *Funkensommer* heißt das«, sagt Papa. »Und? Was soll das heißen? Was ist Funkensommer?«

Ich zucke mit den Schultern. »Keine Ahnung. Ich habe es vor Kurzem irgendwo gelesen … in einem Kreuzworträtsel glaube ich …«, druckse ich herum und bete heimlich, dass Papa endlich verschwindet.

Doch der bleibt seelenruhig neben mir stehen und betrachtet den Monitor. »Das ist schon ein Wunderding, das Internet. Was man da alles herausfinden kann. In null Komma nichts. Egal, ob es einen Sinn hat oder nicht. Wobei mir grad einfällt, dass vielleicht der heutige Spruch vom Bauernkalender dazu passt. Wie war das noch gleich?« Er holt Luft und sagt mit dramatischer Stimme: »*Wer ins Feuer bläst, dem fliegen leicht die Funken in die Augen.*« Er grinst, rückt sich den Stallhut zurecht und stiefelt Richtung Tür. Endlich!

Erleichtert atme ich auf, da dreht Papa sich noch mal um und meint: »Ach, Hannah, was ich dich noch fragen wollte: Ist Raphael gestern zu Hause gewesen? Beim Frühstück war er nämlich nicht da. Und sein Bett sieht so aus, als ob er diese Nacht gar nicht darin geschlafen hätte …«

Ich halte die Luft an. »Keine Ahnung.«

»Hm«, macht Papa und sieht mich misstrauisch an. »Ist alles in Ordnung bei euch?«

»Jaaaa.« Mein Herz klopft nun rasend schnell, und ich bin froh, dass Papa das nicht sehen kann.

»Wenn du meinst«, sagt er schließlich. Dann macht er endlich die Tür hinter sich zu.

Uff, das war knapp. Beinahe hätte mein Vater die Seite mit den Drogen entdeckt. Obwohl – vielleicht wäre das gar nicht so schlecht gewesen, denn dann wäre es mir erspart geblieben, weiterhin darüber zu grübeln, ob ich etwas sagen soll oder nicht. Ganz zu schweigen von den vielen Lügen, die ich derzeit meinen Eltern auftische. Ob das gut geht?

Gedankenverloren starre ich auf den Klapperkasten. Ein Wort. Ein einzelnes. *Funkensommer*, steht da. Welche Bedeutung es wohl haben könnte? Ich denke an Gnist und Sommar und an die Küsse, die sie sich heimlich hinter dem Strohrundballen geben. Und an das gelbe Kornfeld mit dem himmelblauen Horizont und den Abertausenden Schäfchenwolken. Vielleicht, überlege ich, heißt Funkensommer ja so etwas wie: Es sprühen die Funken im Sommer vor … ja, vor was eigentlich?

Vor Wut? Vor Angst? Vor Liebe? Oder was?

Wahrscheinlich heißt Funkensommer eben alles! Darin steckt bestimmt die ganze Palette von Dingen, die das Leben so zu bieten hat. Und wenn ich darüber nachdenke, dann ist dieser Sommer ja auch so etwas wie ein Funkensommer für mich. Mein ganz persönlicher Funkensommer …

So ein mistiges Timing! Gerade als ich mir das Fahrrad aus der Garage schnappen will, kommt mein Bruder nach Hause. Dabei wollte ich eben zu Finn an den See radeln. Aber Raphaels finstere Miene, als er aus dem Auto steigt, kann ich nicht ignorieren. Darf ich nicht ignorieren. »Wir müssen reden«, sage ich deshalb.

Raphael schweigt. Er sieht mich nicht einmal an, als er an mir vorübergeht.

»Wir müssen reden, habe ich gesagt!« Dieses Mal schon etwas lauter. Nun weiß ich ja, wie ich mich gegen ihn zur Wehr setzen kann. Denn nicht nur ich hatte ein Geheimnis, das bis vor Kurzem keiner kannte. Sondern auch mein Bruder. Und deshalb muss das jetzt sein.

Raphael aber geht weiter.

»Mama und Papa haben mir den ganzen Tag in den Ohren gelegen. Sie machen sich Sorgen. Weil sie mitbekommen haben, dass du letzte Nacht nicht zu Hause warst.«

Raphael greift nach der Klinke der Garagentür.

»So geht das nicht! Hörst du?!«, rufe ich.

Er lacht leise. »Das sagst ausgerechnet du? Wer hat denn was mit dem Sohn meines Chefs? Hä?«

Ich sehe meinen Bruder an, der sich immer noch nicht zu mir umgedreht hat. »Es ist nicht so, wie du denkst«, versuche ich zu erklären, während ich Löcher in seinen Rücken starre. »Ich habe anfangs nicht gewusst, wer Finn ist. Es ist einfach so passiert ...«

Raphael knurrt. »Erspar mir die Details.«

»Das hat nichts mit dir zu tun«, unterbreche ich ihn. »Oder mit deiner Arbeit. Finn sagt auch, dass ...«

Nun kommt Bewegung in Raphaels Rücken. »Wage es ja nicht, mit Finn über mich zu sprechen, hörst du? Das ist meine Arbeit! Meine! Die geht dich nichts an! Aber du musstest dich ja darin breitmachen und wieder mal alles an dich reißen.«

»Ich reiße doch gar nichts an mich«, rufe ich. »Ich hab dir doch schon gesagt, dass das nichts mit dir zu tun hat. Das war nicht geplant. Warum kannst du das nicht akzeptieren?«

Raphael schnaubt verächtlich. »Weil du nicht akzeptieren kannst, dass deine Turtelei mit Delorns Sohn sehr wohl etwas mit mir zu tun hat!«

»Ich habe doch erst viel später begriffen, dass Finn der Sohn von deinem Chef ist. Was hätte ich denn machen sollen? Ihm aus dem Weg gehen? So wie du es mit Jelly gemacht hast?«

Jäh dreht sich Raphael zu mir um. Mit kalten Augen sieht er mich an. Aber dieses Mal sind seine Augen nicht von den Drogen so eisig.

»Ja, ich weiß Bescheid«, zische ich.

»Na und?«, knurrt er knapp.

»Ich weiß aber nicht nur das. Ich weiß alles, Raphael!« Meine Stimme wird leise. Und brüchig. Aber da muss ich jetzt durch. Jetzt gibt es kein Zurück mehr. »Ich weiß das mit diesem Zeugs!«

Argwöhnisch kneift er die Augen zusammen. »Was meinst du?«

Ich lehne das Fahrrad zur Seite und gehe einen Schritt auf ihn zu. »Du weißt genau, was ich meine! Ich rede von den Drogen, die du schluckst. Dieses *Treyes*.«

Raphael, ohnehin schon blass, wird plötzlich kreidebleich.

Das lässt mich mutig werden. »Du darfst das Zeug nicht mehr schlucken«, versuche ich, auf ihn einzureden. »Ich habe im Internet nachgeschaut. Das ist total gefährlich!«

Raphael starrt einige Sekunden lang auf den Garagenboden. Dann zuckt er mit den Schultern und murmelt: »Na und.«

»Na und?«, wiederhole ich verblüfft. »Willst du dich umbringen, oder was?«

Mein Bruder verzieht den Mund zu einem dünnen Strich. »Das Zeug ist harmlos. Alle nehmen das …«

»Es ist völlig egal, was andere machen! Es geht um dich. Und es geht darum, dass du, wenn du so weitermachst, nie wieder völlig gesund wirst!«

Er lacht bitter. »Das werde ich sowieso nie mehr. Ich bin ein Krüppel …«

»Jetzt halt aber mal den Rand!«, platzt es aus mir heraus. »Das bist du überhaupt nicht. Und das weißt du ganz genau!« Als mein Bruder den Kopf schüttelt, hänge ich dran: »Ja, gut. Zugegeben, seit deinem Anfall hat sich dein Leben verändert. Aber weißt du was, nicht nur deines! Und auch wenn es sich verändert hat, heißt das noch lange nicht, dass man es mit Alkohol und Drogen zerstören darf! Aber sieh dich nur mal an! Du bist auf dem besten Wege dorthin!«

Raphaels Gesicht beginnt Farbe zu bekommen. Zornesröte macht sich auf seinen Wagen breit.

»Na, dann sieh doch dich mal an!«, schnauzt er zurück. »Wer lässt sich denn wie ein Stallknecht von Mama und Papa herumscheuchen, obwohl er das anscheinend gar nicht will?«

»Das mache ich doch nur, weil du nicht mehr mithelfen kannst!«

Raphael schnaubt. »Weißt du überhaupt, wie sehr ich dich dafür hasse? Du willst den Hof überhaupt nicht. Aber ausgerechnet ich kriege diesen Scheiß-Epi-Anfall!« Er streicht sich fahrig durchs Haar und funkelt mich an. »Ich habe mich so oft gefragt, warum das ausgerechnet mir passieren musste. Und dann auch noch diese Scheißallergie!!! Während sich Papa und Mama mit dir herumärgern, weil du zu dämlich bist, die Hofarbeit zu erledigen, muss ich dabei zuschauen, obwohl ich eigentlich viel lieber selbst auf dem Traktor sitzen würde. Das ist so SCHEISSE!!!« Die letzten Worte kotzt er richtig aus.

Mit großen Augen starre ich meinen Bruder an. »Willst du mir sagen, dass es dir lieber gewesen wäre, wenn ich den Anfall gekriegt hätte? Und nicht du?«

Raphael schüttelt den Kopf. »Darum geht es nicht. Ich würde einfach gerne die Hofarbeit machen und später den Hof übernehmen, kann aber nicht. Du aber kannst – und willst aber nicht!« Er macht eine Pause. »Und nun mischst du dich auch noch in meine Arbeit ein, indem du was mit Delorns Sohn anfängst! Verstehst du jetzt, wie beschissen das für mich ist?! Du nimmst mir alles weg! Den Hof! Die Arbeit!«

In mir wird es still. »Und was soll ich jetzt deiner Meinung nach tun?«

Mein Bruder sieht mich herausfordernd an. »Vergiss Finn«, antwortet er prompt.

»Was?«

»Triff dich nicht mehr mit ihm. Und ich …« Er überlegt.

»Hast du Mama und Papa von ... du weißt schon ... den Tabletten erzählt?«

»Du meinst, von den Drogen!«

Raphael rollt mit den Augen.

»Nein, habe ich nicht«, sage ich schließlich.

»Und die Sache mit dir und Finn?«

Ich schüttle den Kopf.

»Gut«, antwortet er. »Dann machen wir einen Deal. Ich verspreche dir, dass ich mit dem Zeug aufhöre. Und dass ich Mama und Papa nichts von deinem Lover erzählen werde. Du hältst ebenfalls die Klappe. Dafür muss das mit Finn ...«

Er sieht mich eindringlich an.

Mein Körper fängt zu zittern an. Heiße Tränen sammeln sich in meiner Kehle und drängen an die Oberfläche. »Du willst ...? Du willst ...?«, stottere ich herum. »Du willst, dass ich mit Finn Schluss mache?«

Raphael verdreht schon wieder die Augen. »Nun hör aber auf! Finn ist ohnehin nicht mehr lange hier. Ihr hättet euch nur noch ein paar Mal sehen können, bevor er ...«

»Wie? Was meinst du?«

Raphael sieht mich prüfend an. »Sag bloß, er hat dir nichts davon erzählt.«

»Was erzählt?«, frage ich.

Mein Bruder fängt zu grinsen an. »Ha! Das nenne ich ja mal clever. Der Mistkerl hat dir nichts erzählt, damit er sich mit dir noch einen schönen Sommer machen kann. Nicht schlecht!«

»Was erzählt?«, dränge ich. »WAS?«

Raphael gibt sich einen Ruck. »Na, dass Finn im nächsten Halbjahr auf eine andere Schule gehen wird. In Großbritannien. Damit er sein Englisch aufbessern kann. Er soll nämlich eine ziemliche Niete darin sein …« Er grinst spöttisch.

Stille. Plötzlich. In meinem Körper. Kein Beben. Und kein Zittern mehr. »Er geht weg?«, flüstere ich.

Raphael grinst noch immer. »Schon bald.«

Eine einzelne Träne beginnt über mein Gesicht zu kullern. »Er hat mir gar nichts davon erzählt.«

Raphael wird ebenfalls still. »Tut mir leid.« Und der Hass in seinen Augen ist mit einem Mal verschwunden. »Es ist aber eh am besten so …«

Weiter kommt er nicht, denn in diesem Moment geht die Garagentür auf und Mama platzt ins Geschehen. »Raphael, da bist du ja endlich!«, ruft sie und stürmt auf meinen Bruder zu. »Alles in Ordnung?«

Rasch wische ich mir die Träne aus dem Gesicht.

Raphael sieht mich stechend an. »Und? Ist alles in Ordnung?«, will er wissen.

»Ja«, flüstere ich, während mein Herz zu Eis gefriert.

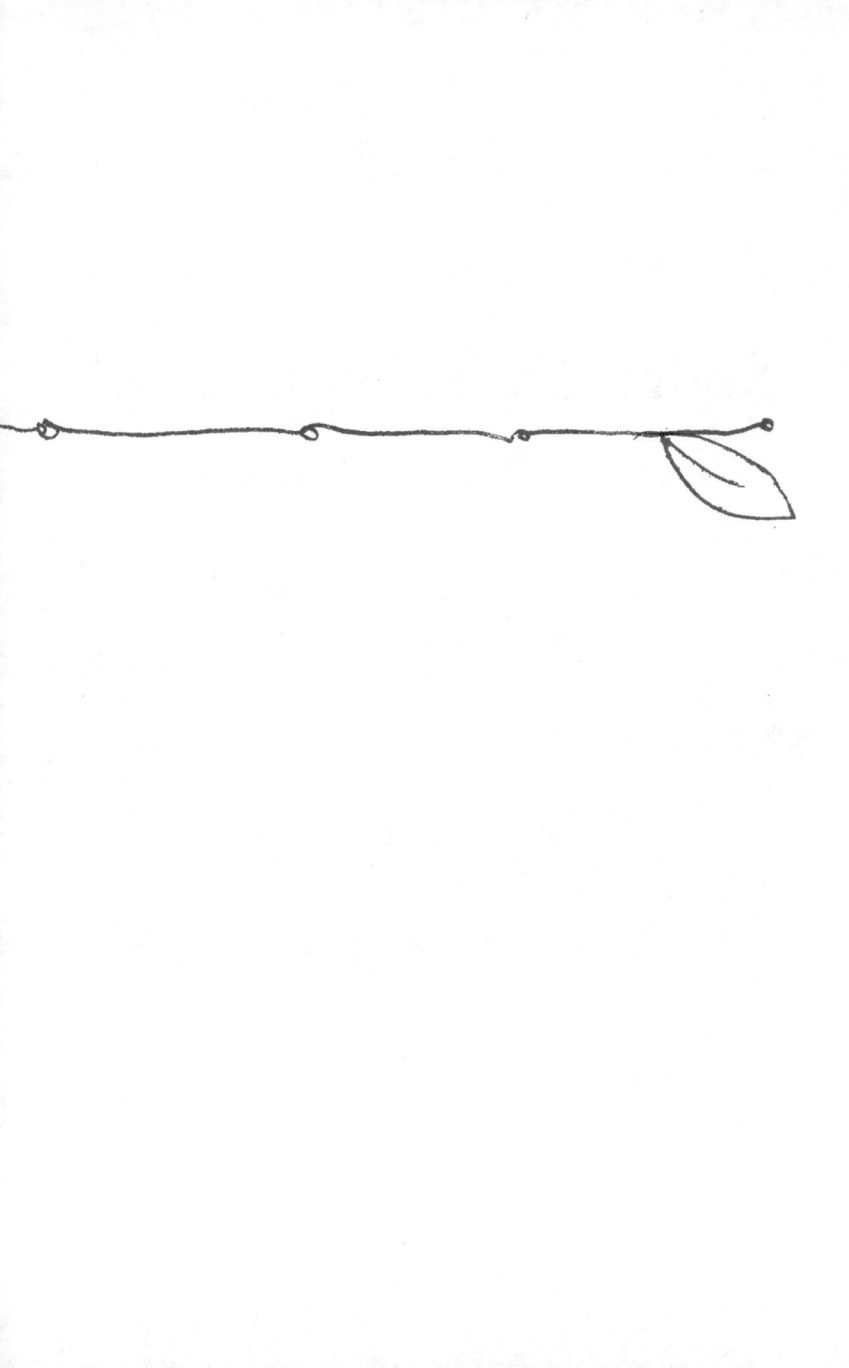

REGENTROPFEN ÜBERALL

Manchmal, so kommt es mir vor, spürt der Himmel meine Gefühle.

Wut. Zorn. Angst.

Liebe. Sehnsucht. Vertrauen.

Und so, wie ich mich fühle, gestaltet er sich dann. Er spannt sich über mir auf wie ein Schirm und reflektiert wie ein Spiegel, was hier unten geschieht.

Deshalb überrascht es mich kein bisschen, als es wenig später zu regnen anfängt. Zu regnen. Und zu regnen. Und ich weiß gar nicht mehr, wie lange es schon regnet. Sind es vier Tage? Oder fünf? Oder gar schon eine ganze Woche?

Ich weiß nur, dass meine Tränen, im Gegensatz zum Regen, irgendwann versiegt sind. Nicht, weil der Schmerz und die Wut in der Zwischenzeit nachgelassen hätten. Nein, das nicht. Es ist eher, weil mein Körper irgendwann seine letzte Träne vergossen hat. Weil er irgendwann keine weitere Träne mehr produzieren konnte. Weil er irgendwann einfach leer war. Jedenfalls fühlt es sich genau so an. Leer. In mir.

Der Himmel aber weint für mich weiter. Er lässt die

Tage verrinnen wie die Regentropfen, die auf den Fensterscheiben zerplatzen und auf dem fliegenverschissenen Glas
Richtung Erde laufen.

Tap, tap, tap, machen sie auf den Fensterscheiben meines
Zimmers.

Mein Handy habe ich ausgeschaltet. Die Anrufe von Jelly
sind nervtötend. Die von Finn wie ein Schlag in die Magen-
grube.

Warum? Diese Frage geistert seitdem in meinem Kopf
herum und legt alles um mich herum lahm. Warum hat er
mich so belogen? Warum hat er mir nicht gesagt, dass er
weggehen wird? Warum hat er dieses Spiel mit mir gespielt?
Warum! Diese Frage. Immer und immer wieder. Während
ich im Zierpolsterberg versinke, umhüllt von den Himmel-
bettvorhängen, die im kühlen Augustwind flattern.

Irgendwie weiß ich nicht mehr, wer ich bin. Noch vor
einigen Tagen hätte ich der Spiegelbild-Hannah sagen
können: »Ich bin's, Hannah, sechzehn Jahre alt. Mit einer
mondänen Frisur. Und mit einem tollen Freund, der unglaublich süß ist. Und vor allem mich auch süß findet. Mit
oder ohne Schweinehand. Einfach, weil wir uns immer alles
sagen können!«

Nun aber stehe ich vor dem Spiegel und eine gänzlich andere Hannah blickt mir entgegen. Starre Augen hat sie. Und
ein lebloses Gesicht. Diese Hannah macht mir Angst. So
will ich nicht sein. »Reiß dich zusammen«, schreie ich sie an.

Die Spiegelbild-Hannah schreit stumm zurück.

»Leck mich!«, fauche ich und drehe mich um, weil ich

weiß, dass ich diesen Kampf nicht gewinnen kann. Ich muss hier raus. Schon zu lange hocke ich in meinem Zimmer herum. Hab mich verschanzt. Vor allem vor meinen Eltern. Und natürlich vor Raphael. Meinem Bruder. Dem es auf einmal richtig gut zu gehen scheint. Je schlechter es mir geht, desto besser geht es ihm.

»Schon eine ganze Woche ohne«, hat er mir gestern nach dem Mittagessen zugeraunt. Glücklich scheint er gewesen zu sein.

Ich nicht.

Denn: Schon eine ganze Woche ohne *Treyes* – bedeutet für mich: Schon eine ganze Woche ohne … Finn. Diesen Mistkerl!

Ja, ein Mistkerl ist er. Und trotzdem sehnt sich mein ganzer Körper nach ihm. Mein Herz zerspringt, wenn ich an ihn denke. Oh, wie ich das hasse. Wie ich ihn dafür hasse, dass er mich so leiden lässt. Wenn ich gewusst hätte, dass er nach England geht, dann …?

Tja, dann hätte ich mich trotzdem in ihn verliebt. Aber ich hätte gewusst, woran ich bin, und ihn niemals so nah an mich herangelassen.

Aber nun sitze ich hier. Mit gebrochenem Herzen. Ohne Finn. Ohne Jelly. Dafür mit der Bürde auf den Schultern, mein Leben zur Seite stellen zu müssen, damit das Leben meines Bruders wieder in die richtigen Gänge kommt.

Aber vielleicht trifft sich das ja ganz gut. So hat Raphael nicht wieder das Gefühl, ich würde ihm etwas wegnehmen. Und ich muss mich nicht mit Finns Lügen herumschlagen.

So hat dieser Deal wenigstens für beide Seiten etwas parat. Oder?

Noch mal ein kurzer Blick in den Spiegel. Ja, eindeutig. *Ich muss raus. Weg hier.*

Meine Hose ist nass. Meine Schuhe sind's auch. Der Regen tropft mir ins Genick. Egal. Was soll's!

Ich bin froh, dass es regnet. Sonst wäre ich bestimmt vom Jungfrauenfelsen gesprungen. Hinein in das tiefe schwarze Loch. Aber so ist es besser. Wenn man nicht gut drauf ist, sollte man lieber nicht von diesem Felsen springen.

Der See ist außerdem heute in ein trübes Licht getaucht. Nebelschwaden tanzen über die Wasseroberfläche, während es darunter geheimnisvoll brodelt. Unter der Birke bin ich wenigstens ein bisschen vor dem Regen geschützt. Müde lehne ich mich an ihren Stamm und spüre augenblicklich die Nässe, die meinen Pulli durchtränkt.

Was für ein Sommer! Zuerst Hitze. Jetzt Dauerregen. Ein Funkensommer. Verloschen.

Von der Ferne her ist Donnergrollen zu vernehmen. Das Geräusch rollt langsam über das Wasser. Hin zum Ufer. Auf mich zu. Bis unter die Birke. Da, wo ich auch an jenem Abend mit Finn gesessen habe, als es ebenfalls gedonnert hat. Als ich daran denke, donnert es auch in mir.

»Reiß dich zusammen«, schimpfe ich mit mir und verbiete mir, daran zu denken. Bevor sich meine Augen wieder mit Tränen füllen können, atme ich tief ein. Meine Lungen tanken frische Luft. Ich schließe die Augen und kann jetzt die besondere Magie dieses Platzes spüren. Ich lasse sie fließen. Atme ein. Und atme aus. Und weiß dann schlagartig, was ich zu tun habe, um wieder die richtige, echte Hannah zu werden. Zumindest ein bisschen. Zumindest kann ich es versuchen.

»Los«, rufe ich und lasse Lanzelot laufen, auch wenn es immer noch in Strömen regnet. Aber das ist mir egal. Wir preschen über den aufgeweichten Waldboden.

Da-damm, Da-damm, Da-damm ... Lanzelot kennt den Weg. Ich kann mich auf ihn verlassen. Immerhin ist das unsere Lieblingsreitstrecke. Und auch wenn es dieses Mal etwas länger dauert als sonst, stellt sich das Gefühl von Freiheit dann doch noch ein.

Im Wald ist es still. Der Regen tropft auf sein Blätterdach. Ab und zu knackst es im Unterholz. Ein Reh. Vielleicht ein Hase. Oder gar ein Fuchs quert wohl gerade unseren Weg. Sonst niemand. Bin ich froh darüber!

Lanzelot schnaubt zufrieden. Zu lange musste er in der letzten Zeit auf unsere Ausritte verzichten. Entweder hatte ich keine Zeit. Oder es war zu heiß. Oder ich war bei ...

STOPP, ruft mein Hirn. NICHT DARAN DENKEN! NICHT WEITERDENKEN! Deshalb treibe ich Lanzelot an, als wir an der alten Eiche vorbeireiten. Scharf klatscht der kalte Regen in mein Gesicht und nimmt mir für kurze Zeit die Erinnerung.

Jetzt nur noch weg. »Lauf«, brülle ich. »Lauf!«

Und Lanzelot, mein treuer Freund, legt los.

»*Kommt im August der erste Regen, beginnt sich die Hitze meist zu legen*«, meint Papa, als ich mit Lanzelot am Hof ankomme. »Es hat ordentlich abgekühlt. Du solltest ihn trocken reiben.«

»Ich weiß«, antworte ich und schwinge mich aus dem Sattel. Lanzelots Fell dampft stark.

»Bei so einem Wetter ausreiten. Also wirklich. Du kommst auf Ideen!« Er hält Lanzelot am Zügel fest, damit ich den Sattel abnehmen kann. »Du hättest dir den Hals brechen können. Der Waldboden ist rutschig derzeit.«

Ich zucke mit den Schultern. »Lanzelot weiß schon, wohin er steigen muss.«

»Ja?«, sagt Papa. »Weiß er das?«

Ich führe Lanzelot in die Box und beginne sein Fell mit Stroh abzurubbeln. Papa folgt mir, bleibt aber dann unschlüssig in der Tür stehen. »Und? Weißt du das auch?«, sagt er leise.

»Was?«, frage ich.

Papa holt Luft. »Weißt du auch, wohin du treten musst, damit du nicht ausrutschst?« Als ich nicht darauf antworte, hängt er dran: »Ich sehe doch, dass derzeit irgendetwas mit dir los ist!«

»Alles in Ordnung«, murmle ich schnell.

»Nicht dass du so wirst wie Jellena«, meint Papa.

Ich halte inne. »Was meinst du denn damit? Was ist mit ihr?«

Papa kratzt sich am Kopf. »Na, hör mal. Sie ist deine Freundin. Deshalb wirst du das sicher am besten wissen, was sie hat! Aber eigentlich kann das arme Ding ja nichts dafür … bei so einem Vater!«

Ich schaue Papa verblüfft an. »Was hat das denn mit Jellys Vater zu tun?! Der ist doch abgehauen, als sie noch klein war.«

»Freilich«, brummt Papa und räuspert sich. »Und jetzt geh hinein und zieh dich schleunigst um. Sonst wirst du auch noch krank!«

»Aber …«, wende ich ein.

»Nichts aber. Du bist klatschnass!«

»Und Lanzelot?«

Papa lächelt müde. »Lass nur. Den reibe ich für dich fertig trocken. Ich habe eh noch im Stall zu tun.«

»Danke«, sage ich überrascht und stiefele gehorsam Richtung Hoftür. Kurz aber werfe ich noch einen Blick zurück und wundere mich.

Der Ausritt hat mir gutgetan. Am Abend fühle ich mich schon ein bisschen besser. Flüchtig überlege ich, ob ich die Mailbox abhören soll. Papas Bemerkung über Jelly hat mich stutzig gemacht. Was wohl mit ihr los ist? Ob sie krank geworden ist?

Doch dann bin ich zu feige und lege das Handy wieder beiseite. Ich habe einfach keine Lust darauf, mich mit Jelly auseinanderzusetzen. Außerdem fürchte ich mich vor Finns Stimme auf der Mobilbox. Die brauche ich jetzt wirklich nicht.

Lieber höre ich noch ein bisschen Musik.

Der Regen hat endlich nachgelassen. Der Wind aber bläst immer noch und lässt meine Himmelbettvorhänge im Zimmer tanzen. Gedankenverloren sehe ich ihnen zu, als es an meiner Zimmertür klopft.

»Ja?«

Mein Bruder steckt den Kopf zur Tür herein. »Kann ich reinkommen?«

Ich nicke.

Raphael schließt die Tür hinter sich und sieht sich verlegen um. »Ähm, kann ich mich kurz setzen?«

Nur widerwillig rapple ich mich vom Zierpolsterberg hoch, um ihm etwas Platz zu machen. Zu viel ist passiert. Auch wenn wir uns in der Zwischenzeit darum bemühen, freundlich miteinander umzugehen. So wie früher wird es zwischen meinem Bruder und mir wohl nie wieder werden.

Überhaupt finde ich, dass er es sich zu einfach macht. Das ist mir vorhin während des Ausritts klar geworden. Der Deal, den er mir vorgeschlagen hat, ist bescheuert!

Auch wenn ich Finn ohnehin nie wiedersehen will, sollte Raphael mit den Drogen doch nicht meinetwegen aufhören. Sondern seinetwegen. Aber das scheint er nicht begriffen zu haben.

Als ob er meine Gedanken erraten hätte, sagt er plötzlich: »Vielleicht solltest du doch mit Finn reden.« Er sitzt auf der Bettkante. Seine Beine wippen nervös. Von der Seite her wirft er mir einen vorsichtigen Blick zu.

»Wie bitte?«, rufe ich.

»Du hast schon richtig gehört«, murrt er.

»Ich denke gar nicht daran, diesen Mistkerl noch einmal zu treffen!«

Raphael brummt. »Ich dachte, du magst ihn …«

»Was soll das denn jetzt?« Ich springe vom Bett hoch. »Du bist doch von Anfang an dagegen gewesen. Und jetzt willst du, dass ich mich wieder mit ihm treffe?«

Raphael verzieht den Mund. »Ich hab doch nicht gesagt, dass du dich wieder mit ihm treffen sollst. Das will ich ja auch gar nicht – du weißt, was wir abgemacht haben!« Er sieht mich dabei nicht an. »Aber du solltest ihm erklären, warum du nichts mehr mit ihm zu tun haben willst. Finn kann ganz schön aufdringlich sein …«

Jetzt dämmert es mir. »Ah, verstehe«, antworte ich giftig. »Finn hat dich in der Firma darauf angesprochen, stimmt's? Und jetzt willst du, dass ich offiziell mit ihm Schluss mache, damit du in der Arbeit deine Ruhe hast!«

Raphael nickt unmerklich.

»Kannst du vergessen«, zische ich daraufhin. »Ich will ihn nicht mehr sehen – und ich werde ihn auch nicht mehr sehen. So einfach ist das.«

Mein Bruder sieht mich flehend an. Und dann sagt er etwas, das er schon lange nicht mehr zu mir gesagt hat. »Bitte, Hannah!«

»Also gut«, gebe ich nach, weil ich meinen Bruder ein Stück weit verstehen kann. Immerhin wollte ich ja selber nie, dass Raphael in unsere Sache mit reingezogen wird, und sage deshalb: »Ich rede mit ihm!«

»Heute noch?« Raphael hält die Luft an.

»In Ordnung!«

»Danke, Hannah«, flüstert er und lächelt mir zu. Dann steht er auf und eilt erleichtert auf die Tür zu.

Als mein Bruder schon fast draußen ist, frage ich noch: »Weißt du eigentlich, was mit Jelly los ist? Papa hat gemeint, sie sei krank oder so …«

Sofort verfinstert sich Raphaels Miene wieder. »Lass mich bloß mit dieser Schlampe in Ruhe«, knurrt er. »Ist mir doch egal, wenn sie vor die Hunde geht! Damit habe ich ein für alle Mal abgeschlossen!« Und zum Beweis knallt er die Tür hinter sich zu.

Sie haben 25 Nachrichten auf der Mobilbox, flötet die Stimme im Handy. »Na super«, seufze ich. Dann hole ich Luft und höre mir die Nachrichten an.

Jelly. Finn. Jelly. Finn. Einmal Lena. Dann wieder Jelly. Und Finn. Jeder hat versucht, sich irgendwie aus dem Schlamassel rauszureden. Doch keinem ist es gelungen. Während Jellena irgendwann aufgegeben hat und nur noch in den Lautsprecher heult, scheint es Finn weiterhin zu versuchen. Prompt klingelt das Handy, als ich es in der Hand halte.

Finn is calling, steht auf dem Display. Noch mal hole ich Luft. »Ja?«

»Hannah«, stöhnt Finn. »Endlich! Ist alles in Ordnung bei dir? Warum meldest du dich denn nicht? Und warum hast du mich letzte Woche am See versetzt? Ich habe stundenlang gewartet. Was ist los?« Seine Stimme klingt wackelig.

Ich sehe genau, wie er die Stirn runzelt, auch wenn wir kilometerweit voneinander entfernt sind.

»Hör mal«, sage ich scharf. »Ruf mich nicht mehr an. Das zwischen uns ist vorbei!« Mist, jetzt fängt auch noch meine Stimme zu wackeln an.

»Was? Vorbei?« Finns Stimme überschlägt sich fast. »Warum denn? Sag endlich, was los ist!«

»Nichts ist los«, antworte ich und versuche, meinen Worten einen eisigen Unterton zu verpassen. »Es ist aus, weil das zwischen uns keinen Sinn macht. Und jetzt ruf mich nicht mehr an!«

»Verdammt noch mal, einen Teufel werde ich tun. Du kannst doch nicht einfach so mit mir Schluss machen. Was soll das?«

Ich lache bitter. »Nein? Kann ich nicht? Da täuschst du dich. Kann ich nämlich. Genauso gut, wie du nach England gehen kannst! Kapiert?«

Am anderen Ende der Leitung wird es still. »Du weißt davon?« Sekunden verstreichen, einer Ewigkeit gleich. Finns Stimme wird ruhig. Schwach. »Ah, jetzt verstehe ich, warum du sauer auf mich bist. Hannah, bitte. Lass uns darüber reden. Ich kann dir das erklären …«

»Nein«, unterbreche ich harsch. »Du hattest genügend Zeit, es mir zu erklären. Du hast es aber nicht getan. Und das ist das Problem. Du wusstest genau, dass ich mich ansonsten nicht auf dich einlassen würde. Du hast mich belogen! Du hast mich ausgenutzt! Sonst nichts!«

»Das glaubst du wirklich?« Finn wird wütend. »Du glaubst,

dass ich nur die Sommerferien über etwas mit dir anfangen wollte? Dann hätte ich doch was mit Lena angefangen oder so, das wäre um einiges einfacher gewesen.«

»Gut zu wissen«, fauche ich zurück. »Dann mach das doch. Noch hast du ja ein paar Tage, die du mit Goldlöckchen verbringen kannst. Ich wünsch dir viel Spaß dabei! Ciao!«

»So hab ich das doch nicht gemeint«, ruft Finn schnell. »Hannah, bitte ... leg nicht auf ...«

Aber das reicht! Dass er mir jetzt auch noch mit Goldlöckchen kommt, ist wirklich das Letzte!

»Du kannst mich mal!«, fauche ich. Schon steigen mir die Tränen in die Augen. So ein Arsch! Hastig drücke ich auf Rot, bevor ich unweigerlich plärren muss.

So. Jetzt.

Die Verbindung ist gekappt.

Ende des Gesprächs.

Ende mit Finn.

Ende und aus.

Langsam wird es dunkel im Zimmer. Meine Augen brennen wie Feuer, vom vielen Heulen. Ich wusste, dass es keine gute Idee war, mit Finn zu sprechen. Schon wieder bin ich nichts als ein Häufchen Elend.

Ich liege wie erschlagen im Bett und sehe mit tränenverhangenen Augen zu, wie sich die Vorhänge vor mir im Wind aufblähen. Sie wirbeln herum. Tanzen über den Dielenboden. Schweben auf und ab und rollen sich ein wie zu einer Gestalt. Fast scheinen die Gardinen lebendig zu werden, wie sie sich da vor mir in der Abendluft rekeln. Da taucht aus diesem Gebilde noch eine Gestalt auf. Eine kleinere. Und gleich daneben noch eine. Nun erkenne ich, dass es zwei Kinder sind. Gebannt sehen sie zu der ersten Gestalt hoch, die in einem Ohrensessel sitzt und strickt. Sie erzählt den Kindern etwas.

»Oma?«, flüstere ich verblüfft. Ich kann ihre Stricknadeln klappern hören. Die Kinder zu ihren Füßen halten sich ängstlich an den Händen. Ich weiß, wer da auf dem Boden vor Omas Lieblingssessel kauert. Denn die Geschichte kenne ich nur zu gut, die Oma da erzählt. Und das Mädchen neben mir kenne ich auch.

Ich will das Bild verjagen. Aus meinem Kopf streichen. Doch die bauschenden Vorhangfiguren wollen nicht verschwinden. Schließlich gebe ich nach. Zu müde bin ich, um gegen das Bild aus der Vergangenheit anzukämpfen. So lausche ich Omas Stimme, die daraufhin eindringlich durch die Nachtluft zu wispern beginnt.

»*... dann haben sie die Hexe vom Felsen gestoßen und sie musste jämmerlich ertrinken.*« *Omas Augen leuchten im hellen Schein des Feuers, das im Tischherd knistert.*

Meine neue Kindergartenfreundin neben mir rückt noch näher an mich heran und piepst mit ihrem hellen Stimmchen: »*Und dann? Was dann passiert ist? Bitte, Hannah-Oma. Weitererzählen ...*«

Oma sieht Jellena ganz eigenartig an. Und ich merke, wie mir die Gänsehaut über den Rücken kriecht. Wie gut, dass

Mama und Papa im Stall sind – wenn die wüssten, dass Oma uns die Gruselgeschichten vom See erzählt. Dabei hat Mama verboten, darüber zu reden ... vor allem, weil Jellena zum ersten Mal bei uns übernachtet, da soll sie sich nicht fürchten. Aber Mama ist ja grad nicht da ... und meiner neuen Freundin scheinen die Geschichten auch zu gefallen.

Also drängle ich ebenso: »Ja, Oma, erzähl weiter! Erzähl uns noch ein Märchen!«

Da lässt Oma langsam das Strickzeug in ihren Schoß sinken. »Nein«, sagt sie leise und schüttelt den Kopf. »Das ist kein Märchen. Das alles ist wirklich passiert. Darum erzähle ich euch auch davon. Damit ihr wisst, welche Kraft sich hinter diesem Ort versteckt. Welche Gefahr! Der Jungfrauenfelsen ist verflucht. Seit dem Tage, als man die Hexe dort in den See gestoßen hat. Seitdem findet der See keine Ruhe mehr. Immer, wenn der Nebel aufsteigt, kann man sie sehen. Die verlorenen Seelen, die auf dem See umherwandern. Sie alle haben ihr Leben am Felsen verloren. Mädchen waren sie. Gute Mädchen, so wie ihr!« Omas Blick wird starr. Das Feuer aus dem Herd spiegelt sich immer noch in ihren Augen. Ihre Stimme schnarrt, als sie weiterspricht: »Deshalb dürft ihr dort nicht hingehen. Geht nie zum Jungfrauenfelsen! Habt ihr gehört?«

Wir nicken klamm und halten uns noch fester an den Händen. »Versprochen, Hannah-Oma«, flüstert Jellena neben mir.

»Versprochen«, flüstere auch ich.

»Gute Mädchen«, seufzt sie erleichtert auf, und ihre Hände fangen wieder zu stricken an.

Da sagt Jellena: »Vielleicht mein Papa ist auch von Jungfrauenfelsen verschluckt worden. Vielleicht er ist ja gar nicht von selber fortgegangen. Vielleicht …«

Die Stricknadeln hören zu klappern auf. Im Schein des Feuers sieht Oma auf einmal wie ein Geist aus. »Nein«, raunt sie hastig. Ihre Stimme stockt. Läuft da etwa eine Träne an Omas Wange hinunter? »Dein Papa ist nun in deiner Heimat«, flüstert sie. »In Bosnien, kleine Jellena. Und wenn es ihm besser geht, dann kommt er vielleicht eines Tages zurück, um dich zu besuchen …«

»Ja?«

Oma schließt die Augen. Und presst die Lippen fest aufeinander. Wie ein Strich sieht ihr Mund aus. »Ja!«, quetscht sie hervor.

Da entspannt sich Jellenas Hand in meiner. »Hoffentlich das ist bald«, seufzt sie. »Denn ich meinen Papa sehr vermissen …«

BAUERNSCHLAU

»Hannah, pass auf! Die Ferkel laufen geradewegs auf dich zu!« Papa steht auf der anderen Seite des Ganges und treibt die Schweine voran. Ein rosarotes, wild grunzendes Rudel mit fliegenden Ohren kommt auf mich zugetrippelt. *Grrr-Grrr*, machen sie. *Grrr-Grrr*.

Schnell öffne ich die Boxentür, damit die Schweinebande in den neuen Stall hineinlaufen kann. Denn nun sind die Ferkel groß genug, um von der Mutter getrennt zu werden. So funktioniert das nämlich mit Schweineschnitzeln. Zuerst macht man alles, dass die Ferkel bei der Geburt überleben.

Dann, wenn sie alt genug sind, werden sie so lange gefüttert, bis sie genügend Schnitzelfleisch auf den Rippen haben.

Tja, und dann …

Als die erste Box voll ist, schließe ich schnell die Tür und mache die zweite Box auf.

Grrr-Grrr, machen sie. Schon ist die zweite Box voll. Dann die dritte und so weiter. Bis der ganze Stall voller Ferkel ist. Was für ein Gegrunze! Eines grunzt besonders laut. Ein ziemlich dickes … Oh – ist das nicht Brummer?

Unser Ferkel? Das Finn und ich gemeinsam gerettet haben? Augenblicklich spüre ich, wie sich meine Augen schon wieder mit Tränen füllen. »Du dämliche Heulsuse!«, schelte ich mich innerlich und kneife die Augen fest zusammen, um mich abzureagieren.

Da kommt Papa auf mich zugestiefelt und fragt: »Was ist los? Warum schaust du denn so drein?«

»Ist das etwa … Brummer?« Meine Hand deutet auf das fröhlich grunzende Ferkel inmitten der rosaroten Menge.

»Du meinst den fetten Kerl dort drüben?«

Ich verdrehe die Augen. »Ja-a-a«, gebe ich schließlich zu.

Papa fängt zu lachen an. »Ja, stimmt doch! Das ist wirklich dein Brummer. Den hast du mit der Hand geholt, als wir auf dem Sonnenwendfest waren, stimmt's?«

Ich nicke klamm.

»Ah«, macht Papa. »Verstehe! Deshalb machst du so ein Gesicht! Aber … so läuft das halt auf einem Bauernhof: *Der Bauer macht aus Ferkeln Säue, so was nennt man Bauernschläue!*« Er grinst stolz. »Den Spruch habe ich aus dem …«

»Ja, schon klar«, sage ich genervt.

»Wir verdienen unser Geld damit, Hannah«, versucht Papa daraufhin ernsthafter zu erklären. Kurz scheint es, als ob mein Vater ebenfalls ein Problem damit hat, diese süße Schweinebande als gewinnbringende Fleischbrocken anzusehen. Doch schon verrinnt der Moment, und er strafft die Schultern, rückt sich die Stallkappe zurecht und ruft: »Na, komm! Los jetzt! Die Muttersäue warten auch noch auf uns. Sie müssen in den Freilaufstall gebracht werden. In den nächsten Tagen ferkeln schon wieder die nächsten Säue. Dafür brauchen wir Platz!«

»Ja, gut«, murmle ich, weil ich ja doch nichts dagegen unternehmen kann, und trotte meinem Vater nach.

In der Zwischenzeit hat Mama die Gatter aufgestellt, damit die Säue nicht abhauen können, während sie von uns über den Hof gescheucht werden. Als alle Zäune befestigt sind, lässt Mama eine Muttersau nach der anderen aus der Abferkelbox raus, damit Papa und ich sie in Richtung Freilaufstall treiben können.

Das ist wieder ein ziemliches Gegrunze, aber dieses Mal eine Tonlage tiefer. *Grrroo-Grrroo*, machen Mutterschweine nämlich. *Grrroo-Grrroo*. Dabei lassen sie sich Zeit, um ein bisschen am Gras zu knabbern. An den Steinen zu lutschen. Oder einfach in der Erde herumzuwühlen. Das dauert. Denn Schweine machen so was ziemlich gerne.

Als endlich die letzten Säue in ihre Ställe spaziert sind, verschließen wir eilig die Boxen. Wir räumen die Gatter weg, bis in ein paar Wochen das Ganze wieder von vorne losgeht und die nächsten Ferkel von der Mutter getrennt werden, um als Schnitzellieferanten heranzureifen. Das ist schon ganz schön brutal irgendwie, finde ich. Aber wie hat Papa dazu gemeint: »So ist das nun mal auf einem Bauernhof ...«

Außerdem schmeckt Schnitzel lecker! So ehrlich muss man sein!

Es ist schon fast Mittag, als wir endlich mit Schweinetreiben fertig sind. Mein Magen knurrt. Hoffentlich kocht Mama heute mal etwas Gescheites zum Essen. Ich kann in der Zwischenzeit kein Vollkorn mehr sehen. Darum frage ich: »Was gibt's zu futtern?«

Mama zuckt mit den Schultern. »Ich weiß noch nicht so genau. Vielleicht Kohlrabiauflauf? Bevor das Gemüse im Garten bei diesem Regen verfault, sollte es ohnehin geerntet werden.« Sie denkt nach. Dann seufzt sie sehnsüchtig: »Oder vielleicht doch wieder einmal Kohlrabi-Cordon bleu? Ausnahmsweise?«

Papa und ich bekommen leuchtende Augen. Kohlrabi-Cordon bleu ist nämlich viel leckerer als fader Kohlrabiauflauf. Auch wenn das Cordon bleu vor Fett trieft und sich darin dicker Käse und Schinken verstecken.

»Hört sich gut an«, lacht Papa und nickt. »Ich bin eindeutig fürs Cordon bleu! Und du?« Er sieht mich an.

»Ich auch«, stöhne ich hungrig.

Mama lacht. »Und ich erst!« Sie schlüpft in ihre Pantoffeln. »Dann sollten wir ein paar schöne Kohlrabikugeln aus dem Garten holen. Hannah, kannst du mir vielleicht dabei helfen?«

Überrascht sehe ich meine Mutter an, weil es eigentlich keine schwierige Sache ist, Kohlrabi aus der Erde zu ziehen. Aber ich will nicht widersprechen, weil ich derzeit schon genug Ärger am Hals habe. Also gehe ich mit. Und halte die Klappe.

Im Gemüsegarten kriechen unzählige Schnecken zwischen den Pflänzchen umher. Als ich zum Kohlrabibeet rüberbalanciere, muss ich aufpassen, dass ich nicht auf welche trete. Das gäbe ansonsten grässlichen Schneckenschleim. Igitt!

Kaum habe ich das Kohlgemüse aus der Erde gezogen, wird mir klar, warum Mama wollte, dass ich mit in den Garten komme. Denn sie sagt: »Heute hat Karolina angerufen!«

Ich schüttle die Erde von den Kohlrabikugeln runter. Sie ist feucht vom vielen Regen.

»Sie macht sich große Sorgen!«

Ich knicke die Blätter ab und werfe sie auf den Komposthaufen.

»Jellena geht es nicht gut!«

Ich lege die Kohlrabikugeln in die große Schüssel, die Mama mitgebracht hat.

»Deshalb hat Karolina gefragt, ob du nicht mal bei Jellena vorbeischauen könntest. Anscheinend warst du schon lange nicht mehr bei ihr?«

Ich bleibe stehen.

Mama sieht mich an. »Warum habt ihr euch überhaupt gestritten?«

Ich senke den Kopf.

»Du solltest …«

»Nichts sollte ich«, unterbreche ich Mama finster. »Was gehen mich Jellys Probleme an!«

»Aber sie ist doch deine beste Freundin, Hannah. Es scheint ihr wirklich nicht gut zu gehen. Sie geht nicht mal mehr runter ins Geschäft. Rede doch mal mit ihr! Vielleicht sagt sie dir ja, was mit ihr los ist?«

»Nein!«

Mamas Blick wird streng. »Aber Hannah – jetzt sei doch nicht so. Was ist nur in letzter Zeit los mit dir? Du hängst nur noch in deinem Zimmer herum. Und da kannst du nicht mal zu deiner besten Freundin fahren, wenn man dich darum bittet? Ihr zwei werdet das Problem doch lösen können, das ihr anscheinend miteinander habt, oder?«

»Nein«, murre ich ein weiteres Mal.

Mama zieht scharf die Luft ein. »Ach herrje – was bist du nur starrköpfig! Zum Glück ist Raphael nicht so. Nimm dir mal ein Beispiel an deinem Bruder. Er hat es weiß Gott nicht leicht, aber er macht das Beste daraus! Wenn man ihm Hilfe anbietet, dann nimmt er sie auch an! Der zickt nicht so rum wie du!«

Ungläubig starre ich Mama an. »Das glaubst du aber nicht im Ernst! Du kriegst ja wirklich gar nichts mit! Was weißt du schon?!«, bricht es aus mir heraus.

Mama presst ihre Lippen zu einem dünnen Strich zusammen. »Rede nicht in diesem Ton mit mir, Hannah. Hast du verstanden?«

»Pft«, mache ich unbeeindruckt. Mamas Kommentar schießt nämlich echt den Vogel ab! Außerdem, was habe ich schon zu verlieren? Nichts! Das mit Finn hat sich ohnehin erledigt. In wenigen Tagen wird er in England sein. Und dann?

Eben! Bei mir ist danach alles wieder beim Alten. Deshalb

drücke ich meiner Mutter die Schüssel mit den Kohlrabikugeln in die Hand und sage: »Da hast du! Mir ist der Hunger vergangen!«

»Was soll denn das bedeuten?!«, will sie schnippisch wissen. Sie holt Luft, um loszuschmettern. Doch plötzlich kommt nichts mehr aus ihr heraus. Ihr Mund bleibt zu. Und ihr vorhin noch so strenges Gesicht wird auf einmal glatt. Aalglatt.

Verwundert drehe ich mich um, um zu erfahren, was diese plötzliche Veränderung bei meiner Mutter ausgelöst hat. Da sehe ich …

Das darf doch nicht wahr sein! Schon beginnt die Gartenerde unter meinen Füßen locker zu werden. Wegzurutschen. Wegzubröckeln. Heftig fange ich zu zittern an, während meine Knie zu Pudding werden und mein Magen rebelliert …

»Grüß dich, Finn«, zirpt Mama da auch schon und wuselt auf den schlaksigen Jungen zu, der soeben die Hofeinfahrt heraufgeradelt ist. Sein blonder Haarschopf schaut unter einer Baseballkappe hervor. »Wie geht es dir? Ist alles in Ordnung in der Arbeit? Suchst du Raphael? Er ist nicht da. Er kommt erst zur Mittagspause nach Hause …«, plappert sie schrill. Hastig wischt sie sich die Hände an ihrer Jacke sauber und streckt sie über den Gartenzaun zum Gruß. »Oder ist es, weil er sich für heute Nachmittag freinehmen will? Weißt du, er muss zu einem Termin. Aber ich dachte, das ist längst mit deinem Vater abgesprochen?!«

Finn nickt verlegen. »Alles in Ordnung, Frau Seibner«, versichert er und schüttelt zum Beweis ihre Hand.

Da seufzt Mama erleichtert auf. Sehr erleichtert! Von wegen: Bei meinem Bruder ist alles in bester Ordnung! Das kann sie von mir aus jemand anderem weismachen – aber mir nicht. Der Seufzer hat sie soeben so was von verraten.

Heimlich versuche ich mich aus dem Staub zu machen. Ich will durch das Gartentor verschwinden, doch Finn hat mich längst ins Visier genommen.

»Hannah, hast du kurz Zeit?«, fragt er laut. Seine Stimme klingt rau. Und – wie ich überrascht feststelle – kampfbereit. Finn wird nicht so schnell aufgeben, merke ich. Und das finde ich dann doch wieder irgendwie süß – auch wenn er ein Mistkerl ist!

Also drehe ich mich langsam um. Mamas fragende Augen treffen mich. Ihr Blick schießt rüber zu Finn. Dann zurück zu mir. Als sie auf meinen Wangen kübelweise Tomatensuppenfarbe entdeckt, kriegen ihre Augen einen eigenartigen Glanz.

Sie schnappt sich die Kohlrabischüssel und ruft: »Huch, so spät ist es schon?! Ich muss schleunigst das Mittagessen kochen!« Ihr Lachen wirkt aufgesetzt. Hastig verabschiedet sie sich von Finn und zieht mit der Kohlrabischüssel an mir vorüber. Als wir auf gleicher Augenhöhe sind, zischt sie mir zu: »Jetzt ist ja wohl klar, was los ist!«, und dampft ab.

»Du hast mir keine andere Wahl gelassen«, sagt Finn wütend, als wir uns ein paar Schritte vom Hof entfernt haben. Dabei sieht er mich herausfordernd an. »Ich will dir das endlich erklären!« Er blinzelt. »Bitte!«

Ich schaue auf meine Gummistiefel herunter. An ihnen klebt ein bisschen Schweinescheiße. Und stinken tun sie auch danach. Vor ein paar Wochen wäre mir das noch total peinlich gewesen, wenn mich Finn so gesehen hätte … in Stallklamotten und Schweinemist. Aber jetzt ist mir das egal.

»Ich hab dir doch schon gesagt, dass es da nichts mehr zu reden gibt!«, sage ich.

Finn schnaubt. »Von wegen!« Er wirft das Rad achtlos in den Straßengraben. »Ich will, dass du weißt, dass ich nicht nach England gehen werde! Ich pfeif auf die Schule. Und vor allem pfeif ich auf meinen Alten! Dann muss ich die Siebente eben wiederholen. Egal! Ich bleibe hier! Verstanden?«

Irritiert sehe ich ihn an. »Wieso wiederholen?«, frage ich.

Er seufzt. Lang und tief. Mit hängenden Schultern kickt er einen Kieselstein davon. »Weil ich eine Niete in Englisch bin. Darum. Und … weil das der Deal war«, murmelt er.

»Welcher Deal?«

Finn räuspert sich. »Den mein Alter mit dem Englischlehrer abgesprochen hat. Das … darf aber eigentlich niemand wissen, weil …«

Ich sehe ihn ruhig an.

Daraufhin gibt sich Finn einen Ruck und murrt: »Ich sollte eigentlich die Klasse wiederholen – wegen Englisch. Doch mein Vater hat mit der Schule ausgemacht, dass ich in die Achte aufsteigen darf, wenn ich an einem Auslandssemester teilnehme. Ohne Nachprüfung und so. Mein Alter …«, wieder zögert er, »… ist fest davon überzeugt, dass es mir beruflich mal zum Verhängnis werden kann, wenn ich die Klasse kurz vor der Matura wiederhole. Deshalb der Deal.« Er holt Luft. »Das wollte ich dir eigentlich schon die ganze Zeit über sagen. Aber …«

»Ja?«

Finn legt die Stirn in Falten. »Ich war einfach zu feige«, gibt er zu. »Ich hatte Angst, dass du nichts von mir wissen willst, wenn du weißt, dass ich für drei Monate weggehe … Es tut mir leid …«

»Dabei hättest du Goldlöckchen doch um einiges einfacher haben können«, antworte ich spöttisch.

Finns Augen blitzen zornig auf. »Das ist unfair, Hannah! Du weißt, dass ich von Lena nichts will. Ich wollte immer nur dich …« Er angelt nach meiner Hand.

Widerwillig gebe ich nach und lasse meine Hand in seine sinken. Schlagartig beginnt mich seine Wärme zu durchströmen. Meinen Körper. Meine Seele. Mein Herz. Wie wild fange ich daraufhin zu schluchzen an.

Sofort schlingt er seine Arme um mich.

»Nicht weinen!«, stammelt er. Er zieht mich eng an sich heran. »Es tut mir so leid. Ich wollte dir nicht wehtun. Und ich wollte dich nicht anlügen. Das musst du mir glauben! Kannst du mir verzeihen?«

Ich vergrabe mein Gesicht in seiner Halsbeuge.

Finn streicht mir beruhigend übers Haar. »Ich werde hierbleiben. Versprochen!«, raunt er. »Egal, was mein Alter dazu sagt. Der wird sich schon wieder beruhigen. Hauptsache, wir bleiben zusammen. Ich pfeife auf seinen Deal!«

Langsam löse ich mich aus Finns Umarmung, denn jetzt ist mir wieder *mein Deal* eingefallen. »Ich kann aber nicht«, antworte ich mit belegter Stimme.

»Was meinst du?« Finn sieht mich verständnislos an.

»Ich kann nicht mehr mit dir zusammen sein.«

Er schüttelt den Kopf. »Warum denn nicht? Ich bleibe doch hier. Alles wird gut …«

»Ich kann aber nicht«, erkläre ich und drehe Finn den Rücken zu, um ihm nicht in die Augen sehen zu müssen.

»Willst du nicht mehr?«

»Nein!« Ich schüttle den Kopf. »Das ist es nicht.«

»Was ist es dann?« Finn dreht mich sanft zu sich rüber. »Sag schon – ist es wegen deinem Bruder?«

Ich schaue zu Boden.

Finn knurrt. »Ich werde mit ihm reden. Ich werde ihm klarmachen, dass es ihn einen feuchten Dreck angeht, was wir beide tun. Oder eben nicht tun.« Er hebt den Kopf und sieht hinüber zur Straße. »Ah, da kommt er ja schon. Perfektes Timing!«

»Finn! Nein! Lass es«, rufe ich.

Doch Finn stürzt schon auf das Auto zu, das soeben auf den Hof zufährt. Als Raphael aus dem Auto steigt, baut sich Finn vor meinem Bruder auf.

Kurz ist Raphael überrascht, dann aber erkennt er die Situation und sieht zornig zu mir rüber. »Was soll das denn jetzt?«

»Hör zu«, geht Finn dazwischen. »Was mit Hannah und mir ist, hat nichts mit dir zu tun!«

Raphael sieht Finn vorsichtig an. »Das ist eine Sache zwischen meiner Schwester und mir!«

Doch Finn schüttelt den Kopf. »Eben nicht! Das ist nämlich eine Sache zwischen deiner Schwester und mir!«

Raphaels Miene wird eisig. »Hannah, du weißt, was wir ausgemacht haben.« Und zu Finn gewandt sagt er: »Nichts für ungut! Ich will mich nicht mit dir streiten!« Dann dreht er sich um und eilt ins Haus.

Verdattert bleibt Finn zurück. »Was meint er damit?«, will er wissen, als die Hoftür ins Schloss gefallen ist. »Was habt ihr ausgemacht?«

Ich schlucke schwer. »Dass ich mich nicht mehr mit dir treffe«, rücke ich leise heraus.

»WAS?«

»Das verstehst du nicht«, murmle ich, weil ich ihm unmöglich den Grund dafür nennen kann, weswegen ich mich auf diesen bescheuerten Deal überhaupt eingelassen habe.

Finn sieht mich fassungslos an. »Nein, das verstehe ich wirklich nicht«, zischt er, schwingt sich in den Sattel und radelt davon.

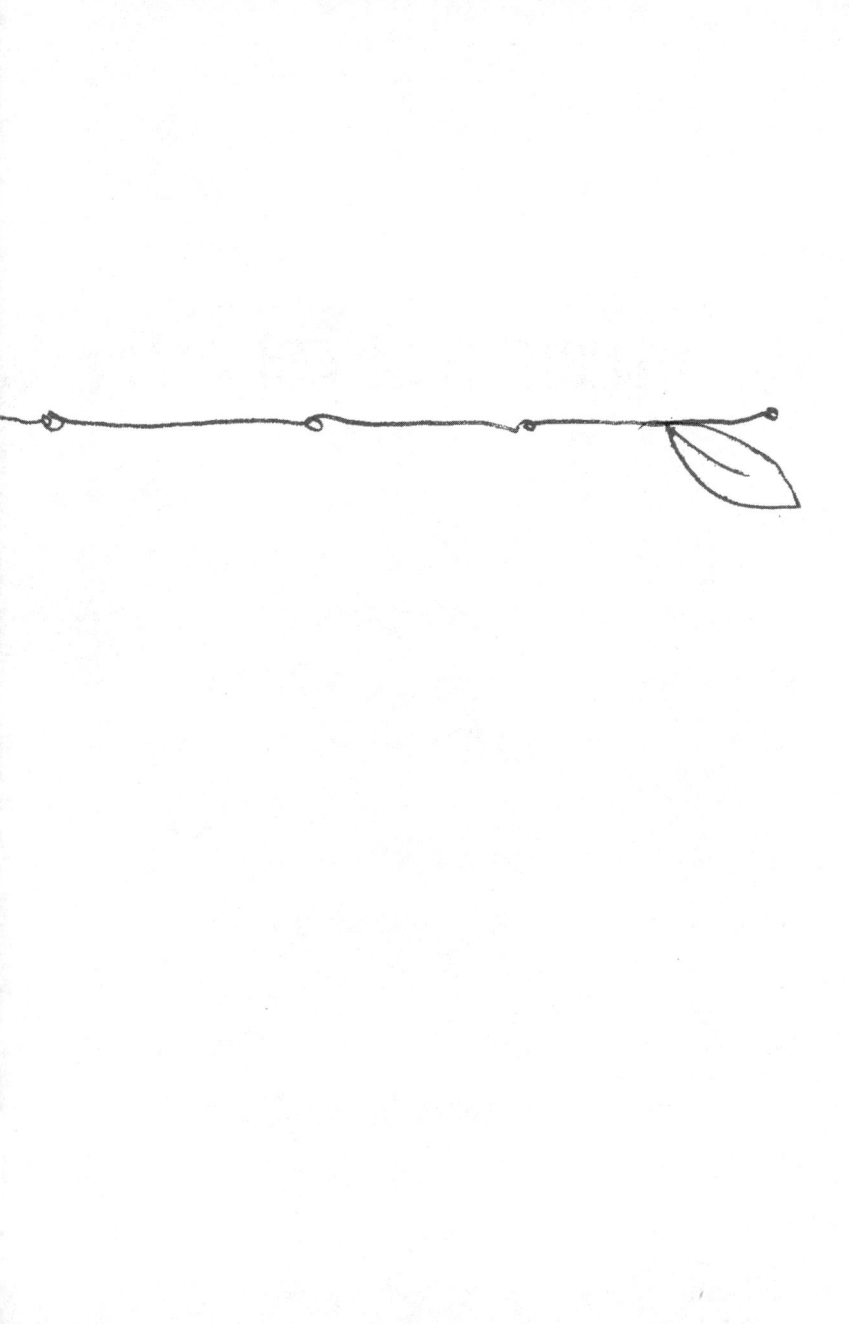

SPRÜCHE KLOPFEN

»Was sollte das?!« Kaum bin ich in den Hof gegangen, prescht Raphael auf mich zu und fuchtelt aufgeregt mit den Armen vor meiner Nase herum. »Du hast gesagt, du klärst das! Aber warum kommt er dann hierher?!«

Gleichgültig sehe ich meinen Bruder an. »Hab ich ja auch«, antworte ich. »Aber Finn ist eben nicht auf den Kopf gefallen. Er weiß, dass irgendetwas daran faul ist.«

Raphael schnaubt. »Hast du es vergessen? Der Kerl hat dich ausgenutzt. Der wollte dich nur ficken. Sonst nichts. Was ist hier also faul? Hä?«

Mit eisigen Augen schaue ich meinen Bruder an. »Zwischen Finn und mir ist das überhaupt nicht so!«

»Ach ja?«

»Ja! Er bleibt nämlich jetzt doch hier«, verkünde ich nicht ganz ohne Stolz.

Doch Raphael hat bloß ein höhnisches Grinsen dafür übrig. »Noch so eine Lüge! Ich glaube es einfach nicht. Hannah, wann kapierst du endlich – der Kerl verarscht dich!«

»Warum willst ausgerechnet du das wissen?«

Mein Bruder grinst siegessicher. »Immerhin hat der Chef eben mit mir darüber gesprochen. Ab nächster Woche wird mich ein Neuer auf die Baustellen begleiten, weil Finn dann schon in London sein wird! Und falls du es vergessen haben solltest: Mein Chef ist zufällig sein Vater!«

»Das glaube ich nicht«, sage ich trotzig. »Finn sagt die Wahrheit. Sonst wäre er doch nicht hierhergekommen!«

Raphael grinst dreckig. »Vielleicht wollte er ja noch eine schnelle Nummer mit dir schieben ...«

»Du Arschloch«, platzt es aus mir heraus. »Das sagst ausgerechnet du?! Wer hat denn mit Jellena geschlafen und sie danach abserviert?«

»Halt die Klappe«, zischt Raphael warnend, während unsere Worte als hässliches Echo von den Hofmauern zurückprallen.

Ich schaue meinen Bruder abschätzig an. »Das würde dir so passen«, sage ich und spüre, wie sich etwas in mir zu verändern beginnt. Etwas, das mit aller Gewalt rauswill. »Ich soll die Klappe halten? Für dich? Kannst du vergessen!«

Da packt mich Raphael mit einer blitzschnellen Bewegung am Ärmel: »Ein Wort, und ich ...«

Doch ich sehe meinen Bruder herausfordernd an. »Und was? Was willst du dann tun? Falls du es noch nicht begriffen haben solltest: Ich habe nichts mehr zu verbergen. Aber du?«

Abrupt lässt Raphael meinen Ärmel los. »Was meinst du ...« Ein Hauch von Angst breitet sich in seinem Gesicht aus.

»Du weißt genau, was ich damit meine. Der Deal, den du mir vorgeschlagen hast – der ist bescheuert. Du musst das schon alleine auf die Reihe kriegen …«

Raphaels Schultern knicken ein.

»… egal, ob ich mich mit Finn weiterhin treffe oder nicht. Das ist meine Sache. Du aber«, ich sehe ihm dabei fest in die Augen, »solltest dir mal klarmachen, was du überhaupt damit anrichtest, wenn du einen derartigen Dreck schluckst. Und«, hänge ich dran, »du solltest dringend mit Jelly reden. Sie ist total fertig! Alle glauben, dass ich der Grund dafür bin. Dabei bist du es, wegen dem sie sich die Augen ausheult! Und ausgerechnet du traust dich, über Finn zu urteilen? Das ist wirklich erbärmlich!«

Raphael schnappt nach Luft. »Das war nicht so«, stammelt er. »Ich wollte nicht …«, doch weiter kommt er nicht, da Mama wieder einmal mitten ins Geschehen platzt. Aber dieses Mal scheint sie genug kapiert zu haben. Genug, um mit schmalen Lippen zu zischen: »Ich habe soeben mit Antonia Brugger telefoniert!« Ihre Hände zittern. »Du fährst heute mit, Hannah! Auch Antonia hält das für eine gute Idee! Dort könnt ihr klären, was ihr zu klären habt!« Sie sieht uns an. »Und danach will ich hier wieder Ruhe haben, verstanden?!«

Verblüfft sehe ich Mama an. »Ich soll was?!«

Mamas Blick schnellt harsch in meine Richtung. »Du hast schon richtig verstanden, Hannah. Du fährst mit zu Frau Brugger und basta!«

»Aber …«, setzt Raphael an.

Doch Mama lässt ihn gar nicht erst zu Wort kommen. »Nichts aber!« Ihre Stimme wird hart. »Du fährst hin und nimmst Hannah mit! Du hast heute ohnehin einen Termin bei ihr. Und wehe, ihr lasst ihn sausen …« Sie zieht scharf die Luft ein, sucht nach Worten, findet keine und lässt stattdessen die Hoftür hinter sich zuknallen.

Eigentlich habe ich mir das anders vorgestellt. Ich habe mir sie anders vorgestellt. Nur wie? Habe ich geglaubt, sie sieht aus wie die Moorhexe? Wie aus meinen Träumen? Mit wehenden Haaren, so rot wie das Feuer? Und einem offenen Mund, so tief und schwarz wie das Loch, in das sie gestoßen wurde? Kann schon sein. Aber Antonia Brugger ist … anders. Ganz anders.

Als wir nach der endlos langen Fahrt schweigsam ankommen, wuselt eine Kinderschar um sie herum.

»Hallo, Raphael«, kräht eines der Kinder und winkt mit seiner schokoverschmierten Hand.

Raphael nickt.

Die Frau inmitten der Kinder kommt lächelnd auf uns zu. Sie schaut ehrlich gesagt ziemlich normal aus. Ihr Lachen ist herzlich. Dabei mustert sie Raphaels Gesicht. Danach auch meines. »Ich finde es schön, dass jetzt auch einmal deine Schwester mitgekommen ist!« Die Handauflegerin schenkt mir einen neugierigen Blick. »Du bist also Hannah!« Sie reicht mir die Hand.

Ich stocke. Nur zögernd strecke ich die Hand aus.

»Und ich bin Antonia Brugger«, sagt sie. »Du kannst aber

Antonia zu mir sagen. Kommt mit rein!« Sie schüttelt meine Hand. Dann die von Raphael. Ich atme erleichtert aus und schelte mich selber. Was habe ich geglaubt? Dass die Handauflegerin mit bloßem Händedruck meine Gedanken erraten kann?

Trotzdem bin ich unsicher und folge widerwillig meinem Bruder ins Innere des Hauses. Antonia bugsiert uns in ein Zimmer, das sich als Behandlungsraum entpuppt. Dort lassen wir uns auf dem breiten Sofa nieder. Mein Blick streift umher. Eine große Liege, ein paar Stühle, ein Tisch und unzählige Bücher in Wandregalen neben den Fenstern machen den Raum komplett. Ein Marienbild hängt über der Tür. Daneben irgendwelche Zertifikate von Ausbildungen, die die Handauflegerin anscheinend absolviert hat. Irgendetwas von *Energiearbeit* steht darauf. Und etwas von *Familienaufstellungen*. Was die aber zu bedeuten haben, weiß ich nicht. Und schon gar nicht weiß ich, was eine Handauflegerin überhaupt so macht.

Antonia, die eben einen Krug Wasser mit drei Gläsern hereingetragen hat, lächelt mir aufmerksam zu. Ich gaffe wohl eine Spur zu viel auf ihre Hände, denn auf einmal sagt sie: »Du willst wissen, was ich eigentlich so mache, stimmt's?«

Ich nicke und fühle mich ertappt.

Antonia gießt Wasser in die Gläser und setzt sich uns gegenüber auf einen der Stühle. »Eigentlich mache ich nichts anderes, als mit meinen Händen aufzuspüren, was dem Körper fehlt. Aus diesem Grund ist Raphael auch zu mir gekommen. Damit wir gemeinsam daran arbeiten können, seinen Körper wieder gesund zu machen. Jedoch dieses Mal«, sie sieht uns beide an, »werden wir wohl einfach ein bisschen reden. Eure Mutter war am Telefon heute Mittag ziemlich aufgelöst. Sie meinte, ihr hättet etwas zu klären. Und ich soll euch dabei helfen, herauszufinden, was euch über die Leber gelaufen ist.« Sie lacht.

Wir schweigen.

»Eure Mutter hat erzählt, dass ihr in letzter Zeit häufiger streitet?«, versucht Antonia etwas aus uns herauszukitzeln. »Hat das vielleicht etwas mit deinem Freund zu tun, Hannah?«

Überrascht schaue ich zur Handauflegerin hoch. »Sie wissen davon?«

Antonia nickt. »Deine Mutter hat es mir am Telefon erzählt. Dein Freund ist der Sohn von Raphaels Chef? Ist das richtig?«

Mein Bruder stöhnt. »Sie bringt mich dadurch in eine beschissene Lage. Die glaubt tatsächlich, dass es nichts ändert, wenn sie mit Finn rummacht. Dabei ändert das alles. Heute war er sogar bei uns auf dem Hof und hat mich dumm angeredet! Von wegen, ich solle mich nicht in ihre Sachen einmischen. Scheiße ist das, wenn ich mir deswegen Ärger einfange!«

Antonia nickt. »Und hast du das Hannah gesagt?«

Raphael verzieht das Gesicht und nickt zu mir rüber. »Klar! Aber die hört doch nicht …«

»So ein Blödsinn«, entgegne ich. »Ich habe mich sogar an deinen dämlichen Deal gehalten. Was willst du noch?«

Raphael sieht mich wutentbrannt an. Halt die Klappe, scheinen seine Augen zu blinzeln.

Hastig mache ich den Mund wieder zu, doch Antonia sieht mich fragend an. »Welchen Deal?«, will sie wissen.

Ich zucke mit den Schultern. Mein Bruder ebenso.

Da sagt die Handauflegerin: »Hört mal, ihr zwei! Alles, was hier besprochen wird, verlässt nicht diesen Raum! Auch eure Eltern werden nichts davon erfahren. Es bleibt unter uns.« Sie sieht uns gelassen an. »Dies hier ist eine einmalige Gelegenheit, auf neutralem Boden darüber zu sprechen. Ich bin für euch da. Hier und jetzt. Aber ich werde nicht ewig hier sitzen. Es ist eure Entscheidung. Doch alles, was ihr heute klären könnt, braucht ihr nicht mehr mit nach Hause zu schleppen. Und ihr fühlt euch danach leichter ...«

Antonias Worte hallen in meinem Kopf. In meinem Bauch. Und ich spüre, wie sich etwas in mir zu lösen beginnt und rauswill. Rausmuss. Dass ich endlich wieder leicht sein will. Ich kann den Impuls kaum unterdrücken. Schließlich macht es einen Ruck, und ich murmle: »Ich habe meinem Bruder versprechen müssen, mich nicht mehr mit Finn zu treffen. Dafür ...«

»Halt die Klappe!«, schreit Raphael jetzt. »Halt endlich deine verdammte Klappe!«

Kurz sehe ich ihn von der Seite an und kann erkennen, dass seine Augenlider zu zucken angefangen haben. Die Adern auf seinem Hals pochen. Ich weiß, er ist wieder einmal kurz vor dem Explodieren. Aber ich kann nicht mehr. Und will auch nicht. Deshalb sage ich leise: »Es tut mir leid, Raphael, aber du kannst von mir nicht verlangen, dass ich ewig den Mund halte. Das ist zu viel!« Ich senke den Blick. »Vor allem aber ist es nicht richtig, deshalb ...« Meine Stimme wird zittrig. Hastig nehme ich einen Schluck von dem Wasser, das mir Antonia hingestellt hat, und beginne schließlich zu erzählen.

Ich erzähle davon, wie es war, als Raphael den Anfall hatte. Dass ich mit ansehen musste, wie sich sein Körper verrenkte und die Spucke in seinem Mund zu schäumen begann. Wie sich danach alles bei uns zu Hause veränderte. Und wie ich in das Loch gestopft wurde, das sich nach Raphaels Anfall aufgetan hat.

Ich erzähle von Finn, den ich kennenlernte, ohne zu wissen, wer er überhaupt war. Von Raphaels Wutausbrüchen. Seinen Alkoholgelagen. Von Jelly und ihrer Liebe zu Raphael. Ihren Lügen. Und dem Kummer, als ich begriff, dass mich meine beste Freundin die ganze Zeit über belogen hat.

Schließlich erzähle ich von der Droge. Von *Treyes*, diesem Dreck, diesem Zeug, das Raphael schluckt. Monatelang. Auch davon erzähle ich. Und während ich kaum aufhören kann, endlich alles aus mir herauszulassen, wird Raphael neben mir immer kleiner und kleiner. Und fällt in sich zusammen. Da erst merke ich, dass sich etwas Glitzerndes auf seinen Wangen ausgebreitet hat. Voll Erstaunen stelle ich fest: Mein Bruder weint!

Antonia nickt mir anerkennend zu. »Es ist gut, dass du es ausgesprochen hast«, sagt sie. »Auch für deinen Bruder ist das gut.« Sie steht auf und nimmt neben Raphael Platz. Er hat den Kopf eingezogen und die Tränen tropfen von seiner Nasenspitze.

Antonia greift nach seiner Hand. »Darf ich?«

Raphael schluchzt.

Es tut mir weh, meinen Bruder so zu sehen. Aber vielleicht bringt das ja wirklich etwas …

Die Handauflegerin schließt die Augen. Im Raum wird es still. Antonia atmet sanft. »Du hast deine Leber durch diese Droge schwer beschädigt«, sagt sie nach einer Weile.

Raphael hält inne.

Antonia greift nach seiner anderen Hand. Wieder scheint sie in Raphaels Körper hineinzuspüren. Ihr Gesicht wirkt konzentriert. Fasziniert sehe ich zu, wie sie sich voll und ganz auf meinen Bruder einlässt, ehe sie die Stirn runzelt und überrascht murmelt: »Es kann sein, dass der Auslöser der Allergie die Droge war?!«

Raphael stöhnt. »Was?«

Antonia umklammert noch einmal Raphaels Hände, dann lässt sie los und schlägt die Augen auf. »Wann hast du mit diesem *Treyes* angefangen?«

»Ich weiß nicht …«, sagt er unsicher.

Antonia drängt. »Denk nach. Es ist wichtig!«

Raphael rutscht auf dem Sofa herum, während mein Herz höherschlägt. Wenn das stimmt … wenn die Handauflegerin recht hat …

Da murmelt er: »Ich weiß es wirklich nicht mehr so genau. Irgendwann, nachdem ich aus dem Krankenhaus entlassen wurde, hat mir dieser Typ aus dem Q 10 das Zeug angeboten.

Er meinte, ich würde mich damit total richtig fühlen …«
Seine Stimme stockt. »Nach dem Anfall war ja nichts mehr
so wie vorher. Jeder hat mich plötzlich mit anderen Augen
angesehen. Alle! Als hätten sie Angst, dass wieder etwas
mit mir passiert. Zu Hause. In der Arbeit. Scheiße war das!
Ständig wurde ich daran erinnert. Also habe ich mich immer
mehr verschanzt. Bin ihnen aus dem Weg gegangen. Die
Leute sind mir einfach auf die Nerven gegangen. Aber …
mit diesen Tabletten … ich weiß nicht … mit denen war es
anders. Ich fühlte mich richtig. Richtig in einem Leben, das
total falsch verläuft …« Er bricht ab.

Antonia sieht mich an. »Weißt du vielleicht, wann das ungefähr war?«

Ich überlege. »Vielleicht so einen Monat nach dem Anfall?«

Antonia nickt. »Und wann sind die Allergien aufgetreten?«

»Auch ungefähr zu dieser Zeit«, antworte ich verblüfft.

»Heißt das«, mein Bruder beginnt den Kopf zu schütteln,
»dass ich die Allergie wirklich nur wegen diesem Mist habe?
Das gibt es doch nicht. Ich kenne so viele Leute, die *Treyes*
einwerfen. Niemand hat damit Probleme.«

Antonia steht auf und kramt nach einem Stift und Papier.
»Aber keiner von denen hat dazu Epi-Blocker geschluckt,
oder?«

Raphaels Augen werden groß.

»Verstehst du? Diese Kombination hat deine Leber an-
gegriffen. Und die Leber ist nun mal dazu da, Giftstoffe
aus dem Körper abzubauen. Ist sie überfordert, können

Allergien eine Reaktion darauf sein.« Antonia nimmt wieder Platz und sieht Raphael herausfordernd an. »Und das, mein Lieber, ist wirklich nur das geringere Übel. Du kannst froh sein, dass deine Leber noch keinen größeren Schaden davongetragen hat! Und nun nennst du mir den Namen von diesem Dealer!«, fordert sie.

»Äh, warum?«, fragt Raphael vorsichtig.

Antonia schnaubt. »Das weißt du ganz genau! Damit dieser Typ nicht noch mehr anrichten kann. Deshalb!« Als Raphael zögert, ergänzt sie: »Ich werde anonyme Anzeige erstatten. So muss die Polizei der Sache nachgehen, ohne dass dabei Namen genannt werden!«

Raphael nickt langsam und murmelt schließlich einen mir völlig unbekannten Namen, den sich Antonia notiert.

»In Ordnung«, sagt sie schließlich und legt den Zettel beiseite. Sie macht eine Pause, ehe sie sich wieder Raphael zuwendet. »Du kannst völlig gesund werden, Raphael. Aber du musst dafür auch etwas tun. Deine Leber ist stark beeinträchtigt. Sie braucht eine Entgiftung. Das heißt, keinen Alkohol. Keine Glimmstängel. Natürlich keine Drogen«, erklärt sie eindringlich. »Und du wirst dich endlich an den Diätplan halten, den ich mit deiner Mutter abgesprochen habe. Wenn du das schaffst, dann wirst du in zwei Monaten eine Veränderung spüren! Bestimmt!«

Raphaels Schultern heben sich. »Im Ernst?«

Antonia lächelt. »Aber nur, wenn du dich daran hältst!«

Mein Bruder nickt. »Klar! Ich würde alles tun, um wieder gesund zu werden.«

»Gut«, meint Antonia zufrieden. »Ich nehme dich beim Wort. Und deine Schwester hier ist Zeugin!«

Ich nicke auch.

»Und was diesen Deal angeht«, fährt Antonia fort, »der ist wirklich dumm!« Sie sieht Raphael an. »Aber ich verstehe, dass diese Sache für dich unangenehm ist. Deshalb schlage ich euch einen anderen Deal vor: Du konzentrierst dich in erster Linie mal auf deine Heilung. Und Hannah«, sie wendet den Kopf zu mir rüber, »du achtest darauf, dass du deine Freundschaft zu Finn nicht auf Raphael überträgst. Wenn du also mit Finn weiterhin zusammen sein willst, dann solltest du ihm klarmachen, dass er Raphael in eure Sache nicht mit reinziehen darf. In Ordnung?«

»Ja«, murmle ich.

»Und mit eurer Freundin«, sagt Antonia weiter, »mit der solltet ihr dringend reden. Wenn jemand nur noch weint und nicht mehr damit aufhören kann, dann ist das nicht gesund! Du kannst sie gerne einmal mitbringen, Raphael«, schlägt sie vor. »Vorausgesetzt, du willst?!«

Raphael zögert. »Ich will ja … ich meine … Jelly, sie ist … es ist hoffentlich nicht so … wie bei ihrem Vater …«, druckst er herum.

Antonia schüttelt den Kopf. »Was meinst du damit? Was soll nicht so wie bei ihrem Vater sein? Was ist denn los mit ihm?«

Überrascht horche ich auf.

Mein Bruder zuckt mit den Schultern. »Jelly ist echt super! Ich hab sie schon immer …« Er bricht ab und wird rot dabei. Verlegen sieht er zu mir rüber, und ich wende rasch den Blick ab, damit er ungestört weitererzählen kann.

»Ich wollte Jellena nicht wehtun«, erklärt Raphael. »Eine Zeit lang war alles super mit uns! Aber dann hat mein Vater davon Wind bekommen und etwas erzählt …« Er bleibt stecken. »Und das hat mich stutzig gemacht. Ich wusste nicht, wie ich damit umgehen soll. Es ist irgendwie komisch. Kurz darauf habe ich den Anfall gekriegt und mich verschanzt. Und jetzt hat sich das mit uns sowieso erledigt, weil Jellena mit einem anderen Typen zusammen ist!«

Antonia schüttelt den Kopf. »Also, das nehme ich dir nicht ab, dass dieses Thema für dich erledigt ist, Raphael! Deshalb würde es mich schon interessieren, was dein Vater über Jelly gesagt hat. Immerhin hat es dich veranlasst, dich von ihr zu distanzieren! «

Raphael sieht Antonia gequält an. »Na ja, ihre Familie ist halt ziemlich anders.«

»Wie anders?«, will Antonia wissen.

Raphael senkt den Blick. »Kaputt ist sie. Also, ihre Familie. Zuerst der Krieg in ihrer Heimat. Dann die Sache mit dem Vater …«

»Ja, was ist denn mit ihm?«, hakt Antonia nach.

Raphael stockt. »Er hat sich das Leben genommen …«

»Was? So ein Blödsinn!« Vor Schreck bin ich vom Sofa aufgesprungen und starre Raphael in sein blasses Gesicht. »Er ist zurück nach Bosnien, als der Krieg zu Ende war. Ich weiß das ganz genau! Und du weißt das auch! Karolina ist doch nach Bosnien gefahren, um ihn noch zu überreden, wieder zu ihnen zurückzukommen. Da hat Jelly zum ersten Mal bei uns übernachtet, weißt du noch?«

Raphael schaut weg. »Da war sie auf dem Begräbnis, Hannah!«

»Nein, das gibt es nicht!«, rufe ich. »Das ist unmöglich! Dann hätten sie uns doch alle belogen. Warum sollten sie so etwas tun?«

Raphael zuckt mit den Schultern.

»Das müsst ihr wohl mit euren Eltern klären«, seufzt Antonia. »Da kann ich euch jetzt nicht weiterhelfen. Nur sie können euch sagen, warum sie das getan und euch belogen haben. Vor allem eure Freundin! Für sie ist das ja besonders schlimm. Deshalb solltet ihr dringend mit ihr reden«, mahnt uns Antonia noch einmal. »Und vor allem solltet ihr euch nicht durch solche Tatsachen davon abbringen lassen, jemanden zu lieben, der euch wichtig ist. Egal, ob sich der Vater das Leben genommen hat oder ob jemand für drei Monate nach England geht!« Sie steht auf und kramt einen kleinen Kalender zwischen den Büchern hervor. Sie blättert kurz darin, bis sie fündig wird, und sagt: »Hier steht etwas, das ich euch gerne mit auf den Weg geben möchte. Weil ich glaube, dass euch das helfen kann!«

»Oh nein«, stöhne ich, als ich merke, dass es sich dabei um einen Spruchkalender handelt. »Nicht schon wieder! Papa nervt mit seinem dämlichen Bauernregelkalender auch die ganze Zeit.«

Antonia schmunzelt. »Echt? Mein Vater hat das auch immer gemacht!« Sie verdreht die Augen. »Das nervte wirklich! Aber es gibt da eine Bauernregel, die heißt: *Gott macht das Wetter und Menschen die Kalender!*« Sie zwinkert mir zu. »Wenn dein Vater also das nächste Mal wieder mit einer Bauernregel daherkommt …«

»… werde ich ihm den Spruch unter die Nase reiben!«, sage ich grimmig.

Antonia nickt. »Genau so war es gemeint! Übrigens verhält es sich mit allen Kalendersprüchen so. Aber manche tragen dann doch einen Funken Weisheit in sich.« Sie deutet auf ihren Schoß, in dem der Kalender ruht, und sagt: »Wenn ihr wollt, nehmt diesen Spruch an. Vielleicht könnt ihr etwas damit anfangen. Wenn nicht, dann eben nicht. Jeder so, wie er will! Aber ich glaube, dass er für euch nicht ganz uninteressant sein könnte.« Sie liest ihn uns vor. Und dann verabschieden wir uns von ihr und fahren unter dem Licht des Vollmondes nach Hause. Mit Antonias Spruch im Gepäck.

UNTER DEM WEISSMOND

Antonia hat mir nicht die Hände aufgelegt und doch geht es mir besser. Auch wenn eine grausame Wahrheit dabei ans Licht gekommen ist. Ich weiß nicht, warum. Aber das Gefühl, das vorher die ganze Zeit in meinem Bauch rumort hat, ist nun verschwunden. Vielleicht ist es dort geblieben. Im Haus der Handauflegerin. Oder ich habe es herausgeredet. Das kann auch sein. Jedenfalls ist es weg. Und das ist gut so.

Auch meinem Bruder scheint es besser zu gehen. Immerhin fauchen wir uns auf der Rückfahrt nicht an. Reden tun wir aber auch nicht. Dafür hören wir Radio. Das weiße Licht des Vollmonds streift die hohen Maisfelder, die an uns vorüberziehen. Hie und da taucht zwischen dem Meer aus Mais ein Haus auf, in dem noch Licht brennt. Dann wird es dunkel. Und ich muss mich zusammenreißen, dass meine Augen nicht zufallen, so müde bin ich. Zum Glück taucht irgendwann hinter der großen Vollmondscheibe am Himmel dann doch die Kirchturmspitze von Tieglitz auf, und ich stöhne: »Endlich!«

»Das kannst du laut sagen!«, brummt Raphael und lenkt

das Auto in Richtung Hof. Als wir dort angekommen sind, stellt er den Motor ab. Er streckt sich und gähnt: »Bin ich erledigt! Die Heimfahrt war nur noch anstrengend.« Er sieht mich von der Seite an. »Gut, dass du mitgekommen bist, Hannah.«

Überrascht schaue ich zu meinem Bruder rüber. Das Licht des Mondes scheint zum Autofenster herein. Ich erkenne an seinem Gesicht, wie schwer es ihm gefallen ist, das zu sagen.

»Finde ich auch!«, sage ich deshalb.

Kurze Stille. Gegenseitiges Zunicken. Und dann lächeln wir uns an. So wie früher. Ich kann es kaum glauben! Es kommt mir vor, als ob Antonias Spruch aus dem Kofferraum gekraxelt wäre und zwischen uns Platz genommen hätte.

»Das mit Finn geht übrigens jetzt klar«, sagt Raphael daraufhin. »Auch wenn ich nicht glaube, dass er hierbleiben wird. Der Chef, also … sein Vater«, korrigiert er, »wird das nicht zulassen. Er kann ziemlich tyrannisch sein!«

Ich nicke langsam. »Hab ich mir schon gedacht«, sage ich traurig. »Aber Antonia hat recht. Egal, ob Finn nach England geht oder nicht. Ich mag ihn trotzdem … daran wird sich nichts ändern …«

Auch Raphael nickt.

»Und egal, was mit Jellys Vater passiert ist …«

»Lass es sein«, sagt Raphael leise. »Diese Sache ist erledigt.«

Ich schüttle den Kopf. »Nein, eben nicht. Ich glaube, das weißt du genauso gut wie ich. Deshalb solltest du wissen …«, ich sehe ihm fest in die Augen, »Jellena hat nichts mit Tobias.«

»Was? Blödsinn!«, schnaubt Raphael, und sein Gesicht bekommt im Vollmondlicht ein trotziges, wenn auch müdes Leuchten.

»Glaube mir«, sage ich eindringlich. »Anfangs … ja … da lief kurze Zeit etwas zwischen den beiden. Aber auch nur, weil sie Tobias durch Finn und mich kennengelernt hat. Dann aber hat sie ihn abserviert, weil … sie dich nicht aus dem Kopf kriegt.«

Raphael blinzelt.

»Ehrenwort! Sie hat mir alles erzählt. An diesem Sonntag, nachdem du sie im Q10 gesehen hast. Weißt du, Jelly hat nur mit Tobias getanzt, um dich eifersüchtig zu machen.«

Raphael legt den Kopf gegen die Autoscheibe.

»Und das scheint ihr auch irgendwie gelungen zu sein«, sage ich weiter, weil er mir jetzt doch zuzuhören scheint. »Deshalb solltest du mit ihr reden. Ihr sagen, welche Gefühle du noch für sie hast. Denn sie hat sie auch für dich …«

»Meinst du?«, sagt Raphael schließlich.

Ich nicke. »Ja, da bin ich mir ganz sicher.«

»Aber ihr Vater …«

Ich schüttle den Kopf. »Ja, das ist wirklich eine Wucht! Vor allem, weil Jellena fest davon überzeugt ist, er hätte sie damals sitzen gelassen. Ich kann mir gar nicht vorstellen, dass alle uns die ganze Zeit über belogen haben. Echt schlimm! Doch Jellena kann nichts dafür, verstehst du?«

Raphael seufzt erschöpft. »Ja, schon klar! Wenn ich jetzt so darüber nachdenke, kommt mir mein Verhalten auch blöd vor. Weißt du …«, er hält inne und schaut zum Bauernhaus rüber, »… vor dem Anfall hat es für mich nichts Wichtigeres gegeben, als später mal den Hof zu übernehmen. Seit ich denken kann, wollte ich schon immer Bauer werden. Und als Papa mitgekriegt hat, dass da etwas mit Jelly läuft, hat er mich gefragt, wie ich mir denn das so vorstelle. Jelly sei keine Bäuerin. Sie stamme nicht mal von hier. Außerdem sei ihr Papa … labil gewesen …«

»Mensch, Raphael«, rufe ich. »Das ist doch total egal.«

»Weiß ich ja«, gibt mein Bruder verlegen zu. »Jetzt jedenfalls. Ich sag ja, dass das blöd war, mich so von Papa steuern zu lassen!« Dann steigt er aus und geht mit mir auf die Hoftür zu. Wir wünschen uns eine gute Nacht und verschwinden in unsere Zimmer. Vorher werfe ich aber noch einen Blick auf Papas heiß geliebten Bauernkalender. Ich weiß auch nicht, warum. Eigentlich ist dieses Wischblatt ja total bescheuert. Trotzdem will ich wissen, was beim heutigen Tag draufsteht: *Bleicher Mond regnet, roter Mond weht, weißer Mond klärt,* lese ich und runzle verblüfft die Stirn.

Nachdem uns Mama am nächsten Morgen beim Frühstücken erleichtert zugelächelt hat, macht sich Raphael auf den Weg zur Arbeit und ich mich aus dem Staub. Bestimmt hat Mama gestern noch mit Antonia Brugger telefoniert. Ansonsten hätte sie jetzt nicht so ein breites Honiglächeln im Gesicht gehabt. Pah! Mir wird schlecht, wenn ich daran denke. Da kann sie noch so süß grinsen. Belogen hat sie uns trotzdem die ganze Zeit über. Und Jelly weiß nichts davon! Ob ich es ihr sagen soll?

Hastig schwinge ich mich aufs Rad. So eine Entscheidung schreit nach einer Orakelkamille. Vielleicht bin ich danach gescheiter. Hoffentlich!

Ich will auf alle Fälle mit Finn reden. Ich weiß jetzt, dass ich ihn liebe. Auch wenn er nach England geht.

Und Jelly?

Schon bin ich am Waldweg angelangt. Der spätsommerliche Nebel hängt noch zwischen den Ästen. Die ersten Bäume haben hier und da ein gelb-rötliches Blatt. Ein Zeichen dafür, dass der Sommer sich dem Ende neigt.

Ich lehne das Rad an einen Baumstamm und folge dem Pfad, der zum Jungfrauenfelsen führt. Sanft schlängelt er sich durchs Unterholz. Ich kann den See schon hören. Er platscht heute. Noch eine Biegung, dann bleibe ich stehen. Der See liegt vor mir. Aber …

… irgendetwas ist dieses Mal anders. Nur was? Ich lasse den Blick schweifen. Wie so oft. Bis ich am Felsen anlange, bin ich unruhig geworden. Ich schnalle nicht sofort, was los ist, doch mein Herz scheint es längst begriffen zu haben. Es klopft wie wild: *Mach endlich*, pocht es. Ich klettere auf den Felsen. Und ein schrecklicher Verdacht keimt in mir auf. Auf dem Jungfrauenfelsen, zu meinen Füßen, liegen ein paar Klamotten herum. Ich kenne sie. Auch den Rucksack.

Ein Blick auf den See. Unter dem Felsen … kräuselt sich die Wasseroberfläche. Und war da vorhin nicht ein Platschen gewesen? »Verdammter Mist! Jelly!«, schreie ich. Ohne darüber nachzudenken, reiße ich mir Jacke und Schuhe vom Leib und springe hinterher.

Wasser. Eiskaltes Wasser. Es sticht. Rasch zieht es mich hinunter. Das liegt bestimmt daran, dass ich noch meine Sachen anhabe. Immer weiter runter. Immer mehr in die Tiefe. Panisch blicke ich mich um. Der See ist aufgewühlt. Die Sicht miserabel. Schon spüre ich die Baumwurzel unter meinen Füßen. Ich stoße mich ab. Ich will nicht hier sein. An diesem verfluchten Ort. Ich muss an die Hexe denken: *Nicht Jelly! Nimm nicht Jelly*, flehe ich.

Da erwischt mich eine eiskalte Strömung. Meine Luft wird knapp. Die Lungen brennen. Ich muss auftauchen. Ins Licht. Ich will nicht hier sein, denke ich schon wieder und spüre, wie eine Bewegung auf mich zukommt. Ich bin wie gelähmt. Eine Hand. Sie greift nach mir. Todesmutig ziehe ich daran und schwimme ins Licht. *Lass es Jelly sein*, bettle ich.

Wie zwei Karpfen schnappen wir nach Luft. Jellys Haare kleben an ihrem Gesicht. Ihre überraschten Augen sehen mich an. »Was machst du denn hier?«, keucht sie.

»Bist du verrückt geworden?«, kreische ich, während mir vor Erleichterung die Tränen nur so von den Wangen rollen.

Gegenseitig helfen wir uns aus dem Wasser, ohne loszulassen. Unsere Hände sind ineinander verhakt. Aber nicht nur wegen der Kälte.

»Warum machst du so etwas?« Meine Zähne klappern. Wütend wische ich mir die Stirnfransen aus dem Gesicht. »Du kannst dich doch nicht auch umbringen. Du bist doch meine Jelly-Bean!« Ich ziehe sie auf den Felsen, lasse sie immer noch nicht los.

Jelly sieht mich mit großen Augen an. Dann schüttelt sie hastig den Kopf. »Ich wollte mich doch nicht umbringen!«, ruft sie. »Was denkst du denn?«

Ich sehe meine Freundin entgeistert an. »Was? Nicht? Aber ... was sollte das denn sonst sein?«

»Ich weiß auch nicht ...«, schluchzt sie. »Ich wollte doch nur auch einmal so zufrieden aus dem Wasser steigen, wie du es immer tust, wenn du vom Felsen springst. Derzeit ist eben alles so scheiße.«

»WAS?« Ich kann es kaum glauben. Kann nicht klar denken, so kalt ist mir. Alles schlottert. So schnell es geht, schäle ich mich aus den nassen Sachen heraus und hülle mich in meine Jacke, die zum Glück trocken geblieben ist.

Da erkenne ich, dass Jelly ihren rosa Bikini anhat. Sie zieht ihn aus und schlüpft ebenfalls in ihre Sachen. Fassungslos sehe ich ihr dabei zu.

»Ich wollte wirklich nicht ...«, murmelt sie und zieht zum Beweis eine Wolldecke aus dem Rucksack heraus. Verlegen hält sie sie mir hin.

»Du hast einen Knall!« Bibbernd wickle ich mich mit ihr in die Wolldecke ein.

So sitzen wir und gaffen stumm hinaus aufs schwarze Wasser, bis unsere Zähne nur noch ein bisschen klappern. Und wir nur noch ein bisschen zittern.

Als wir uns wieder beruhigt haben, sagt sie: »Du musst mir glauben. Ich wollte mich nicht umbringen. Aber ... irgendwie bin ich auf die Idee gekommen. Weiß auch nicht. Als ob ich nachschauen wollte, was da unten ist ...«

»*Was da unten ist?*«, wiederhole ich alarmiert. »Was soll da unten schon sein!«

Jelly zuckt mit den Schultern. »Weißt du«, flüstert meine Freundin neben mir und sieht mich durchdringend an, »manchmal träume ich auch von der Moorhexe.«

»Wirklich?«, frage ich überrascht.

Jelly nickt. »Dabei habe ich ein ganz bestimmtes Bild vor mir. Den Felsen. Darauf ein paar Klamotten. Schuhe. Hose. Eine Jacke … Ich weiß aber nicht, was es zu bedeuten hat. Warum dieses Bild immer wieder in meinem Kopf auftaucht …«

Da kriecht eine noch viel eisigere Kälte in mir hoch, als ich anfange zu verstehen. Alles zu verstehen.

»Ob ich verrückt werde?«, will sie von mir wissen.

»Nein«, flüstere ich. »Das Gegenteil ist der Fall.«

Jelly sieht mich an. »Wie meinst du das?«

Ich beginne zu seufzen. Es ist ein langer, abgrundtiefer Seufzer, der mir über die Lippen kommt. Einer von der Sorte, wenn man denkt: Ich weiß etwas, was du nicht weißt, aber ich will es dir eigentlich nicht sagen, weil du es im Grunde genommen gar nicht wissen willst. Zu grausam ist die Wahrheit.

Und dann steigen die Bilder aus längst vergangenen Tagen in mir auf. Die alten Geschichten. Omas Geschichten. Vom Jungfrauenfelsen. Und von der Moorhexe, die aus Rache unschuldige Seelen in den See mitnimmt.

Wie oft hatten Jelly und ich der Großmutter versprechen müssen, nicht an diesen Ort zu gehen?

Wie oft hatte Mama uns ermahnt, nicht von dieser Legende zu sprechen?

Wie oft habe ich mich darüber gewundert, dass ansonsten niemand von dieser Geschichte weiß?

Und wie oft hat Karolina Jelly gebeten, nicht auf den Felsen zu steigen?

»Ich hab dich etwas gefragt«, reißt mich meine Freundin aus den quälenden Gedanken. »Wie hast du das gemeint? Sag schon!«

»Jelly, ich …«

Wieder fängt sie zu schluchzen an. »Du bist mir immer noch böse. Stimmt's?«

»Nein«, widerspreche ich. »Ich bin dir nicht mehr böse!«

Jelly schluchzt heftig. »Ich wollte doch nur, dass es dir nicht auch so ergeht wie mir. Verstehst du?«

Ich rücke näher an sie heran und flüstere: »Ja, das weiß ich jetzt. Es tut mir leid, dass ich dich so lange habe hängen lassen.«

Jelly schnieft. »Sind wir dann wieder Freundinnen?«

»Die besten. Wie immer!«

Da legt sie den Kopf auf meine Schulter. Und als sie nur noch ein bisschen weint, sagt sie leise: »Dann kannst du mir ja erklären, wie du das vorhin gemeint hast.«

»Jelly«, sage ich leise, »das solltest du mit Karolina ausmachen …«

»Hm«, macht sie, als hätte sie mit dieser Antwort schon gerechnet. Und wieder kriecht mir die Gänsehaut über den Rücken.

Wir warten, dass Karolina zur Mittagspause das Geschäft schließt.

»Oh, Hannah, wie schön, du wieder hier bist!«, ruft sie, als sie die Treppe zur Wohnung hochkommt und mich sieht. »Hast uns sehr gefehlt!« Und schon umfangen mich ihre Arme.

Eingehüllt in die vertraute Haarfärbemittel-Kräuter-shampoo-Knoblauch-Duftwolke, flüstere ich: »Du musst es ihr sagen. Das, was damals am Felsen passiert ist. Es ist an der Zeit!«

Karolinas Körper, der sich sonst immer so weich anfühlt, wird augenblicklich starr. Also habe ich richtig vermutet.

»Was?«, haucht sie.

Sanft löse ich mich aus der Umarmung und sehe sie an. »Du weißt schon, was ich meine. Ich weiß es. Und Jelly soll-te es auch wissen!«

Karolinas Blick wird glasig. Sämtliche Farbe weicht aus ihrem Gesicht.

»Was soll ich wissen?«, fragt Jellena, die sich bis eben auf der Couch gefläzt und heißen Kakao geschlürft hat. Doch jetzt sieht sie zu uns hoch. An ihrer linken Augenbraue er-kenne ich, dass sie nicht lockerlassen wird.

Auch Karolina scheint das zu bemerken. Sie lässt sich auf einen der Küchenstühle fallen und sinkt in sich zusammen. Nach einer Weile holt sie tief Luft. Und dann öffnen sich ihre Lippen.

»*Draga,* ich dir etwas sagen muss«, fängt Karolina leise an.

Ich lasse mich neben Jelly auf die Couch fallen und halte ihr meine Hand hin. Jelly greift sofort danach. Als ob sie ahnen würde, was nun auf sie zukommt. Ich lausche der Stimme von Karolina, wie sie nach den richtigen Worten sucht. Und versucht zu erklären. Und ich erkenne an Jellys Gesicht, dass es keine richtigen Worte dafür geben wird. Dass man so etwas niemals erklären kann.

Als Karolinas Stimme verebbt, bleibt es lange still in der kleinen Küche. Bis Jelly den Kopf hebt und ihre Mutter ansieht: »Aber warum hast du mir nie die Wahrheit gesagt?«

Karolina weint leise vor sich hin. »Damals es war alles so schrecklich, *draga*! Wir neu hier waren. Wir niemanden kennen. Dann dein Papa nimmt sich Leben. Das eine große Sünde ist bei vielen Leuten! Wir es hätten nicht nur hier schwer gehabt. In alter Heimat Bosnien auch! Also habe ich ihn auf orthodoxem Friedhof in Stadt begraben lassen. Und niemandem etwas gesagt. Familie in Bosnien war ohnehin alle tot. Sie ihn nicht vermissen. Und hier fast niemand ihn gekannt.«

Jelly schüttelt den Kopf. »Aber ich hab ihn gekannt, Mama. Er war mein Papa! Du hättest es mir sagen müssen, dass er tot ist …«

Jellys Worte, kaum ausgesprochen, hängen kalt zwischen dem Geruch der Essensreste, die noch vom Frühstück auf der Anrichte stehen. Eine einzelne Fliege surrt herum.

Karolina schluchzt laut auf. »Weil … weil … ich es selber nicht wahrhaben wollte.« Der jahrelang mit sich herumgetragene Schmerz bricht mit einem Mal in Karolina auf. Sie hält sich die Hände vors Gesicht und versucht, ihn herauszuweinen … loszuwerden …

Karolina muss das allein mit sich austragen.

Aber Jelly? Meine Jelly-Bean? Kann ich nicht irgendetwas machen, damit es ihr besser geht?

Ich laufe ihr nach, als sie aus der Küche stürmt. Und ich sitze neben ihr, als uns der Bus in die Stadt bringt. Ich halte ihre Hand, doch das scheint nicht viel zu helfen. Sie wirkt so blass. So schrecklich ruhig. Ihre ganze Leichtigkeit, für die ich sie mein Leben lang bewundert habe, ist mit einem Mal verpufft. Das *Alleine-klarkommen-Gen* … verschwunden. So fremd.

Ich schließe die Augen. Was würde ich an ihrer Stelle wollen? Wer würde mir die Traurigkeit am ehesten nehmen können? – Plötzlich weiß ich, was ich zu tun habe. Raphael! Das ist es! Ich werde Raphael anrufen.

Und Finn gleich auch.

Später sitze ich neben meiner Freundin. Schon lange.

Die Kerze, die wir für ihren Vater am Grab auf dem städtischen Friedhof angezündet haben, flackert im Augustwind. Dahinter, auf dem Stein, stehen seine Initialen. Geburts- und Sterbetag. Mehr nicht. Dafür leuchten frische Blumen in der Messingvase. Rote Nelken. Im trüben Abendlicht. Wahrscheinlich von Karolina.

»Es tut mir so leid«, sage ich zu Jelly. Ich weiß nicht, wie oft ich diesen Spruch in den letzten Stunden von mir gegeben habe. Zum Trost. Und auch, weil mir nichts Besseres eingefallen ist.

Jelly lässt die Schultern hängen. »Ich werde das meiner

Mutter niemals verzeihen«, murmelt sie. »Wie konnte sie mir all die Jahre verschweigen, dass er längst tot ist, während ich die ganze Zeit über auf ihn gewartet habe ...«

»Sie wollte dich nur schützen«, versuche ich zu erklären.

»Du hast doch gehört, was sie gesagt hat. Wenn jeder im Dorf gewusst hätte, dass er sich umgebracht hat, dann hättet ihr für immer damit leben müssen. Also hat sie ihn hier begraben lassen. Und allen erzählt, er sei nach Bosnien zurück ...«

Jelly starrt auf die flackernde Kerze.

»Dein Papa war schwer depressiv. Nach dem Krieg ist es vielen so ergangen und hier in Tieglitz hat er sich nie zu Hause gefühlt ...«

Leise fängt sie zu weinen an. »Weißt du, ich kann mich noch daran erinnern.« Sie schwenkt den Kopf zu mir rüber. »Wie er so war, wenn es ihm nicht gut ging. Manchmal hatte ich sogar Angst vor ihm. Und dann ... eines Tages ... war er verschwunden. Mama und ich haben nach ihm gesucht. Auch am See ... jetzt weiß ich es wieder. Es war kein Traum ...«

»Ach, Jelly ...« Ich nehme meine Freundin fest in den Arm.

Wieder suche ich nach den richtigen Worten, als mir auf einmal der Spruch der Handauflegerin einfällt, und ich flüstere in ihre Haare:

»Wer lernt zu verzeihen, macht sich das daraus folgende Ergebnis selbst zum Geschenk.«

Da endlich knirschen Schritte auf dem Kies und hinter der Friedhofsmauer tauchen zwei Haarschöpfe auf.

»Wir sind so schnell gekommen, wie wir konnten«, sagt mein Bruder. »Danke, dass du uns angerufen hast!« Er nickt mir zu und geht in die Hocke.

Jelly hebt den Kopf. Sie sehen einander an. Nur kurz. Doch dieser eine Moment genügt, um alles zwischen ihnen zu klären, und Jelly fällt Raphael in die Arme.

Finn und ich machen uns daraufhin leise aus dem Staub. Weil wir ebenfalls etwas zu bereden haben. Und weil mir die ganze Sache genauso schwer im Magen liegt. Als er nach meiner Hand greift, sage ich: »Ich bin so froh, dass du gekommen bist!«

Finn lächelt mir zu. »Und ich bin froh, dass du angerufen hast«, flüstert er und bringt mich weg von diesem trostlosen Ort.

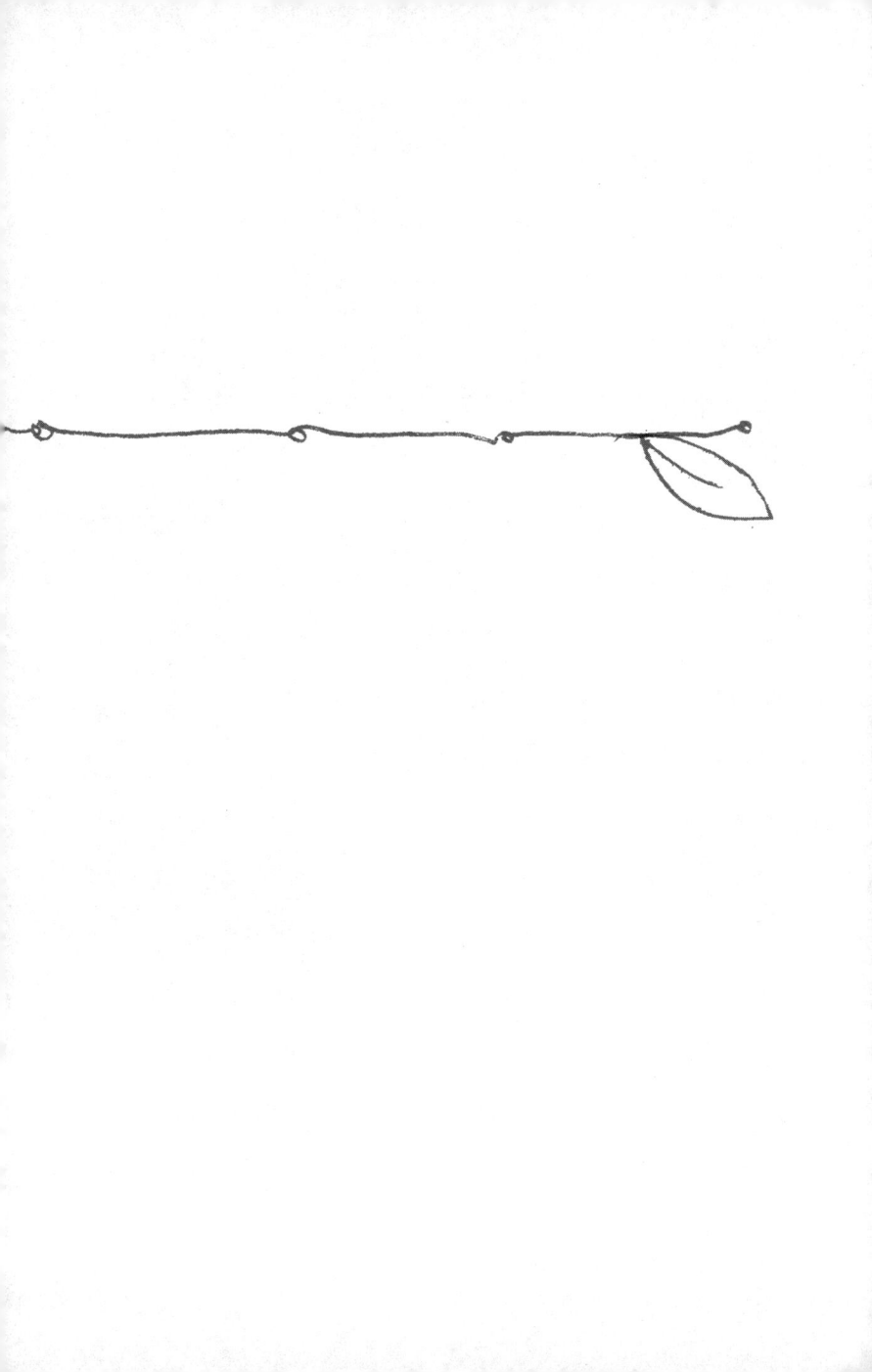

FUNKENLEUCHTEN

»Bist du sicher, dass es in Ordnung geht?« Unsicher schaue ich auf das große gelbe Haus, das am Ende der Neubausiedlung von Tieglitz steht.

Finn fischt nach seinem Haustürschlüssel und sagt: »Klar! Warum denn nicht?« Er sperrt die Haustür auf und bittet mich herein. »Außerdem sind sie gar nicht da«, hängt er grinsend dran. »Mach dir keine Sorgen. Meine Mutter würde dich mögen. Und mein Vater …«, er runzelt die Stirn und legt den Kopf dabei schief, »… lassen wir das lieber!«

Ich folge ihm in den Flur und sehe mich neugierig um.

Finn kickt seine Turnschuhe etwas zu heftig in eine Ecke.

»Dein Vater war wohl nicht sehr erfreut darüber, dass du lieber die Klasse wiederholen willst?«, frage ich vorsichtig.

»Kann man so sagen. Aber … das hat er jetzt zu akzeptieren. Ist ja schließlich mein Leben!« Er schnappt nach meiner Hand und zieht mich hinaus in den Garten.

Der Wind hat sich in der Zwischenzeit gelegt und es scheint ein lauer Sommerabend zu werden. Leise zirpen die Grillen in den Blumenbeeten, während einzelne Solarlampen dazwischen aufleuchten.

»Schön«, murmle ich und mache einen Schritt auf Finn zu.

Er legt die Hand um meine Taille. »Ja! Meine Mutter steht total auf so was!«

»Meine auch«, nicke ich und suche seinen Blick. »Ich wollte dir übrigens noch etwas sagen …«

Finn dreht den Kopf zu mir rüber. »Was denn?«

»Du brauchst wegen mir nicht hierzubleiben«, flüstere ich.

Wie auf Kommando legt sich seine Stirn wieder in Falten. »Aber … ich dachte … du willst … dass wir … nachdem du vorhin angerufen hast … hab ich geglaubt …«

»Daran liegt es doch gar nicht«, stelle ich hastig klar. »Oder besser gesagt: Genau daran liegt es eben schon.«

Finn brummt: »Ich verstehe gar nix mehr. Was meinst du denn damit?«

Ich hole tief Luft und sehe Finn in die Augen. In diese wunderbaren blauen Augen, die mir in der Zwischenzeit so vertraut geworden sind. Dabei spüre ich, wie meine alte Freundin, die Tomatensuppenfarbe, die Gelegenheit wittert und sich auf meine Wangen stiehlt. Auch wenn es mir unendlich peinlich ist, es zu sagen, was ich nun zu sagen habe, will ich es tun. Ich bin es Finn einfach schuldig, endlich Klartext zu reden. Und mir auch.

Also hole ich Luft und stammle: »Du … du … brauchst wegen mir nicht hierzubleiben. Weil … weil das nichts an uns ändern wird. Denn ich … ich … ich liebe dich, auch wenn du in England bist. Verstehst du?« Die Tomatensuppe triumphiert.

»Du liebst mich?« Finns Stimme wird weich. Er zieht mich an sich heran. »Du liebst mich, auch wenn ich nach England gehen sollte?«

Ich nicke.

Er zieht mich noch enger an sich heran, bis sich unsere Lippen fast berühren. »Ich liebe dich auch!«, höre ich seine Stimme, während die Tomatensuppenfarbe auf meinen Wangen vor Glückseligkeit zu zerfließen beginnt. Und schließlich verschwindet.

Dann küssen wir uns. Lange und echt. Und ehrlich. Und mir geht das Herz dabei über, so schön ist es.

Als wir uns schließlich voneinander gelöst haben, sieht er mich lange an und sagt: »Ich gehe aber trotzdem nicht nach England.«

»Auch wenn du weißt, dass wir trotzdem beisammen sind? Ich meine, London ist eine tolle Stadt …«

Finn murrt.

»Und es wäre eine einmalige Gelegenheit …«

»Du hörst dich schon an wie mein Alter …«

»Aber um den geht es nicht, oder?«, stelle ich klar.

Finns Augen fangen neckisch zu blinzeln an. »Du hast recht! Um den geht es nicht.« Dann küsst er mich noch einmal und sieht mich fragend an. »Und du würdest auf mich warten, bis ich wiederkomme?«

Ich lache. »Sicher!«

»Und du würdest mir auch jeden Tag mailen?«

Mein Lachen verstummt. »Das würde ich wirklich gerne tun, nur …«, ich seufze, weil ich an Papas alten Klapperkasten denken muss, »ist unser Computer zu Hause ein ziemlich kaputtes Ding.«

Finn sieht mich überrascht an. »Du hast keinen eigenen Laptop?«, fragt er.

Beschämt schüttle ich den Kopf.

Da wird Finns Grinsen breit, als er mich an die Hand nimmt und davonzieht.

»Was hast du vor?«, frage ich. »Wohin gehen wir?«

Finn steuert auf die Treppe zu, die in das Obergeschoss führt, und ruft: »So ein Glück, dass ich zwei davon habe. Du kannst ein Notebook von mir haben.« Er poltert die Stufen hoch. Mich im Schlepptau. Ehe ich reagieren kann, sind wir schon in seinem Zimmer angelangt.

»Hier«, ruft er. »Da ist es. Dafür musst du mir aber täglich schreiben. Falls ich nach England gehe. Versprochen?«

Überrascht sehe ich auf das Teil in Finns Händen. »Ich kann das unmöglich annehmen. Das war doch sicher teuer!«

Finn lacht. »Lass mal. Das ist ein Notebook aus der Firma. Es war kaputt, doch ich hab es repariert. Funktioniert wieder. Wie neu!« Zum Beweis dreht er es auf alle Seiten, ehe er es in meine Hände legt und sagt: »Nimm es. Es ist ein Geschenk. Für dich. Von mir!«

Ich grabe nach Worten, während mich Finn mit großen Augen ansieht und murmelt: »Und du würdest wirklich auf mich warten? Sollte ich nach England gehen?«

In seinen Augen sehe ich mein eigenes Gesicht gespiegelt. Mit all den Sommersprossen, die sich in diesem Sommer darauf angesammelt haben. Und den vielen Gefühlen, die mir jetzt daraus entgegenlächeln. Deshalb lege ich das Teil auf den Tisch zurück und sage: »Ja, ich werde auf dich warten! Und ja, du solltest nach England gehen!«

»Wirklich?«

»Wirklich!«

Da schlingt Finn die Arme um mich, so heftig, dass wir auf dem Fleckerlteppich ausrutschen und in seinem Bett landen.

Wir fangen laut zu lachen an. Und zu kichern. Und wir wühlen im Deckenberg herum. Schlagen uns die Kissen um die Ohren und können es kaum glauben, wie einfach plötzlich alles geworden ist.

Wir sehen uns an. Suchen den Blick des anderen. Um uns herum wird es still. Ein Ziehen und ein Kribbeln macht sich in uns breit. Wir scheinen es beide zu spüren. Es lässt sich nur mit Küssen vertreiben.

Also küssen wir uns. Wieder und wieder. Und dabei gehen unsere Hände auf Wanderschaft. So als ob es das Natürlichste wäre. Immer weiter gehen sie. Und nicht einmal das Rascheln, das sich irgendwann zu uns dazugesellt, kann mich erschrecken. Kann diesen Augenblick zerstören. Denn es ist richtig. Jetzt ist es richtig. Hier. Und heute. Mit Finn.

Es ist dämmrig geworden. Als ich meine Augen aufschlage, ist es das Erste, das mir in den Sinn kommt. Ich spüre Finns gleichmäßigen Atem in meiner Halsbeuge. Seinen Körper. Seine Wärme.

Meinen Körper. Meine Wärme.

Ich horche in mich hinein. So ist das also, denke ich mir und muss leise kichern. So ist das also, wenn man keine Jungfrau mehr ist.

Als ich aufstehe, fühle ich mich … ich weiß auch nicht. Anders.

Ich betrachte Finns schlafendes Gesicht und folge dem schwachen Licht des Vollmonds, das durch das offene Fenster fällt. Ich blicke hinaus. In den Garten. Sehe die Blumenbeete mit den zirpenden Grillen vor mir. Die Solarleuchten dazwischen. Und schließlich ein kleines Feuerwerk aus unzähligen Glühwürmchen, die in der Abenddämmerung tanzen.

»Wow«, seufze ich. Ob der Himmel schon wieder meine Gefühle erraten hat? Bestimmt. Denn irgendwie habe ich auch gerade ein kleines Feuerwerk in mir drin. In meinem Herzen.

Da fängt Finn sich im Bett zu regen an. Er blinzelt mir zu. »Was ist?«

Ich lächle. »Schau selbst!«

Daraufhin krabbelt er aus dem Bett. Verschlafen. Verträumt. Er kommt auf mich zu und schlingt die Arme um meinen Bauch. »Das sind Funken. Die kommen immer, wenn das Wetter wieder besser wird«, brummt er in mein Ohr.

»Funken?«, wiederhole ich verblüfft.

»Ja, Glühwürmchen. Kennst du die etwa nicht?«

»Klar kenne ich Glühwürmchen. Aber ich wusste nicht, dass man sie auch Funken nennt«, rufe ich überrascht.

Finn küsst meinen Nacken. »Doch, schon. Dazu gibt es sogar einen Spruch. Meine Mutter sagt den immer: *Wenn die Funken leuchten im Garten, lässt sich gutes Wetter erwarten.*«

Ich muss lachen und ein wohliger Schauer rieselt über meinen Rücken. »Deshalb also Funkensommer!«

»*Funkensommer?*«, wiederholt er. »Was ist das denn?«

»Na ja, ein *Funkensommer* ist eben alles. Verstehst du?«

Er schüttelt den Kopf. »Nicht die Bohne!«

»Musst du auch nicht«, lache ich übermütig und beginne, meine Sachen zusammenzusuchen. Dann begleitet mich mein Freund nach Hause.

Es brennt noch Licht, als ich durch die Hoftür schlüpfe. Leise will ich in mein Zimmer verschwinden, als Mama ruft: »Hannah, kommst du mal bitte?!«

Mist! Auf Mamas Strafpredigt kann ich jetzt gut und gerne verzichten!

Aber ich will nicht schon wieder ausweichen und so mache ich die Küchentür auf. Hoffentlich merken sie nichts, denke ich mir. Von meinem Funkensommererlebnis!

Denn ich spüre sie sehr wohl! Die Veränderung. Aber sie gehört jetzt zu mir. Und sie gehört auch nur mir. So ist das nun mal. Nichts bleibt gleich. Das müssen auch meine Eltern akzeptieren. Also trete ich ein.

Meine Eltern sitzen am Küchentisch und sehen sich schweigend an.

»Wo warst du?« ist das Erste, was Mama von mir wissen will, als ich reinkomme.

Ich lege das Notebook auf die Küchenanrichte und sehe den beiden fest in die Augen. »Bei Finn!«

»Bei Finn? Bei Delorn Finn?« Papa sieht mich verblüfft an. »Aber das ist doch der Sohn von Raphaels Chef …«

»Ja«, sage ich knapp. »Und?«

Da klappt Papa den Mund zu und schaut zu Mama hinüber.

»Weiß Raphael davon?«, hakt sie nach.

»Jetzt schon«, antworte ich. »Und es ist in Ordnung!«

Mama nickt langsam. »Ich nehme an, ihr habt das bei Antonia Brugger geklärt?«

»Ja.«

Sie seufzt. »Und … weißt du vielleicht, wo Raphael ist?«

Auf einmal bekomme ich Mitleid mit meinen Eltern. Weil sie wirklich gar nichts schnallen. Deshalb sage ich: »Er ist bei Jellena! Sie hat es schlussendlich rausgefunden. Eure Lügerei …«

Mama und Papa heben ertappt den Kopf.

»Warum habt ihr nie erzählt, dass sich Jellys Vater das Leben genommen hat? Am Jungfrauenfelsen!«

»Ach, das arme Ding«, brummt Papa. »Sie war ja damals dabei, als ihre Mutter ihn gefunden hat. Und in ihrer Not kam Karolina schließlich zu uns.«

»Wir mussten ihr versprechen, nichts zu sagen. Das Dorf ist klein – da wird gern geredet. Und Karolina war doch dabei, sich als Friseurin hier ein Geschäft aufzubauen. Ganz zu schweigen von Jellena, die mit dem Wissen hätten, aufwachsen müssen, dass sich ihr Vater selbst getötet hat.«

»Trotzdem«, sage ich, »ist es grausam. Jelly hat es heute erst erfahren. Könnt ihr euch vorstellen, wie schrecklich das für sie ist? Sie hat jahrelang doch irgendwie darauf gewartet, dass er wieder zurückkommt!«

Mama murmelt: »Wir wissen schon davon, dass Jellena es nun weiß! Karolina hat vorhin angerufen. Sie macht sich große Sorgen!«

Ich sehe die beiden verständnislos an. »Wie konntet ihr nur so lügen?«

»Es war damals am besten so, euch Kindern nichts davon zu erzählen«, sagt Mama stockend. »Eigentlich wollten wir gar nicht darüber reden – doch dann hat Oma mit ihren Gruselgeschichten angefangen ...«

»Weil sie nicht wollte, dass wir dort hingehen?«

Mama nickt traurig. »Genau! Ich habe ihr immer gesagt, sie soll nicht davon sprechen. Aber sie hat es nicht sein lassen können. Du weißt ja, wie die Leute früher über Selbstmörder gedacht haben ...« Ihre Stimme bricht ab. Sie senkt den Kopf. Schließlich fragt sie: »Wie geht es Jellena?«

»Beschissen«, antworte ich.

»Und Karolina?«

»Auch beschissen.«

Mama nickt. Papa schweigt. Die Schrankuhr aus dem Wohnzimmer tickt unaufhörlich. Der Bauernkalender hinter Papa an der Wand hängt schief. Ich verlagere mein Gewicht von einem Bein auf das andere und will endlich in mein Zimmer gehen, da sieht mich Mama auf einmal an und sagt: »Und dir? Wie geht es dir?«

Ihre Worte schweben durch den Raum. Sie fühlen sich ein bisschen einsam und fremd an, weil sie hier drinnen schon lange nicht mehr ausgesprochen worden sind.

Verblüfft starre ich meine Mutter an. Ich starre auf ihre braunen Locken. Ihre blasse Haut. Die vielen Sommersprossen in ihrem Gesicht. Die traurigen Augen. Und schenke ihr schließlich einen lieben Blick, weil sie ja immer noch meine Mutter ist. Weil ich ihr ansehe, dass sie sich darum bemüht, eine gute Mutter zu sein. Und weil ich immer noch Antonias Spruch mit mir herumtrage. Deshalb sage ich: »Doch. Mir geht es gut! Jetzt geht es mir gut. Keine Lügen mehr!«

Erleichtert fängt Mama zu lächeln an. Sie lächelt mir zu und ich nehme es dankend an. Mamas Lächeln. Dann horcht sie auf und Papa reckt kurz den Kopf zum Fenster hinaus.

»Raphael kommt nach Hause. So ein Glück!«, seufzen beide und wollen ihm entgegeneilen, als sich eine zweite Gestalt aus dem Audi schält. Der blonde Haarschopf leuchtet schwach im Mondschein.

Mama und Papa halten inne. »Sie lieben sich!«, flüstere ich.

Schon geht die Tür auf und Raphael kommt herein. Mit Jelly.

»Hallo«, murmelt sie.

»Grüß dich, Jellena«, sagen meine Eltern.

»Jelly bleibt heute Nacht hier«, sagt Raphael mit fester Stimme. »Weil sie nicht nach Hause will!«

Für einen Augenblick scheint alles um uns herum einzufrieren. Unsere Gesichter. Unsere Körper. Nichts regt sich. Schließlich durchbricht Mama die eisige Stille, indem sie vom Küchenstuhl aufsteht und sagt: »Es tut uns sehr leid, Jellena!« Sie geht auf meine Freundin zu. »Wir wollten euch damals nur helfen. Karolina kam zu uns, weil sie hier ansonsten niemanden kannte. Sie hatte es nur gut gemeint, weißt du? So sind Mütter manchmal.«

Jelly, die sich wie ein scheues Reh erschöpft an Raphael gedrängt hat, nickt.

»Dann werde ich jetzt mal deine Mutter anrufen und ihr Bescheid geben, dass du heute Nacht bei uns bleibst, ja?«

»Tu das«, sagt Raphael und bugsiert Jelly sachte in Richtung seines Zimmers davon.

Mama sieht den beiden bekümmert nach. Als Raphael oben seine Zimmertür zugemacht hat, greift sie zum Hörer.

Bevor sie aber wählen kann, sage ich schnell: »Und gib Karolina die Nummer von der Handauflegerin. Antonia weiß Bescheid!«

Mama sieht mich überrascht an. Ich schiebe mir das Notebook unter den Arm und ihr Blick folgt meiner Bewegung.

»Hab ich von Finn bekommen«, erkläre ich. »Damit wir uns schreiben können, wenn er nach England geht!«

Mama seufzt. »Er geht nach England?«

»Ja«, sage ich und sehe ihr forschend ins Gesicht, weil ich ihren Seufzer nicht deuten kann. Ob das wirklich Anteilnahme war, weil ich für drei Monate meinen Freund an London verliere? Oder doch nur Erleichterung? Egal.

Darum sage ich: »Ja, er geht. Aber das ist in Ordnung. Denn es wird nichts daran ändern, klar?«

Mama nickt hastig.

Und Papa brummt: »Klar!«

Und so verschwinde ich ebenfalls in mein Zimmer. Kurz überlege ich, ob ich noch bei Jelly vorbeischauen soll. Immerhin würde ich es ihr gerne erzählen. Von meinem ersten Mal! Doch dann wird mir klar, dass sie ja jetzt nicht nur meine Freundin ist, sondern auch Raphaels. Und so mache ich leise die Tür hinter mir zu.

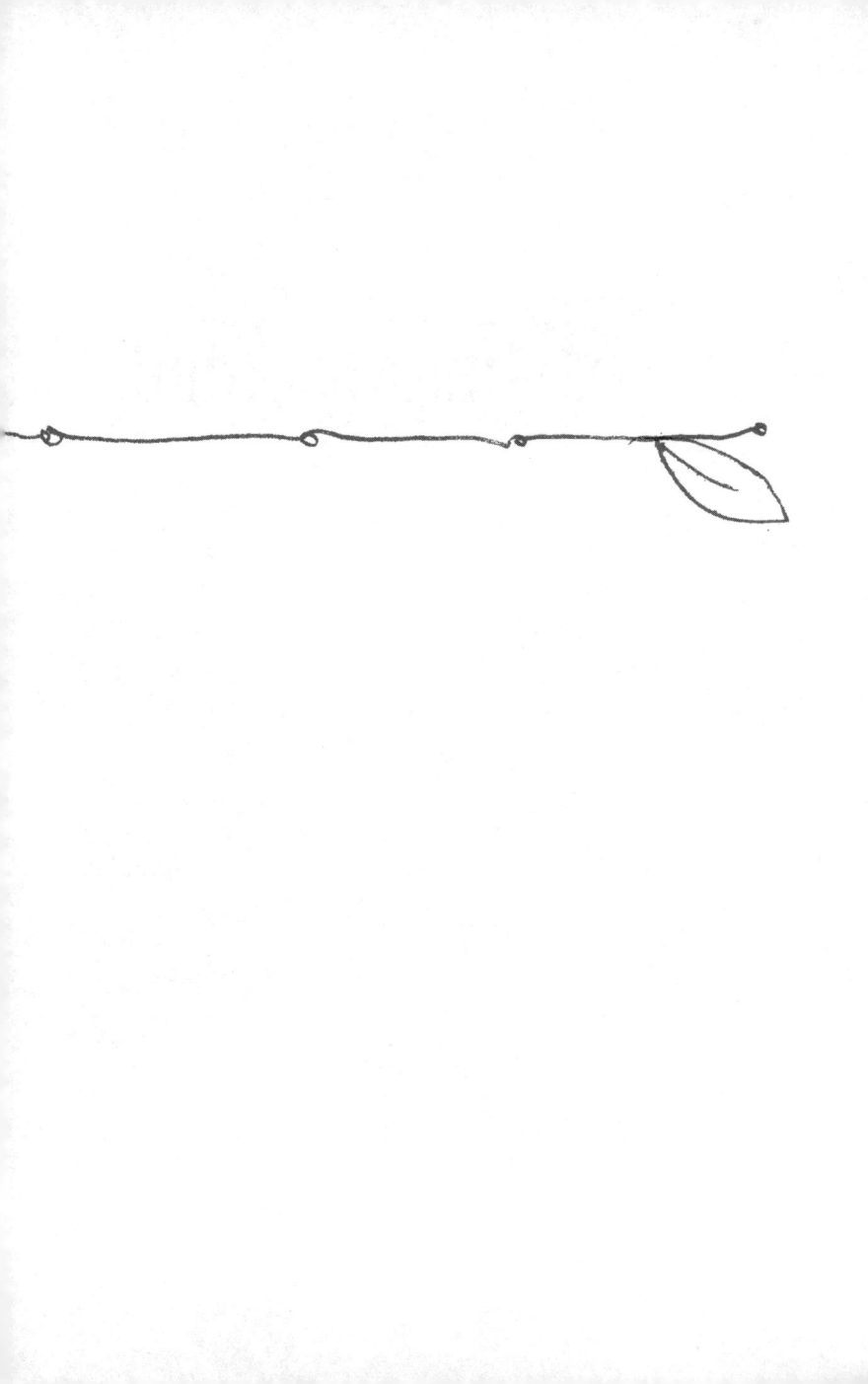

SOMMERABSCHIED

»Alles gepackt?« Frau Delorn steckt den Kopf zur Tür herein und sieht auf den Kofferberg, der sich in der Zwischenzeit in Finns Zimmer aufgetürmt hat.

Finn grinst. »Klar doch! Den Rest kannst du mir ja nachschicken, sollte ich etwas vergessen haben!«

Ich hocke auf einem der Koffer und schaue zu Boden. Auch kein Wunder! Immerhin habe ich vor ein paar Tagen noch geglaubt, ich will Finn nie wiedersehen. Und jetzt?

Jetzt sitze ich in seinem Zimmer und helfe meinem Freund, die Koffer für England zu packen, als wäre es das Normalste auf der Welt! Ist es ja auch eigentlich. Irgendwie.

Finns Mutter beginnt zu lachen. »Pack deine Koffer gefälligst ordentlich! Aber solltest du tatsächlich noch etwas von zu Hause brauchen, dann schicke ich es dir natürlich nach!« Sie wirft einen Blick auf ihre Armbanduhr und stöhnt. »Ach, schon so spät. Ich kann es immer noch nicht glauben. In vier Stunden geht dein Flieger. Dann bist du fort …«

Finn murrt verlegen: »Eben! Nur noch vier Stunden, Mama. Deshalb wäre es nett, wenn du uns bis dahin alleine lässt!«

Frau Delorn nickt hastig. »Oh, sorry! Ja, klar! Kein Problem!«, und macht die Tür hinter sich zu.

Finn dreht sich zu mir rüber. »Mütter!«, grinst er.

Im selben Moment geht die Tür auf und Finns Mutter steckt ein weiteres Mal den Kopf herein. Diesmal aber sucht sie meinen Blick. »Was ich noch sagen wollte, Hannah, du bist jederzeit herzlich bei uns willkommen!«

»Oh«, antworte ich überrascht. »Vielen Dank!«

Frau Delorn lacht. »Ich bin mir nämlich ziemlich sicher, dass Finn dir häufiger schreiben wird als seiner Mutter!«

Finn verdreht die Augen. »Du willst, dass Hannah zur Spionin wird?«

Frau Delorn blinzelt neckisch. »Nur ein kleines bisschen. Nur so viel, bis das Mutterherz beruhigt ist!«

»Versprochen!«, sage ich und stimme in ihr Lachen ein.

»Danke«, sagt sie und macht daraufhin tatsächlich die Tür hinter sich zu, ohne sie danach noch mal aufzureißen.

Da sitzen wir nun. Finn und ich. Und uns bleibt gerade noch eine gute Stunde übrig, bis Finn zum Flughafen fahren muss.

»Ich glaube, ich pack dich in meinen Koffer ein«, murmelt er und streicht mir den Pony aus dem Gesicht. »Ich will nicht weg!«

»Ich weiß«, flüstere ich. »Mir geht es genauso.«

Finn drückt mich an sich. »Und du willst bestimmt nicht mit zum Flughafen fahren?«

»Lieber nicht! Sonst muss ich nur heulen und das wäre furchtbar peinlich!«

Finn brummt. »Sag so etwas nicht! Nicht traurig sein! Nicht wegen mir! Okay?«

»Ich versuch's«, sage ich und lächle tapfer. Dann klammern wir uns aneinander. So fest, als würde es darum gehen, unsere Liebe für die nächsten drei Monate festzuhalten. Wir klammern. Und reden. Und küssen uns. Und klammern wieder, bis es an der Tür klopft und die Stimme von Finns Mutter von draußen drängt: »Finn, wir müssen los!«

Also umarmen wir uns noch einmal. Und versprechen uns gegenseitig, treu zu bleiben. Nichts mit anderen Typen oder Tussen anzufangen. Mit weichen Knien schleppen wir die Koffer ins Auto. Bis schlussendlich der große Moment gekommen ist, um tatsächlich Abschied zu nehmen.

Wir liegen uns in den Armen. Obwohl Finns Mutter danebensteht. Aber das ist uns inzwischen schnurzpiepegal. Die Sonne lächelt träge durch den milchigen Nebel hindurch. Bunte Blätter umwehen unsere Füße. Ein kalter Windstoß fährt uns durch die Haare, und Frau Delorn sagt daraufhin mit schwerer Stimme: »Brr, kalt wird es! Es fängt an zu herbsteln. Wir müssen uns wohl vom Sommer verabschieden. So wie von dir, Finn. Wie heißt es so schön: *Ein Sommer, der vergeht, ist wie ein Freund, der Abschied nimmt.* Ein Tag der Abschiede also!«

Wir sehen uns an. Und nicken. Und schniefen. Und winken uns zu, als Finn endlich ins Auto steigt. Dann winken wir immer noch, bis das Auto um die Ecke gebogen ist und Finn vom Herbstnebel verschluckt wird.

Erst dann lasse ich meine Hand sinken.

Wieder sitze ich im Sattel.

Es ist ein guter Tag, um einen Ausritt zu machen. Die Luft ist schon lange nicht mehr schwül. Aber der Waldboden ist vom Regen auch nicht aufgeweicht. Zufrieden trabt Lanzelot den Weg entlang und wirkt überrascht, als ich ihn dann doch in eine andere Richtung dirigiere, statt ihm auf unserer Lieblingsreitstrecke freien Lauf zu lassen.

»Nein, mein Guter«, sage ich. »Diesmal geht es woanders-hin!«

Lanzelot schnaubt zwar, doch schließlich biegt er artig vom gewohnten Weg ab und folgt einer Traktorspur, die sich tief in den Waldboden gegraben hat.

Ich zügle ihn, um nicht von den dürren Fichtenästen ge-stochen zu werden, die sich neben uns in Augenhöhe aus den Stämmen bohren. Vorsichtig schiebt sich Lanzelot an ihnen vorbei.

Wir reiten ins dichte Unterholz, bis es irgendwann zu schwappen und zu rascheln und zu gurgeln anfängt. Der See heißt uns mit seinem Klang willkommen.

Bedächtig schwinge ich mich aus dem Sattel und binde Lanzelot an einem Baumstamm fest. Schon beginnt der ver-fressene Kerl zu grasen. Er rupft die spärlichen Grashalme zusammen, die auf dem kargen Waldboden dahinvegetie-ren, und probiert die welken Blätter, die sich mittlerweile auf der Erde eingefunden haben.

Als ich mich vergewissert habe, dass Lanzelot auch wirk-lich fest angebunden ist, gehe ich dem Geräusch des Was-sers entgegen. Schon von Weitem sehe ich Jellys bunte Regenjacke im Herbstlicht aufblitzen. Sie lehnt an der Birke und sieht hinaus auf den See.

»Du bist schon da?«, rufe ich und eile meiner Freundin entgegen. Gerade noch sehe ich, wie sie sich ein paar Tränen aus den Augenwinkeln streicht, dann wirft sie mir ein zaghaftes Lächeln zu.

»Er ist anders geworden. Der See ist *anders* geworden. Findest du nicht auch?«, murmelt sie.

Ich drehe mich um und lasse den Blick ebenfalls schweifen. Über das schwarze Wasser, das gleichmäßig gegen den Felsen schwappt. Über das Schilf, das im Wind raschelt. Und natürlich über den Felsen. »Ja, er ist anders geworden«, sage ich und ziehe zum Beweis eine Kerze aus meiner Jackentasche. »Deshalb finde ich, dass wir mit diesem Ort auch abschließen sollten!« Vorsichtig sehe ich Jelly dabei an. »Was meinst du?«

»Wolltest du dich deshalb mit mir hier treffen?«

Ich nicke.

»Mir hat es einfach keine Ruhe gelassen. Wir sind jahrelang hergefahren, um an dieser Stelle baden zu gehen. Wir haben uns mit den Jungs getroffen und Probleme ausgetauscht. Ich bin vom Felsen gesprungen ...«

Jellys Blick fällt auf die Kerze in meiner Hand. »Versteh schon. Und was hast du jetzt vor?«

Ich atme auf, weil ich eigentlich immer noch nicht recht weiß, ob diese Idee wirklich so gut ist, wie ich vorher noch angenommen habe.

Aber jetzt ist es ohnehin zu spät dafür, deshalb nehme ich

meine Freundin an der Hand und murmle: »Lass uns eine Kerze anzünden! Für deinen Vater!«

Und für die Moorhexe, hänge ich im Stillen dran, weil ich sie immer noch in meinen Gedanken habe. Und sie immer noch spüren kann, wenn ich an diesem Ort bin, den wir Jungfrauenfelsen genannt haben. Auch wenn sie bloß eine Erfindung von Oma war. »Damit er in Frieden ruhen kann! Damit dieser Ort in Frieden ruhen kann.«

Und als Jelly nicht protestiert, suche ich ein Stück Rinde und setze die Kerze darauf. Wir zünden den Docht an und lassen das Schiffchen aufs Wasser gleiten.

Zuerst flackert sie im Herbstwind. Sie tanzt in wilden Zuckungen. Doch dann wird sie kräftiger und die Flamme lodert ruhig. Sie hebt sich ab vom tiefen Schwarz des Sees. Sie leuchtet. Sie leuchtet so hell. Und Jelly legt daraufhin ihren Kopf auf meine Schultern. »Danke«, raunt sie mir zu.

Wenig später bringen wir Lanzelot nach Hause, ohne uns noch einmal umzudrehen. Wir kehren ihm den Rücken, dem Jungfrauenfelsen, während wir durchs Unterholz stapfen. Als wir zu Hause ankommen, geht Jelly noch mit in mein Zimmer hinauf. Wir lümmeln uns auf mein Himmelbett und quatschen. Über alles Mögliche. Vor allem aber über das, was in den letzten Wochen passiert ist.

Jelly erzählt, dass ihre Mutter einen Termin bei Antonia Brugger ausgemacht hat. Und ich sage, dass das eine gute Idee ist, weil die Handauflegerin total in Ordnung ist. Und dass man mit ihr gut reden kann.

Dann erzählt sie von ihrer Mutter. Davon, dass sie sich mit ihr ausgesprochen hat und es jetzt ein klein wenig verstehen kann, warum ihre Mutter nie die Wahrheit über den Vater gesagt hat.

Sie erzählt von Raphael. Und davon, wie froh sie darüber ist, dass er nun für sie da ist. Sie spricht leise. Und langsam. Aber das macht nichts, weil ich in den nächsten drei Monaten ohnehin viel Zeit haben werde.

Als sie fertig ist, lässt sie den Blick schweifen und bleibt schließlich an Gnist und Sommar hängen.

»Und?«, will sie von mir wissen. »Bist du sehr traurig darüber, dass Finn jetzt doch nach London gegangen ist?«

»Nein«, antworte ich. »Oder doch, schon«, gebe ich lächelnd zu. »Aber deshalb wird sich an unserer Liebe nichts ändern!« Ich zeige ihr das Notebook, das ich von Finn bekommen habe, um mit ihm in Kontakt bleiben zu können. Ich erzähle ihr von meiner Theorie zu einem Funkensommer. Und ich erzähle ihr schließlich auch von dem Tag, als die Glühwürmchen in Delorns Garten getanzt haben und ein Feuerwerk in meinem Herz explodiert ist.

Daraufhin nimmt Jelly mich in die Arme. Weil das beste Freundinnen eben so machen, wenn man sich von etwas wirklich Großartigem erzählt.

Und als es fast nichts mehr zu erzählen gibt und wir einfach nur noch im Bett herumfläzen und Musik hören, da fischt sie plötzlich einen Zettel aus der Hosentasche und sagt: »Ach ja. Den Zeitungsartikel wollte ich dir doch zeigen. Lies mal!« Sie drückt ihn mir in die Hand.

›*Drogendealer in örtlicher Diskothek gefasst*‹, steht da als Überschrift. Mit klopfendem Herzen fange ich zu lesen an und seufze. Überrascht. Und erleichtert zugleich.

Und Jelly lächelt mir zu, weil sie genau weiß, wie sie diesen Seufzer zu deuten hat. Weil sie genau weiß, dass sich dadurch etwas verändern wird. Weil sie genau weiß, dass vieles nun gut werden kann.

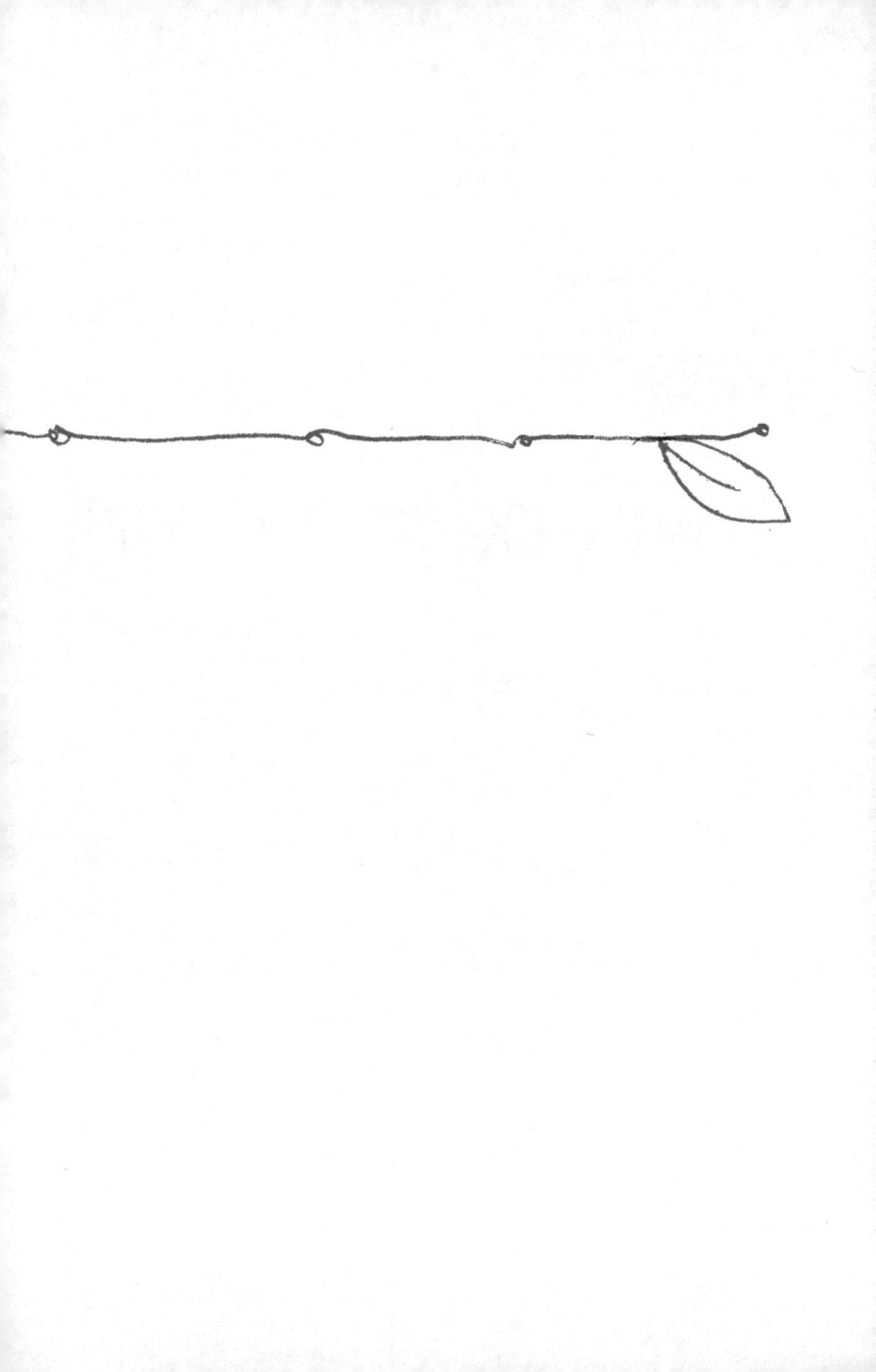

WAS MIR

WICHTIG IST ZU SAGEN

Wie viele Geschichten ist auch *Funkensommer* in Bezug auf Handlung und Personen sowie manche Details frei erfunden.

So habe ich mir zum Beispiel eine Droge ausgedacht. *Treyes* existiert in Wirklichkeit nicht, doch hat sie eine ähnliche Wirkungsweise wie viele der synthetischen Drogen, die es mittlerweile (leider!) zu kaufen gibt.

Gnistsommar ist ebenfalls meiner Fantasie entsprungen. Dieses Poster gehört nicht zum Sortiment von Ikea, aber ich hoffe, dass man sich trotzdem ein Bild davon machen kann.

Und auch wenn diese Dinge frei erfunden sind, habe ich darauf geachtet, möglichst realitätsnah an Hannahs Geschichte heranzugehen. Dazu gab es einige Wegweiser, die mir bei diesem Buch bewusst und auch oft unbewusst die Richtung vorgegeben haben. Deshalb gilt mein Dank:

Zuerst den Initiatoren der I.m.a – Information.Medien.Agrar e.V., ohne die ich nicht auf die Idee gekommen wäre, eine Geschichte über die heutige Landwirtschaft zu schreiben. Als ich 2009 an dem von ihnen ausgeschriebenen Kurzgeschichtenwettbewerb teilnahm und den 2. Platz belegte, wurde unwillkürlich der Grundstein für dieses Buch gelegt.

Danach aber war ich mir immer noch nicht sicher, ob ich wirklich über ein so spezielles Thema schreiben sollte. Ich meine – welche Jugendbücher erzählen schon von Ferkelgeburten?

Also fing ich an, das Schicksal herauszufordern. Ich schrieb das zweite Kapitel und reichte es 2010 beim DIXI Kinderliteraturpreis ein. Sollte ich gewinnen, so sagte ich mir, würde ich das Buch schreiben. Und was geschah? Meine Geschichte gewann tatsächlich, und ich bekam nicht nur das Vertrauen in meine Arbeit, sondern auch ein Tutorium mit der österreichischen Autorin Jutta Treiber geschenkt. So fing ich endlich an, Hannahs Geschichte als Ganzes einzufangen und aufzuschreiben. Stets in dem beruhigenden Bewusstsein, beim Schreiben nicht ganz allein zu sein. Daher bedanke ich mich allerherzlichst bei den DIXI-Preis-Juroren, u.a. Karin Haller und Klaus Muik –, vor allem aber bei meiner wunderbaren Tutorin Jutta Treiber, die mir in dieser Zeit engagiert mit Rat und Tat zur Seite gestanden hat.

Außerdem bedanke ich mich bei Regina Eibner, himmlische Beraterin in allen Lebenslagen – so auch für meine Hannah in der Geschichte. Bei Helmut Thalhammer und Christine Huemer, die mir alle landwirtschaftlichen Fragen geduldig beantwortet haben. Bei meiner Agentin Beate Riess und beim Verlag Freies Geistesleben, der mit viel Gespür meiner Geschichte eine Verlagsheimat gegeben hat.

Bei meinem Mann und meinen Kindern, die mich oft schreibend erleben. Und zuallerletzt gilt mein besonderer Dank meinen Eltern. Denn im Gegensatz zu Hannah manchmal bin ich unglaublich gerne auf einem Bauernhof aufgewachsen.

Michaela Holzinger

© privat

Michaela Holzinger

Michaela Holzinger, geboren 1978 in Steyr / Oberösterreich,
ist auf einem Bauernhof aufgewachsen. Bereits als Kind
erfand sie gerne Geschichten und machte 2009 diese
Leidenschaft zum Beruf. Sie lebt mit ihrer Familie und vielen
Tieren in Vorchdorf, am »Tor zum Salzkammergut«. Für das
Manuskript zu *Funkensommer* wurde Michaela Holzinger
2010 mit dem DIXI Kinderliteraturpreis ausgezeichnet.
www.michaela-holzinger.at